马伯庸

著

桃花源没事儿

Everything Is Fine

湖南文艺出版社
博集天卷
·长沙·

© 中南博集天卷文化传媒有限公司。本书版权受法律保护。未经权利人许可,任何人不得以任何方式使用本书包括正文、插图、封面、版式等任何部分内容,违者将受到法律制裁。

图书在版编目(CIP)数据

桃花源没事儿 / 马伯庸著 . -- 长沙:湖南文艺出版社, 2025.6(2025.6 重印). -- ISBN 978-7-5726-2424-7

I. I247.5

中国国家版本馆 CIP 数据核字第 2025ZA0787 号

上架建议:畅销·小说

TAOHUAYUAN MEISHIR
桃花源没事儿

著　　者:	马伯庸
出 版 人:	陈新文
责任编辑:	欧阳臻莹
监　　制:	邢越超
出 品 人:	周行文　陶　翠
特约策划:	李齐章　王　维
特约编辑:	彭诗雨
营销支持:	文刀刀　周　茜
插图绘制:	综合鱼子
封面设计:	主语设计
内文排版:	百朗文化
出　　版:	湖南文艺出版社
	(长沙市雨花区东二环一段 508 号　邮编:410014)
网　　址:	www.hnwy.net
印　　刷:	北京中科印刷有限公司
经　　销:	新华书店
开　　本:	775 mm × 1120 mm　1/32
字　　数:	187 千字
印　　张:	9
版　　次:	2025 年 6 月第 1 版
印　　次:	2025 年 6 月第 2 次印刷
书　　号:	ISBN 978-7-5726-2424-7
定　　价:	48.00 元

若有质量问题,请致电质量监督电话:010-59096394
团购电话:010-59320018

第一章

郭宝从没见过这样的奇景。

他恍惚记得,自己和搭档刘大全是去湖南做买卖,走到武陵附近天色已晚,两人正商量着露宿一夜,不知怎么就看到前头有一处庄严肃穆的衙门。

郭宝一进门,小吏先递上一杯热茶,亲切地说您少坐,然后询问起要办的事,态度和蔼,极有耐心。郭宝受宠若惊,想塞点红包,小吏却坚决拒绝,说我们是为百姓办事,不可以收好处。然后取走了他的文书,不一会儿就办妥拿回来了,郭宝手里的茶甚至还没凉。

郭宝正要走,又从后堂转出一位官员,说圣上颁下敕令,宣布从今日起减免商税,永不加赋。郭宝又惊又喜,不敢相信。官员把圣旨给他看,郭宝舍不得放开,一遍又一遍地看,直到头顶"明镜高悬"的牌匾发出一种难以名状的恐怖声音……

"偷税漏税！严惩不贷！偷税漏税！严惩不贷！"

郭宝一听这词，浑身猛一激灵，登时吓醒过来，发现哪里有什么衙门，周围竟是一片断壁残垣，身边正蹲着一个年轻道士，轻轻拍着自己的脸颊。而搭档刘大全，躺在旁边兀自昏迷着。

这道士看面相只有二十出头，尖嘴猴腮，额前一缕醒目的白毛，像毛毛虫一样垂吊在两条粗眉之间。郭宝意识还有些模糊，张了张嘴。

"喂，你偷税漏税的事发了，要罚银。"小道士说。

"怎么又……不对，你一个道士，哪有资格罚我？"郭宝越想越觉得不对劲。小道士"啧"了一声，说："一说到钱，个个都变得人间清醒。唉，恭喜你，脱离幻境了。"

"啊？幻境？"

"对，你这是昨晚被妖怪给迷了。那幻境会幻化出一个人心中最深的欲望，困住人心神，只有用至恐之物猛戳一下才能脱离——幸亏你平日做买卖没少逃税，一直心虚，否则还不易救出来哩。"

郭宝脸色一尬，岔开话题道："道士驱邪，难道不是该用符咒的嘛。"

"也对啊，反正符纸和朱砂都是大风刮来的，不必省。"小道士嘴里阴阳怪气，又走到刘大全身旁，如法炮制，连喊三声"偷税漏税"，后者"嗷"的一声也惊醒了，遍体流汗。

见两人都恢复了清醒，小道士这才敷衍地一拱手："贫道玄穹，见过两位居士。"

两人连忙还礼道谢，可心中不免疑惑：别家道长都是仙风道骨，哪像这位生得薄唇瘦腮，山根低陷，一副穷酸相？驱邪的手段更是难以言喻地恶毒……

玄穹亮出一张度牒："贫道是武陵县俗务道人，半路撞见两位中邪。我宅心仁厚，道法高深，顺手搭救了一下，两位不必多谢。"

郭宝问什么叫俗务道人，玄穹嘴角一抽："就是负责道门俗务的道士。"刘大全嘀咕："原来就是个打杂的，怕不是要来讹银子吧？"不防玄穹朗声道："两位不必生疑，道门讲究普救众生，只要有人中邪，即使对方不懂感恩，贫道亦会全力施救，不会袖手旁观。"

这小道士的嘴，当真比他的面相还刻薄。郭宝比较机灵，一边说："多谢道长救命之恩。"一边从怀里掏出一两银子递过去。不料玄穹像看到火炭似的，吓得往后一躲："不成，不成，这个贫道不能收。"

两边推让了几次，郭宝见他真不收钱，脸上笑容大盛，夸赞说道长境界真高。不料玄穹从怀里拿出一张白纸来："不过要麻烦两位，填写一份遇妖呈文。"

"啊？那是什么？"两人一愣。

玄穹道："你们半路被妖怪所迷，为贫道所救，总要留一份呈文实录。回头贫道焚给真武大帝，才能折算功德。"两人心想这不就是求表扬吗？不过只要不收钱，多点麻烦也认了，乖乖埋头填起文书来。

这遇妖呈文里的细项甚多，诸如姓名、职业、籍贯、出发地、目的、事由等等，甚是烦琐。文书下方还有一大块空白，玄穹指点说："请两位描述一下昨晚遭遇的详情。"

刘大全很不耐烦："写那么详细做什么？"玄穹额前白毛一摆，冷冷道："妖物手段甚多，不说清楚来由，怎么知道有无后患？两位的脸面和性命，总得选一样保住吧？呵呵。"

这一声干笑，吓得两人一哆嗦，只好如实交代。

郭宝说自己前往一座衙门办事，那儿胥吏和蔼，官员英明，办事流程简明，还赶上朝廷减税，他讲完之后怅然若失，连连感叹，说若是真的该多好啊……玄穹不置可否，又问刘大全。他面色尴尬，吭哧了半天，才吞吞吐吐说出真情。

原来刘大全的幻梦是一座豪奢别业，朱门碧瓦，琉璃生辉。宅子的女主人容貌出众，体态丰腴，谈吐不凡，身边还跟着三个女儿，个个也是美艳动人，与他眉目传情。她们陪着刘大全饮酒作乐，弹琴唱曲儿，闹腾到深夜，他喝了个酩酊大醉……

玄穹赶紧拦住，让他不必细表。刘大全突然"啊呀"一声，面露惊恐："莫……莫非那妖怪是打算窃我的元阳？"玄穹瞥了一眼他的肥厚肚腩："如此说来，我猜对方是个蝙蝠精。"

"你怎么知道？"

"只有蝙蝠是天生瞎的。"

旁边的郭宝也打趣道："原来刘大哥你内心最想的，就是那些海淫海盗的东西啊，若嫂子知道了可不得了。"刘大全恼怒地瞪向郭宝："你不也一样?!"郭宝一摊手："我那个幻境，不过是正经买卖人的心愿，说出来也没什么不妥。"

玄穹轻咳一声："郭先生，恰好相反。您这边的幻境，才是大大地不妥。"郭宝一愣："怎么不妥？"玄穹正色道："这幻境里面又是清廉官吏，又是免税圣旨，莫非你心里觉得，现实里官场贪贿太甚，朝廷苛捐杂税太多？"

郭宝"呃"了一声，没想到他角度刁钻，一时不知如何辩驳才好。玄穹让他们在呈文上签了字，小心折好："两位可以走了，贫道还要收个尾，把那幻境的源头抓住。"

说完从背后取出一把桃木剑，握在手心，眼神看向虚空中的某处。

两位客商一看他这架势，不敢多问，赶着驮马撒腿就跑。待他们远走，玄穹站在原地，眯起眼睛，脚下禹步轻转，在土丘上来回转了几圈，忽然目光一凝，抄起桃木剑对准虚空一刺，舌绽春雷："敕令！南明离火，烧！"

只见晴空之上平白落下一团火焰，正正烧在了土丘正上方，炸出一条黑影。这黑影状如一条蓬松狐尾，在半空摆了几摆，非但没有消散，反而恶狠狠地冲着玄穹扑来。没等他做出反应，黑影就陡然胀大伸展，转瞬就把玄穹吞裹进去。

玄穹先是眼前一黑，再定身时发现自己正置身于一间宽阔银库之内，里头东一堆、西一堆，没别的，全是十两足金的大元宝，放眼望去一片金灿灿的，直可以晃瞎人眼。玄穹面色一变，忽然听到头顶传来一声银铃般的娇笑：

"我还当你这个小道士多清高呢。想不到内心欲念，也是这等黄白之物，啧啧，真是俗不可耐。"玄穹粗眉一蹙，把桃木剑往前一递，环顾四周："呔！何方妖物，胆敢蛊惑贫道？"

那声音多了一丝惊疑："咦？你明明在幻境中，怎么还能保持清醒？"玄穹仗剑凛然喝道："贫道从无发横财的命数。只要遇到金银，必是假的！"

那声音沉默半晌方道："你好可怜啊……"

玄穹冷哼一声，手里的桃木剑已然刺中一堆金元宝，紧跟着离火一喷，只听噼里啪啦几声响动，元宝尽数散为烟尘。一缕黑影急速自尘灰中跃起，迅速落到另外一堆中。玄穹再次挺剑一刺，又是火焰弥漫，那黑影嘶叫着飞起来，尖叫："你……你……你怎么能看到我的真身？"

玄穹也不搭话，埋头继续追着黑影砍。他们一个追，一个逃，火云滚滚，一会儿工夫，偌大一个银库里的元宝堆全都被劈成一圈碎尘。很快连银库本体也被炸得残缺不全，周围变得烟气蒙蒙。

眼看幻境差不多要崩散，玄穹双目紫光一闪，已然锁定了声音位置，右手食指与中指一并，口中断喝："敕去！"桃木剑如流星一般，朝着某个角落扎去。

与此同时，那声音叫道："好了好了，你不是喜欢金子吗？我给你真的，不要再来纠缠了！"一锭黄澄澄的元宝也从虚空中浮出，直朝他飞去。

玄穹还保持着并指姿势，来不及收回，眼睁睁看着那元宝砸入怀里，沉甸甸的竟是十足真货，足有五两之重。他瞳孔霎时紧缩，急忙要扔开。

可惜为时已晚，虚空中突然凭空浮现一丝紫雷，毫不犹豫地冲着元宝狠狠劈下来。那一瞬间，玄穹周遭变得五色斑斓，忽明忽暗，幻境一时尽退。

待得周围景色变回荒郊丘顶时，他横躺在地上，星冠之上青烟袅袅，四肢不时抽搐一下。而在他旁边，蜷着一只枣红色的小狐狸，那团蓬松的大尾巴被一柄桃木剑钉在地上，挣扎不开。

玄穹头晕目眩，勉强抬起上半身，向着小狐狸伸过手去。小狐狸急得连连蹬腿要逃，怎奈尾巴被钉，无法闪避，只有脖子上挂着的一把小金锁来回晃动。它瞪圆双眼，龇出狐牙嘶吼起来，努力要放出妖气，可憋了半天劲，只憋出轻轻一缕，在头顶打了几个旋，就飘散了。

小狐狸再没别的招，只好绝望地闭上眼睛。不料小道士把手一招，把桃木剑从尾巴上拔了出来，旋即又晕了过去……

过了良久，玄穹才缓缓睁开眼睛，发现时近傍晚，自己仍旧躺在山丘上，浑身酥麻。他微一侧头，发现小狐狸居然还站在旁边，不由得诧异道："怎么还在这里，不是放你走了吗？"

"哼，什么叫放我走？本姑娘想走随时可以走。"小狐狸口吐人言，语气倨傲，"我留在这里，只是好奇，你刚才为何不抓我，反而把剑给拔了？"

玄穹嘴一撇:"我怕你把桃木剑带走,我就这么一把了,丢了没法补。"小狐狸哈哈笑起来:"没见过道士捉妖还这么小气的。你就不怕本大仙恢复了自由,当场吃了你?"

"你的妖气里没什么血腥味,不是自命清高没吃过人,就是法力低微吃不到人。"

小狐狸气得一转圈:"笑话,本仙是嫌那两个凡人一身臭汗,吃不惯腌咸口儿。"

"那你诱他们入幻境干吗?"

"哼,他们睡相难看,还打呼噜。本大仙正巧在附近休息,被吵得无法安眠,索性戏弄一下来助眠。"

小狐狸说完转身要走,这时玄穹又叫住它:"等一下,你擅自迷人,违反规定,得填份呈文。"小狐狸把狐尾摆来摆去,笑嘻嘻道:"你怎么知道我迷人的?展开说说?"

"刚才那两个商人的幻境里什么都有,唯独没有镜子。说明造幻境的妖怪,自己从来没照过镜子。"

小狐狸反应了一下,才意识到自己被嘲了,气得张开血盆大口:"小道士,我吃了你!"

"你先填了再吃,喏,一式两份,正楷填写。如果需要,可以我问你答,我来代填。"玄穹双腿动不了,就把空白呈文掏出来。小狐狸挑衅地喊道:"我偏不填!有本事你从地上爬起来抓我!"

玄穹瘫在地上,哪里动弹得了?只是淡淡道:"我会直接上报武陵道观,自有巡照真人来抓你。"小狐狸脸色变了变,一跺脚:"好了好了,你快问。"

"你叫什么名字？是何物修炼成精？在何处修炼了多少年？因何事由出山？可有当地道门开具的路引？"

小狐狸一怔："我都现了原形了，你还问我是什么妖怪？"玄穹道："我知道，但这是道门规矩，每个问题都得问一遍。"小狐狸没见过这么啰唆的道士，只得简单道："我叫婴宁，青丘狐族，修炼了一百二十年——对了，你叫什么名字？"玄穹郑重道："贫道道号玄穹，玄门之玄，苍穹之穹，箓职是武陵县桃花源的俗务道人。你别岔开话题，路引在哪里？"

婴宁眼睛一亮："桃花源？原来你竟是那里的俗务道人。"

"对，刚刚被任命的，我这不正在赴任路上吗？被你这闲事给耽误了——别岔开话题，你这次出山，是要去哪里？"

"嘿嘿，巧了，我姑姑就住在桃花源里，我正好要去找她玩，咱们同路。"婴宁眼珠一转，忽然好奇道，"桃花源里面住着好多大妖，你看起来好弱啊，去那里做道士，不怕被吃掉吗？"

"俗务道人的职责不是斩妖除魔，是代表道门去安抚妖怪。阴阳相济、和合同存，为妖排忧解难……"玄穹面无表情，一字字背得十分生硬。

婴宁说的桃花源，乃是武陵的一处秘境，里面住着不少妖怪。道门会派遣一位俗务道人驻守秘境，处理妖怪居民们的日常纠纷。正是玄穹要赴任的地方。

婴宁却压根不信："一个会被自己引来的雷劈倒的小道士，能排什么忧、解什么难？靠活活把对方笑死吗？"玄穹脸色变得不耐烦，提高嗓门道："所以你的路引呢？"

"这次出山走得急……路引有的，但不在身边。"

"路引是道门附在你魂魄上的一点法力，怎么可能忘带？总不能丢了魂吧？"

"哦，那也不是不行……"

"不要把贫道的质问当理由！"

婴宁开始顾左右而言他。玄穹脸色微凝："那就是没有路引咯？那可不行，得补办一下。"他勉强抬起一根手指，轻轻一弹，一点小火光飞向婴宁。婴宁"哎呀"一声，试图躲避，那火星却仍扑在身上，一闪即灭。

"你这是干吗？"婴宁卷起尾巴，往身上拍了拍，有点恼火。玄穹道："我给你做个补办路引的标记。等我正式到任，标记就会自动生效，你就不会被捉走了。"

"你还挺好心的。"

"你如果动了妄念，再去迷惑路人，这个标记也会告诉我。"

婴宁顿时又气恼不已，那岂不是时时刻刻都要被这小道士监视？玄穹不关心她怎么想，挣扎着要起身，可身体仍处于被雷劈后的麻痹状态，一挪就疼得龇牙咧嘴。

婴宁眼珠一转，旋身变成一个枣袄黄裙的二八少女，梳了个狐耳形双髻，腰系一条月白色的束带，脖颈处挂着一把小金锁。她左顾右盼，看到旁边有四只老鼠爬过，右手搓了个响指,把它们变成四个轿夫,又将旁边一截倒在地上的枯树变作一顶方轿,把玄穹凭空摄去。

"你……你这是做什么?"玄穹还处于麻痹状态,无法反抗。

"反正那个路引也要监视我,我索性就跟你一起走,这不显得坦荡嘛。"

玄穹吓得脸色变了:"快,快放我下去,让人看见一个道士坐在妖怪的轿子里,成何体统?"婴宁嘻嘻笑起来:"你坐了妖怪的轿子,就有了把柄在我手里,以后就不敢说我坏话了。"

玄穹还要抗拒,婴宁运起妖法,直接把玄穹塞进轿子,还顺手掐灭了他道冠上的一缕青烟。玄穹反抗不得,只好在轿子里暗诵《道德经》。婴宁变回狐形,纵身一跃,跳到轿子顶上盘成一圈。

轿子晃晃悠悠走出去一段路,婴宁觉得无聊,敲了敲下面:"小道士,问你个事?"轿子里没回应,但诵经声停住了。

"刚才那道雷光煌煌正气,好像是天雷啊,干吗去劈你?你干了什么坏事?"

轿子里的人呼吸一滞,良久才长长叹息一声:"你们狐狸不乱打听会死吗?"婴宁双髻立刻竖了起来:"会死,真的会死,快说快说。"

"好,好,我给你讲明白,你以后不要来烦我了。"

第二章

"我出生于济南府,俗家姓蒲。我娘怀胎四月时,前往泰山烧香祈求平安。俗话说,济南府人全,泰安州神全,泰山是五岳之首,因此各路神祇皆有驻庙。我娘一路磕头烧香,逢庙便拜,把整个泰山上的神仙拜了个遍,却唯独漏掉了马氏。"

"这是哪一路神仙?"

"喀,她原来是姜子牙的夫人,封神的时候给了她一个穷神之位,司掌天下穷苦。马氏性格褊狭,成神之前连姜太公都敢骂,成神之后更是变本加厉。她一见我娘唯独漏了给她上香,勃然大怒,给我扔了一个遇财呈劫的命格在胎里。"

"遇财呈劫……这听着好倒霉啊。"

"对啊,这个命格不能招财,稍有横财入手,必会招致雷劫,小财招小劫,大财招大劫。你把那么大一个金元宝塞进我怀里,天雷马上就劈下来,比那帮收税的动作还快。"

轿子里的声音异常苦涩。

婴宁同情地看了轿子一眼，怪不得这道士的内心幻境是无数金元宝，原来他从来没机会享受到，一辈子受穷。可她转念一想，眉毛又竖起来："不对呀。你那个命格只是不能招财而已，怎么能看破我的幻境？"

玄穹在轿子里咳了一声："幸亏我娘平日事神虔敬，泰山上的诸位神仙听说马氏所为，都很同情我的遭遇，于是碧霞元君、东岳大帝和真武大帝一起出手，给我加了一笔'明真破妄'的命批。虽说改不了穷命，却让我有了看破一切虚妄的能力。"

婴宁拍手笑起来："绝妙，绝妙。一辈子都发不了财，自然什么都看透了。"

玄穹沉默下来，仿佛被说中了痛处。过了一阵，他才咳了一声："我这种命格，做不了官，经不了商，只能去当清心寡欲的道士。师父赐了我一个玄穹的道号，后来他老人家怕我连累了师门，才改成了穹字。"

婴宁这才理解，这小道士为何年纪轻轻却一副阴阳怪气的样子。谁得了这个倒霉命格，心态都得扭曲。玄穹悠悠道："即使是在道观里，那些能赚钱的营生，什么斋醮经忏、扶乩堪舆之类的，都与我无缘。到头来，只能来桃花源做俗务道人。"

"做了俗务道人，就能发财了吗？"

"发什么啊！俗务道人在道门是最累最苦的，每日干的都是化解纷争、排忧解难、教化训诫之类的活，琐碎得要死。每个月道禄也只得二两银子，勉强糊口而已。但此乃正授箓职，收入发到我手里不会触发天雷。"

"也就是说，你这辈子唯一能收的钱，就只有这每月二两银子？"

"如果来桃花源驻守，还能多发三钱补贴。不能再多了。"

"不对呀，你手里那柄桃木剑，虽然用得不高明，看材质也挺值钱的嘛，天雷就不劈了？"

"你可以不加前面那句——唉，这些法器啊、罗盘啊、衣袍啊什么的，都不是我私人的，属于道门公物，我只能用于公事。如果我拿着这桃木剑去给私人做法事，也会招惹来天雷。"玄穹抬头看看天空，眼里带着愤恨与畏惧。

"这天雷好烦啊……"

"所以啊，我这一辈子能看到头，就是这二两三钱的人生。唯一的指望，就是多攒点功德，把箓职升上去，升一级能涨一两。"

婴宁觉得这家伙一点也不像个道士，张口闭口都是银子。她忍不住讥讽道："你嘴这么臭，怎么攒功德？"

"我路见不平，从一只邪恶大妖手里救下两个客商，这就是两份功德；我劝那大妖弃恶扬善、皈依道门，也算一份功德。"

"呸呸呸，谁是邪恶大妖了？"婴宁恨恨道，"你这种人去当俗务道人，桃花源的妖怪岂不是要被烦死了？"玄穹叹道："唉，我就是管了太多闲事，才被发配到桃花源这种偏远地方做道士。你们烦？我才更烦呢！"

"你惹了什么祸？"婴宁支棱起双鬓。玄穹"呃"了一声，有意避开了这个话题："反正我要在这里攒够了功德，升了箓职，争取一年内走人。"

"这么有信心吗？看来道门对你还挺照顾的嘛。"

"除去偏心的师父、嫉贤妒能的师兄弟、总被克扣的斋饭和永远背不完的道藏，道门确实对我挺好的。"

"你这一口阴阳怪气……幸亏还有桃花源安置，否则在道门里，真不知你还能干什么。"

"做知客也挺好。"

婴宁尖叫一声，从轿子顶上跳开，气得化为一团黑气跑开了。

接下来的几日里，玄穹就躺在老鼠轿子里休养。等到雷劲彻底消除之后，他说什么也不肯坐了。于是婴宁把几只可怜老鼠散回原形，自己依旧化成少女模样，与他并肩而行。这一人一狐跋山涉水，不一日终于抵达武陵县境内的雪峰长山。

这座大山绵延百里，巍峨险峻，半山腰矗立着一座不甚起眼的小道观，名唤明净观。玄穹对婴宁说："你等我一下，我上山去报到。"婴宁奇道："还没到桃花源，你报什么到？"

玄穹见这只傻狐狸什么都不懂，只好多解释了几句。原来人间每个县里，都有一座主观，统管县内道门及妖怪事务。武陵县的主观叫明净观，桃花源是其下辖的一个特别秘境。所以本地俗务道人就职，都得先去报到。

"你们道门好烦啊，这个要呈文，那个要报备，天天说自己清静无为，清静个鬼咧。"婴宁捂住脑袋，痛苦得要死。玄穹瞪了她一眼，提醒道："待我报完到，正式就职俗务道人，你的路引才算生效，否则就是只野妖怪，随便一个道士都能把你抓走。"

婴宁抬头看看山势，晃动尾巴道："那你自己去好了，我可不耐烦等，先去桃花源找我姑姑啦。"

"走吧，让我也清静清静。"

婴宁突然凑到他脸前："说清楚啊，我是自己走的，可不是被你赶走的。"说完咯咯一笑，三跳两跳，很快就消失在山林之中。玄穹略整理了一下仪表，顺着一条满是青苔的石阶山路，径直上了雪峰山，很快便来到半山腰的一座小观前。

只见观前左右有两棵老桃树，树上花开正艳，门前落英缤纷，只是无人打扫。玄穹皱着眉头迈进道观，没个知客迎接，进了院子一看，竟连一个道童都没见着，空荡荡的一片。他站在老君堂前喊了一嗓子，半天才有一个白胡子老道迷迷糊糊走出来。

"适才修行入静，不闻外物，道友莫怪啊。"老道一个稽首，可玄穹分明看到他眼角沾着两坨新鲜眼屎。他也懒得说破，拿出度牒道："我是去桃花源赴任的俗务道人，特来观中报到，不知观主可在？"

老道一听是去桃花源的，眯眯眼一下子睁开了。他先端详玄穹片刻,忍不住道:"道友你这面相……"随后觉得失言,赶紧一拱手:"老道就是此间观主,法号云洞。"

"云"字比"玄"字大一辈,玄穹连忙执弟子礼。老道把他带到老君堂后的书房,这书房颇有雅趣,桌上摆着诸般奇石清供,旁边一排精致盆栽,后头还有个水缸,里面趴着两只玄龟,追着水藻悠哉戏耍。道务相关的法器文书,堆在不起眼的角落里。

"这一路上没耽搁吧?"云洞寒暄道。

"您这儿这么忙碌,我耽搁不耽搁的,也没什么分别。"玄穹习惯性地刺了一句。

云洞似乎没听懂,乐呵呵地坐到书桌前,猫腰翻出一堆杂乱文书,挑了半天,拿出一本报到簿子,跟玄穹的度牒叠在一块,用指头蘸了蘸朱砂,运起法力一点,一道红光闪过。

从这一刻起,玄穹正式成了桃花源的俗务道人。

玄穹又拿出一张清单,以及自己携带的桃木剑、罗盘、袍冠等道务用品,请云洞清点。云洞问:"身上可还有什么公家的法宝?"

玄穹道:"道门说弟子是来做俗务道人的,不需要法宝,没批。弟子又是一个遇财呈劫的命格,私人买不起法宝。"云洞早看过他的履历,同情地点点头:"如果你有机缘得了什么法宝,就来老道这里申报一下。只要用途正当,我给批了正箓用法,用那个法宝便不会引来雷劫。"

"弟子没有机缘,只有劫难。"玄穹没当回事。

就这么简单的一点活，累得老道士哈欠连天。玄穹却不肯放过他，把那本遇妖呈文拿出来："对了，我半路上顺手救了两个凡人，麻烦师叔帮我登记一下功德。"云洞已经疲了，接过随手塞到旁边的一堆文书里。

玄穹见这老头子懒散得很，不愿多费唇舌，正要离开，却忽然被云洞叫住："哎，对了，老道有几句叮嘱。住在桃花源的妖怪，都是披毛戴角之辈，湿生卵化之徒。哪怕修出人形，与人类的脾性也是迥异。在那里做俗务道人，职责不是斩妖除魔，是代表道门去帮助妖怪，务求阴阳……呃，阴阳……哦，对，阴阳和合。"

"什么啦，是阴阳相济、和合同存！阴阳和合可还行？师叔你连道律都没背熟。"

"你得其意就好，不必执着其形，这也是道中真意。"云洞抓起一只玄龟，慢慢盘着凹凸不平的龟壳，"老道在这观里做了三十余年，无时无刻不谨记庄祖教诲，潜心参悟无为之为、无用之用，希望你也能开悟。"

偷懒还说得如此冠冕堂皇……玄穹心里暗想。怪不得这观里香火稀薄，门可罗雀，原来从根上就打算无用之用。

他临要走时，云洞耷拉的眼皮忽然掀开一线："你这样的命格，又遇到那样的事，可要念头通达一点啊。"玄穹额前的白毛一颤，云洞怎么会知道自己之前的事？他不客气地回道："弟子在这里，不通达也得通达了。"

"记住，勿染大因果，攒点小功德。"云洞诚心诚意劝了一句。

话音刚落，两人便听到道观之外传来喧哗之声，嗷嗷嘶鸣里伴随着隐隐的雷声。云洞和玄穹同时脸色一变，急忙走出观去，却见一个身材高大、虬髯遒劲的红袍道士悬在半空，手里拎着一只枣红小狐狸的颈皮。那小狐狸死命挣扎，口中嗷嗷叫嚷，脖子上的小金锁乱晃起来。

那道人的脸膛黑中透紫，洪声若雷："巡照真人云光在此，擒得身无路引野怪一只，特来知会本地道观。"他周身不时泛起一圈蛇形雷线，刺刺作响，可见修炼的是震雷一脉功法，而且法力极其浑厚。

婴宁被他捏在手里，双目赤红，浑身微抖，那一条枣红色的狐尾变得越发蓬大起来。

玄穹暗暗叫苦，早提醒她没有路引不要乱走。巡照真人个个都是斗法的高手，巡视各地，扫除妖邪。没有路引的妖怪落在他们手里，轻则被削去几十年道行，重则被封魂索魄、打回原形。

云洞冲半空一稽首："云光师弟啊，你做了巡照之后，可是越发勤勉啦。"云光往下俯瞰，眉眼间满是不屑："若都跟师兄一样闭门清修，这人间还能太平吗？"

趁他讲话一时松懈，婴宁忽然垂下颈子，要去咬那把金锁。就在这时，一声长啸从极远的地方传过来，声音高昂尖锐，一直传到观前。云洞脖子一缩，连声说麻烦了麻烦了，跳回道观大门内侧，把玄穹也拽过去，然后双手一展，一道土黄色的泥墙平地而起，挡在前方。

原来老头是修艮土功法的，倒是真适合他。玄穹心里暗暗腹诽。

天上的云光拎住婴宁，面无表情地看向啸声来的方向。过不多时，远处一团黑雾迅速接近。云光哈哈大笑三声，把婴宁往地上一丢，掌心吐出三条锁链将她捆了个结实，然后双袖一摆，迎着黑雾飞了过去。

玄穹连忙要去帮婴宁解开，云洞却拦住他："哎哎，你可知道刚才发生了什么？"玄穹眼皮一翻："师叔还有时间提问，应该不是大事吧？"

云洞道："那一团黑雾，是桃花源里的一位狐族大妖赶到，他们最是护短，看来少不得要跟云光做过一场。希望别波及我这小观就好……"

他抬手运起法力，又把那泥墙加厚了一层。玄穹眼皮一翻，云洞如此胆小怕事，只怕以后有事也指望不上。他额前白毛一摆，飞身冲到婴宁身旁。只见她紧闭双眼，嘴唇发绀，可见那锁链捆得多紧。玄穹伸手想要扯开，但一点也扯不动。

此刻在半空之上，云光已经与那团黑雾交手了几个回合，不分胜负。云光不怒反喜，后退几步，暗中蓄势欲上。那雾气逐渐散开，里面出现一个中年美妇，人首狐尾，仪态妩媚。那妇人大声道："妾身是桃花源青丘辛十四娘，阁下为何无故戕害我族小辈？"

云光声音比她还大："无故？我巡照至雪峰山中，查得这小狐怪没有道门路引，犯了擅走之罪，论律当拘。"辛十四娘道："法不外乎人情。小孩子不懂事，又没作什么大恶，何必这么揪住不放？"

云光道："坏了规矩就该受罚，否则还要规矩做什么？近日各地都在闹逍遥丹，道门下了指示，对精通幻术之妖要格外留神，你们狐属最擅长迷惑人心，不好好谨守门户，还出来招惹嫌疑？"

辛十四娘勃然大怒："我们青丘一族老老实实待在桃花源修行，岂能容你这牛鼻子凭空污蔑?!你今天必须把小辈交回来，否则我绝不善罢甘休！"云光大笑："再打便是，何必讲那么多废话?!"说完拔剑就要冲上去。

眼见这两位又要大打出手，这时一道飞符倏然冲来，在两人之间爆出一团黄光。虽说这飞符里无甚法力，但里面隐隐藏着一丝敕令之威，辛十四娘和云光一时都停了手，朝下面看去。

只见地面上玄穹仰起头，还保持着飞符的姿势："两位且慢动手！"天上的两位居高临下，同时喝问："你是谁？"玄穹大声道："我乃桃花源新任俗务道人玄穹，有度牒为证！"

他的度牒刚刚经过明净观登记，正式具备俗务道人的效力，所以那符自然带着道门敕令的威严。

云光道："本道是在雪峰山下抓到这小狐狸的，与你桃花源不相干。倒是这只大妖，应该是桃花源的居民吧？你去管管她是正事！"辛十四娘不屑一顾："桃花源向来太平得很。天下本无事，道士自扰之。小道士，你说是不是呀？"说完斜眼一瞥玄穹，一股魅惑之力悄无声息地涌过去。

可这股力量砸在玄穹身上，却似轻风拂林，了无痕迹，辛十四娘轻轻"咦"了一声。这时玄穹道："我可以做证，这只小狐妖，并不算擅走之妖。"

云光皱眉喝道："胡说八道。凡是道门发给路引的妖怪，都勾连魂魄，身上带有一点灵光。我适才观望了三次，她身上不见半点灵光，不是野妖怪是什么？"玄穹道："兹事体大，您再观望一次。"他再三坚持，云光只好运起法力，又看了一眼，愣住了，那小狐狸身上这一次分明有灵光闪过。

"这怎么可能？上山之前我明明查过的！"云光两条黑眉攒成一团，突然转向辛十四娘："兀那妖怪，你是不是用了什么障眼法？！"辛十四娘笑笑："我若能迷得住巡照大人，一早把你打杀了。"

云光冷哼一声，如刀的视线定在玄穹身上。玄穹承受着压力，硬着头皮道："启禀巡照大人，这只小狐狸从青丘离开之时，确实没有路引。恰好弟子在半途遇到，便向她宣讲道法。她被弟子人品感动，诚心悔悟，连续磕了几个头谢罪，所以弟子当场为她补办了路引。"

那小狐狸躺在地上，一阵愤怒挣扎，可惜不能化形，没法口出人言辩解。

"放屁！你若补办了路引，为何之前我查验时没有看到？"云光喝道。

玄穹道："弟子当时还没有在明净观报到，算不得正式就职。如今云洞师叔为弟子办完手续，这小狐狸身上的路引便自动生效了。"说完他从怀里掏出一份呈文，正是之前给婴宁填的,下面的画押印熠熠生辉、墨生流明,可见真实不虚。

辛十四娘在一旁咯咯笑起来:"哎呀,人家明明是有路引的,巡照大人目光如炬,妾身佩服。"云光不理她的冷嘲热讽,缓缓磨着后槽牙,看向躲在观内的云洞:"云洞!这是真的吗?"云洞探出头来,一脸无奈地点点头。

"可明明是我擒妖在先,他发路引在后,这不是刻意包庇吗?"

云洞道:"不,不,路引虽是今日生效,但呈文的时间却是三日之前……"他声音越说越小,云光的双眸中蓄积起汹涌的怒意,甚至凝为雷火,顺着鼻孔喷出来。

忍了半天,他终于抑住怒意,手指一弹,把婴宁的铁链解开,然后落在地面,重重拍了一记玄穹的肩膀:"你还没上任,就被美色所迷,这么袒护妖怪,以后还得了?"

玄穹感觉到一股雷霆之力涌入灵台,震得他麻酥酥的,就连一口阴阳怪气的话都被封在咽喉处,吐不出来。

"你放心,某家这个巡照之职,可不只是管妖怪,就连道士渎职也在追究之列,我会死死盯住你的!"

说完他右足一顿,也不理辛十四娘和云洞,直接驾云走了。婴宁摆脱了束缚之后,连毛都顾不上抖落,"嗷"的一声扑向玄穹,要把这胡说八道的小道士一口吞了。

辛十四娘伸出手臂轻轻一捉,拎住她后颈,对玄穹道:"今日我和我侄女先回去,恕不多谢。反正小道士你也要去桃花源了,到时候再聊不迟——那可是个民风淳朴的好地方呢。"

婴宁龇牙咧嘴,还要威胁玄穹。可惜辛十四娘驾起一阵妖风,裹挟着她直接离开。一脸心有余悸的云洞这才把泥墙的法术给收了。

幸亏这两位没起冲突,不然整个明净观要被夷为平地了。

玄穹站在原地,暗暗苦笑。还没上任就得罪了一个巡照,以后日子可难过了。云洞宽慰他道:"我这个云光师弟虽性子急躁,人品倒还好,应该不至于太挟私报复。"

"等等,师叔你这个'太'字是什么意思?"

"反正你记住,无为而为,记着啊,无用而用。"

玄穹额前那一缕白毛颓然垂下,忽然想起什么,对云洞道:"适才弟子发的那一道符,是为了解决纠纷,保全明净观,师叔您受累把这钱补了?"

第三章

一个玄袍小道足踏竹排,手持长篙,沿着一条碧绿色的溪水溯流而上。

溪水两侧矗立着无数棵野桃树,错落散乱,几乎每一根枝条上都爬满了嫩粉色的桃花。花瓣层叠,争相怒放,看上去有如一团一团粉焰。放眼望去,视野里满是熊熊燃烧的花火。

偏偏这个倒霉小道对花粉有些过敏,一边撑船一边不住打着喷嚏,涕泪交加,狼狈不堪。也不知过了几个时辰,他好不容易看到溪流有了尽头,大喜过望,快速撑动几下让竹排靠岸,却一下子愣住了:

眼前的桃林依旧密不透风,树下落英缤纷,层层叠叠,如同在地上铺了一条绵密、厚重的花毯,完全看不出任何道路痕迹。小道玄穹用宽袖擦了一下鼻子,从怀里掏出一个罗盘,暗暗推算起方位来。

可惜罗盘太过破旧，上头的指针勉强转了几圈，便彻底不动了。玄穹左拍拍，右拍拍，罗盘仍是纹丝不动。小道士额头登时沁出一层汗来，且不说日后再买个新的要花多少钱，眼下罗盘失灵，要如何穿过这片迷宫似的桃林呢？

眼看时辰也不早了，玄穹只好自暴自弃般地钻进林子里。这里的桃树无论高矮粗细，都差不多，枝头桃花虽说好看，看多了也千篇一律，走着走着，整个人就丧失了方向感，有时候连前进还是后退都分辨不出。

玄穹身具"明真破妄"的命批，可以看破一切幻境。可这片桃花林并无迷幻心神之能，单纯就是树木太多太密，天然形成迷宫。他一边走一边发愁，身为桃花源的俗务道人，还没上任就在自家管片儿里迷了路，实在太丢人了。

玄穹稀里糊涂走了不知多久，忽然眉头一皱，在桃林之间停了下来。他饱受花粉蹂躏的鼻子，似乎嗅到了一丝不一样的气息，不是花香，而是淡淡的腥味。这腥味不是血腥，更像是来自大海的咸腥味。

但在内陆深处的桃林，怎么会有这种海腥味？玄穹以为是自己太过焦虑，产生了错觉。他有意朝前走了一段，再嗅，发现味道更强烈了。玄穹犹豫了一下，抽出桃木剑，循着味道朝前一步步挪去。

走出去几十步后，他双眸一凝，看到在一大片嫩粉桃花之间，不知何时多了一个黑点，如同白纸上的一滴墨迹，格外醒目。玄穹再凑近几步，发现那黑点竟是一只穿山甲，他正蜷着一身甲胄，蹲在树下左顾右盼。

这穿山甲已修成了人形，双手捧着个大葫芦。那股腥味，就是从葫芦里散发出来的。玄穹凝神观察了一阵，这家伙身无灵光，显然也是个没路引的，鬼鬼祟祟在这里不知要做什么。

他身为本地俗务道人，不能坐视不理，便从树后直接走了出来。那穿山甲瞬间觉察，下意识先要蜷起身子，再定睛一看，只是一个年岁稚嫩的小道士，身躯复又舒展开来。

"贫道乃是桃花源俗务道人，请问这位大圣，可有路引在身？"

穿山甲口吐人言："有的，有的，只是半路上弄丢了。"玄穹一点头："弄丢了也不要紧，凡是道门颁发的路引，必然勾连魂魄，内蕴灵光。大圣与我展现一二，我来补办便是。"

穿山甲闭上眼，装模作样运了半天气，复又睁开眼："哎，今儿可怪了，怎么运气都不通畅。"玄穹道："桃花源乃道门约束之地，没有路引，恕不能放你进入。"穿山甲连连赔笑："好好，我走便是。"说完把葫芦背在背上，转身要离开。

"等一下。"玄穹把他叫住，"你背上这个葫芦，里面装的是什么？"穿山甲闻言回头，一双绿豆眼陡然绽出凶光："葫芦？您说什么葫芦？"玄穹有些莫名其妙，那么大的葫芦摆在这儿，你怎么比它还能装？

"就是你身上背的那个葫芦，我要检查一下。"

穿山甲大怒："我说小道士，你不让我进去，我走便是，又何必苦苦相逼？莫要触老子逆鳞！"玄穹道："龙族的才叫逆鳞，你一只穿山甲，充其量叫倒刺。"

话刚说完，他猛然感到面门一阵腥风袭来，那妖物居然露出黑漆漆的前爪，朝自己抓来。穿山甲的两只前爪能够挖岩钻穴，犀利无比，这一下若凿实了，玄穹胸口就会多出两个血窟窿。

好在玄穹早有准备，右手一甩，桃木剑直接迎了上去，刺到穿山甲面门，疼得他"嗷"了一声，攻势顿缓。

玄穹这边暗叫不妙，桃木剑虽说无锋无刃，但自带辟邪之力，竟然只让穿山甲疼了一下。可见此妖皮糙肉厚，缠斗下去，自己恐怕要动用符咒才能解决。到底该省钱还是省命？他左右游移，一时难以决定。

他这么一迟疑，忽然听到头顶传来一阵"哗哗"水声。

水声？头顶？玄穹眉头一皱，一抬头，赫然看到一道白色匹练从上空横贯而过。

再仔细一看，发现这不是匹练，而是一条水龙直扑穿山甲。穿山甲大惊，转身欲逃，可水龙像有了灵智似的，始终紧追在他身后。直到这妖怪走投无路，那水龙才高高仰起头来，狠狠拍击而下，一下子把他砸在地上。

待得水花散尽，玄穹看到那穿山甲已现出原形，趴在地上气绝身亡，包袱被甩在一旁。

一个玄袍道士从半空缓缓落下。这道士白脸细眉，面上一丝皱纹也无，似笼着一层温润水汽，颔下三缕黑须油亮饱满。他落定在地，双眸看向玄穹，淡声道："这位道友，请教尊号？"

玄穹急忙起身，一个稽首："贫道是桃花源俗务道人玄穹。"那道士微微一怔："你就是那个新来的俗务道人？怎么不去东边的桃源镇，反而跑来西边？"

玄穹面色一红，嗫嚅着解释说罗盘坏了，在林中迷了路。道士本来右手捋髯，闻言动作不由得一滞，缓缓开口道："贫道是桃花源护法真人云天。"

玄穹面色一凛，慌忙再次施礼，口称师叔。

道门对桃花源这样的秘境，一般会派遣两名道士驻扎。俗务道人负责安民，只要勤勉就够了；而护法真人负责保境，非得是法力精深的高道不可。所以派驻桃花源的俗务道人，只用"玄"字辈，而护法真人却要"云"字辈的，两者高低搭配。

看刚才那条水龙的赫赫威势，云天真人修炼的应该是坎水，那只穿山甲精一招都无法抵御，可见他修为之深。一想到桃花源里有这么一位高人坐镇，玄穹心里踏实了不少。

"弟子莽撞，无意中见到这只妖怪形迹可疑，身无灵光，本打算上前查实，谁知这厮竟被激起了凶性。若非师叔赶到，只怕还要多费手脚。"

许是功法品性的缘故，修坎水的云天，比修震雷的云光脾气好多了。听玄穹说完，他只是微微一笑："桃花源是灵机浓郁之地，时常有妖物想潜越入内，所以我会定期在周遭桃林巡视。那只穿山甲一进来，我就盯上了，没想到被你抢先一步。"

"弟子僭越……"

云天道："不，你做得很好。张皇不改心志，迷路不忘职责，是个做俗务道人的好苗子。"

玄穹心想您这算是夸我吗……他赶紧指了一下地上的葫芦："我适才闻到这葫芦里面有一股腥味，不知装的什么东西，还请师叔小心。"云天真人"嗯"了一声，一摆大袖，一道清泉穿过林间，霎时把腥气荡涤一空，然后泉水一卷，把那个葫芦与穿山甲的尸身团团裹住，摄回自己手里。

"妖物身上，不免带有腥膻。我先用坎水封住，不要污染了桃林，待回去再细细查探不迟。"

玄穹暗暗赞叹，到底是前辈，考虑得真周详。他又提醒道："您查探完了，记得知会弟子一声，我好准备呈文。"云天看了他一眼，颇为赞许："小家伙对规矩很熟嘛，以后这些案头工作就靠你了——走，我带你回去。"

说完他迈开步子，朝着桃林外走去。玄穹大大地松了口气，举步追了上去。云天真人对这片桃林极为熟悉，七转八弯，脚下毫无迟疑。玄穹要运起真气，才能勉强跟上他的步伐。

"寻常桃木，都有辟邪之能。这里的桃木木质精纯，桃林绵延百里，天然就是一道辟邪屏障。不过桃林有密有疏，中间会形成一些天然通道。护法真人的日常职责，就是巡查小路，防止妖怪偷渡潜越。"

云天真人一边走着，一边大袖一挥，坎水在半空浮成一片水图，把桃花源的地形显示得清清楚楚。玄穹羡慕不已，这坎水真是方便，随手化形，省了很多口舌。

云天让玄穹熟悉一下地图，顺口问道："哦，对了，你是怎么看到穿山甲身上那个葫芦的？"

"就……看到了啊。"

云天细眉一挑："那葫芦外面包着一件法宝，叫作迷藏布，可以幻化成各种外皮。外人看去，只会看到一件普通包袱，你居然一眼就能看穿，里面是个葫芦？"

玄穹道："弟子天生有一个命批，唤作明真破妄。"云天真人一听这四个字，大为惊叹："怪不得你能一眼看透这迷藏布的本相。看来穿山甲遇到你，是他注定的劫数。"他又好奇地打量了玄穹一番："我听说这命格十分罕见，万中无一，看来你有大造化哪。"

"什么造化？造孽还差不多。"

玄穹苦着脸，把自家出生之时的遭遇讲了一遍。云天真人更惊讶了："遇财呈劫，这命格比明真破妄还罕见，真的是小财招小劫、大财招大劫吗？"玄穹面无表情道："师叔你是想让我表演一下，但碍于身份，又不好意思明说对吧？"

云天真人尴尬了一下，连忙摆手："不必不必，这是你自家命格，不影响本职便好。"玄穹撇撇嘴："岂止不影响，还有助益哩。弟子做俗务道人，只能枉法，不能贪赃。"

云天真人哈哈大笑："你也不必沮丧。所谓祸兮福之所倚，天生命蹇，君子固穷，反而更能专注于求道。太执着于外物，也会影响修行。"

玄穹斜眼看看云天真人，他身上一袭玄袍微现毫光，怕是一件难得的道宝，再看他头上的混元巾、碧玉簪，手里的银丝拂尘，肩上的紫竹渔筒……无不是上等物件。您说君子固穷，可没什么说服力啊。

云天真人从玄穹的眼神里，看出一丝不服气，有些尴尬地一捋胡须，从囊中摸出一枚锈迹斑斑的方孔铜钱，递给玄穹。玄穹吓得一哆嗦："师叔您要看雷劈直说，不用破费。"云天真人道："别紧张，这钱乃是取自真武殿前的功德箱，不会引动雷劫。你带在身上，反而可以避过雷劫。"

玄穹一瞬间瞪大了眼睛："这么说，弟子……弟子终于可以贪赃啦？"

云天真人眉头一皱："你这孩子想什么呢……桃花源这里人妖混杂，我赠你这枚古钱，是开个方便法门，助你应对一些极端情况。这一枚古钱受了百年香火供奉，厚蓄愿力，可以助你避过一次雷劫——记住，雷劫大小不拘，只能避过一次。"

玄穹一阵失望，复又振作起来："那弟子一次攒个大贪赃，再用这古钱不就行了？"

云天真人微抬起手指，一枚水泡"啵"地撞在玄穹脑壳上："你不要总想这些歪门邪道。"玄穹道："弟子实在是穷怕了，见到这样的避雷之物，如久旱之逢甘露……"

云天真人正色道："我知道你只是嘴欠，但这样的玩笑不可乱开，若被有心人听到，早晚会生疑。就算别人不计较，你自己说多了，也会慢慢陷入迷障，长此以往，心思难免偏斜。我给你这枚古钱，是希望你能用于正途，无违道心。"

玄穹没想到随口一句话，引出这么大一篇教训，只得赶紧点头认错，然后把铜钱挂到脖子上。

云天又道："我再提醒一句，你道行尚浅，下次遇到危险不要硬来，知会我便是。斗法是护法真人的职责，俗务道人可不要冒这个风险。"

玄穹注意到，云天说到最后一句，笼在面孔外的那层水汽起了一丝涟漪，似乎有心绪波动。不待他问，云天已叹道："你的前任是个叫玄清的年轻道士，就是因为过于逞强，以俗务之职，行护法之事，结果遭遇不测，身死道消。"

云天的话，让玄穹心里一突。他先前只知道此地的俗务道人空缺了一年，没想到上一任竟是殉道而死。怪不得道门那么多师兄弟，却让自己来接任，果然不是肥差。

对俗务道人来说，殉道的可不多见，桃花源这么凶险吗？云天见他面露惊惧，又抚慰道："只要你谨守本心，便不会有什么危险。至于玄清的事，等到了桃花源，我再慢慢讲给你知。"

他的语气里，带着一丝沉痛与歉疚。玄穹不敢多问，只好闷头朝前走去。

不知不觉，前方桃林渐稀，山岩之中现出一条狭窄的石穴。云天毫不迟疑，迈步而入，玄穹也紧随其后。这石穴初时极窄，勉强够一人穿过，然后逐渐展延开阔，很快玄穹便觉得眼前一亮，豁然开朗。

只见眼前是一片嫩绿色的开阔原野，形状浑圆，一条渌水绕行其间，百转千折，将其分割成不同地貌，丘陵、平地、浅滩、低洼、沟壑等等，地貌变化多端。原野四周还有一圈青山远远环绕，诸峰高低错落有致，满覆松柏，艳阳高照之下，一派隽永清峻的气象。在秘境的正中位置，是一个无比巨大的浑圆湖泊，如一面镜子面对青天。

这里天地间充盈着浓浓的灵气，玄穹深深吸了一口气，浑身的孔窍都通畅起来。怪不得妖怪们心甘情愿到这里来，真是个修炼的洞天福地。

他欣赏了一阵，忽然觉得哪儿不对。这里乃是一处秘境，怎么还会有太阳？他是修南明离火的，对这种事最敏感，再仔细观瞧，才发现这太阳徒有其形，竟是个假的。

云天真人在旁边解释道："这个地方乃是个天生的洞天福地，感应外界变化，自凝出日月星辰，模仿流转。秦末汉初一伙躲避战乱的百姓发现此处，在这里繁衍生息，一直到晋代一个武陵渔翁误入，才让外界知晓。"

"《桃花源记》嘛，弟子出发之前就背过。"

"全文背诵吗？"

"呃，本来是可以的，可今日舟车劳顿……"

云天呵呵一笑，两人沿着渌水边说边走，前方地势忽然下陷，形成一处盆地。盆地之中隐约可见许多灰瓦小屋，那里便是桃花源里唯一的一个镇子——桃源镇。

比起外面的城镇来说，桃源镇不算特别大，也就三百余户人家，分散在整个盆地之内，就像是在面饼上撒了一把芝麻，松散而祥和。

两人一进桃源镇，忽然一个穿肚兜的小娃娃从斜里蹿出来。玄穹还没反应过来，那娃娃已跳到云天头顶，伸手去拔那碧玉簪子。云天随手祭出一团水花，把那娃娃笼住，轻轻搁在地上。

那娃娃大为气恼，一张大扁嘴，大哭起来，两根须子从嘴角伸出来，竟是一只小妖。这时一个胖子气喘吁吁地跑过来，一脸歉意，嘴角同样有两根大须子来回摆动。云天笑道："无妨，无妨，莫让他跑丢了，还得去找。"说完把娃娃递过去。

"这是一家子鲇鱼精？"玄穹这才看出来。

"波奔儿灞家里才生的孩子，宠得不像样子。"云天真人显然对附近居民的情况十分熟稔。

他看了一眼玄穹："在这里做俗务道人，千万不要起了分别心和傲慢心。你是代表道门来替妖排忧解难的道友，不是颐指气使的上司。有些事情，不是背诵几句金科玉律就能解决的，唯有视妖为友，方不误道心。"

云天真人什么都好，就是爱讲大道理。玄穹怕他又要啰唆，连忙点头说记下了，心想婴宁和辛十四娘所属的青丘狐族，大概也在附近住吧，等安顿下来，不妨去拜会一下。

别看桃源镇偏僻人少，设施却一应俱全，什么学宫、医馆、饭店酒肆、诸色商铺都有，其中自然也少不了位于镇子正中的俗务衙门。这衙门规制与人间无异，只是规模甚小，大门只有三丈宽窄，前后两进。

在大门口的旁边，还立着一块桃木质地的告示牌，上面贴着乱七八糟的大小纸块，不是道门通知，就是寻物启事、招租文书什么的，叠得里三层外三层，颇为杂乱。云天一指门口："你日常便驻扎此处，前院接待，后院住宿。那些妖怪若有什么纠纷或文牍要办理，就会来此地。有什么告示，也会在这里公之于众。"

"师叔与我同住吗？"

"不，护法真人住在镇里容易惊扰居民。我的平心观就在渌水尽头，镜湖旁边。有时间你可以去喝喝茶。"

玄穹恭敬道："等我做完交接，就去拜会师叔。"云天又叮嘱道："整个桃花源，你尽可以去，唯独正中的镜湖不要深入。"

玄穹还没来得及问为什么，突然一股强烈的妖气，从镇子里冲天而起，随后又有一股升起，同样凶性十足。玄穹顿时汗毛倒竖，急忙转头去看云天，却发现后者无动于衷，仍旧絮絮叨叨讲着俗务衙门的种种注意事项。

"师叔?! 那边有妖气！"

云天朝那边看了一眼，淡淡道："等你安顿好了，去渌水尽头的道观寻我便是。"玄穹瞪大了眼睛："可是……那边有妖怪作祟您不管吗？"

云天拍了拍玄穹的肩膀："妖怪们的日常纠纷，正是俗务道人的职责。你刚到此地，正好熟悉一下，攒攒小功德。"说完飘然离去。

玄穹登时怔在原地，这……这怎么就成日常纠纷了？但云天既然这么说,想必不会害自己。他叹了口气,先进到俗务衙门里,把行李随手搁下,看到后堂干干净净,墙上挂着一身略显破旧的玄色道袍,袖口绣着一朵桃花,旁边还挂着一条褐色布腰带、一顶黄冠和一卷捆妖索。

这是俗务道人执勤的装束,一般由道门统一颁发。桃花源这里既然有现成的旧袍,自己还可以去申请一套新的,算下来白得了一套衣服,玄穹想到这里,心情稍微开朗了点。

他匆匆换好执勤装束,离开俗务衙门,循着妖气痕迹一路找过去,很快便看到了两股妖气的来源。

眼前的十字路口正站着两个少年。一个尖牙长吻,头脸一圈藏青色的浓毛,看起来似乎是狼属;另外一个相貌更奇特,双目两侧更有三对小眼,上身赤裸着,一共八条手臂来回舞动,显然是小蜘蛛成精。

那只小蜘蛛高高攀在一根旗杆上,居高临下地从肚脐喷出一团白色丝线,把地面上的狼少年团团罩住。狼少年也不甘示弱,张开大嘴咬住蛛丝,四肢化出利爪,死死扣住地面。看得出,两只小妖都动了真火,拽住蛛丝两头谁也不放松,两股妖气冲天而起。

不远处还站了几只小妖,他们既不敢跑远,也不敢靠近,就这么眼睁睁看着。

玄穹一扶黄冠,走上前去,口中大喝:"我是桃花源俗务道人,不得无故斗殴,速速停手!"那几只小妖一看那身装束,纷纷后退几步。只有那狼少年和小蜘蛛恍若未闻,继续顶着牛。

随着蜘蛛丝被拽得越来越直,狼少年的双眼变得越来越红,而小蜘蛛的四对手臂也挥舞得越发急促。这是要现出原形啊!

玄穹暗叫不妙。妖怪若是现了原形,力量会大幅提升,可也会灵智失控、狂性大发。所以道门严厉禁止妖怪在公共场合未经许可,擅自化形,这俩家伙若是真现出来,可是要出大乱子的。

玄穹当机立断,祭起桃木剑,并指一挥。那桃木剑应声飞出,斩在蜘蛛丝上。谁知那蛛丝坚韧无比,木剑一斩之下竟没断掉。玄穹暗叫惭愧,再斩了一次,仍是无用。眼看那两只小妖把持不住人形,即将化变,玄穹一咬牙,只好祭起了本命法诀。

这本命法诀,是每个修道之人必修的神通,譬如云光之震雷、云天之坎水、云洞之艮土。玄穹修习的乃是南明离火,比三云的境界差得远,但五行讲究相生相克。蛛丝最怕火,玄穹手指冒出一团小小的火苗,一甩到蛛丝上,丝线应声而断,两只小妖同时后仰着倒地。

这么一打断,他们俩总算脱离了狂怒状态。小蜘蛛精从高处垂吊下来,被一根白色丝线牵着,晃晃悠悠;小狼妖则趴在地上,不住地喘息,还夹杂着几声咳嗽。

玄穹注意到,这只狼妖与蜘蛛精,身上穿的青衿长衫都是一样的制式,旁边围观的那几只小妖,也是同样穿着,好似是一个学堂出来的。

两只小妖怪摔倒在地，却依旧怒视对方，随时可能再扑过去厮打。玄穹咳了一声，亮出自己的度牒："你们两个当众斗殴，都跟我回衙门去问话！"

　　那狼妖和蜘蛛精一见俗务道人介入，老老实实从地上爬起来。玄穹斜眼看看旁边那几只小妖："你们看得好开心哪，也一并跟来做个见证！"

第四章

玄穹牵着这一串小妖怪回了衙门。那小狼妖挺胸昂首，鼻子高耸，一副不服气的模样；小蜘蛛精一边走，一边几条手臂倒个不停，像纺车一样，忙着把屁股后拖着的一长条蛛丝回收。

进了衙门，玄穹拿起毛笔，铺开纸张，开始一一问话。

原来这只小狼妖叫毛啸，父亲是一只苍狼成精，在桃花源里做丹师，道号凌虚子；而那只蜘蛛精，则是一年半前跟着母亲搬来桃花源的，叫作朱侠。他们和旁边的几只小妖怪，都是心猿书院的学生，同拜在猿祭酒门下修道。

今日毛啸和几位同窗逛街，正好在宝源堂医馆前遇到朱侠。两人擦肩而过时，朱侠不小心把一条黏糊糊的蛛丝，粘在了毛啸的尾巴上。毛啸登时不乐意，骂了朱侠一句"钱眼儿蛛"，朱侠大怒，推了毛啸一把，然后两人你一下，我一下，就这么打起来了。

"这么点小破事,也值得你们打一架?"玄穹哭笑不得,少年人年轻气盛,妖怪也不例外。

玄穹做完笔录,抬头看向朱侠:"他们说是你动手在先,有什么要解释的吗?"朱侠口器紧咬,说:"是我先动手的没错,他骂我就该揍!"毛啸在旁边发出一声咆哮:"是你先把蜘蛛丝蹭到我身上,我才骂你的!"他说到激动处,气得连连咳嗽起来,似乎身体有点虚。

眼看两妖又要争吵,玄穹不耐烦地敲了敲几案:"把这点精力用在学业上,你们早飞升了——我问你们,是初犯吗?"

毛啸比较机灵,听出了玄穹的意思,赶忙说:"是第一次。"朱侠却憨直得很:"不是。"毛啸脸色一变:"你个蠢东西,道长不跟你计较,你还拿上了。"朱侠这才反应过来:"我俩互殴是第一次,之前都是我揍他。"

"放屁!"毛啸拍案而起。

眼看两人又要吵起来,玄穹祭起离火,炸在两人之间,然后挥笔写下两份处罚:"念及你们是学生,又是初犯,朱侠先动手,罚十两银子,毛啸罚五两。你们俩拿好文书,改日让你们家大人来交钱。"

"不用不用,我现在就交。"毛啸接过处罚文书,现场就掏了五两银子出来。玄穹的手一哆嗦,这孩子也太有钱了吧?毛啸抓抓顶毛,得意道:"我爹是炼丹的。道长若有需要,欢迎去镇子东边的凌虚铺子,给您打折。"

玄穹这才反应过来,丹师无论在哪儿都吃香,怪不得人家的零花钱,是自家两个月俸禄。他接过银子,头顶忽有雷云涌动,玄穹抬头暗骂一句:"这是充公的银子,看清楚,充公的!"雷云这才悻悻散去。

他把银子验过成色,锁进库房。毛啸和他那三个同窗,匆匆离了衙门,剩下一个朱侠一脸尴尬,嗫嚅道:"如今身上没有,过几日我再来补交,您看行吗?"

"你记得便是。"玄穹又补充道,"哦,对了,你们俩差点现形这件事,我必须通报心猿书院。"

一听这话,朱侠猛然变了脸色。他上前一步,四对手臂一起拱了拱:"道长,能不能不告诉学堂,我多认罚点银子还不行吗?"玄穹摇摇头:"这衙门又不是我开的,贫道说了不算。"

朱侠咬着口器道:"我家情况有点特殊,能不能通融一下?"玄穹抬眼淡淡道:"你动手之前,难道就没想过这个结果吗?"朱侠急得差点喷出一条白丝:"可是……我那是……他骂得太难听了,我一时气急……这样行吗?我跟他赔礼道歉,我认罚三倍,但莫要上报给学堂,求求您了。"

朱侠语气里多了一丝哭腔,似乎发自真心地惶恐。玄穹觉得他可怜,可转念一想,这是自己到桃花源处理的第一桩纠纷,听人几句软话就放弃秉公执法,总是不好。他只好硬起心肠,把处罚文书掷出去:"通报心猿书院,是为了让师长能及时教育,惩前毖后。你若是害怕,当初就该别打架。"

朱侠神色一黯,只得默默收起文书,转身踉踉跄跄出了衙门。他走得失魂落魄,一截蛛丝从肚脐处耷拉下来,拖在地上，长长的一条。不知为何，这丝线晃得玄穹有些心中不安，又说不上哪里不对。

送走他们，玄穹一个人待在衙门里。他还得起草一份给心猿书院的通报。这些琐碎的案头工作，之前都是云天真人代理，怪不得他一见到有俗务道人来，就特别热情，敢情是有人打杂了。

他打起精神，一口气处理完，天色已开始微微发暗。桃花源的日月星辰与外界同步，这会儿该是日落月升了。玄穹打了个哈欠，打算去吃个晚饭，可视线扫过文书时，却猛然停住了。

笔录中有个细节，他之前没注意。里面讲，两人冲突的直接起因，是毛啸先骂了朱侠一句"钱眼儿蛛"。玄穹天生穷命，一涉及钱字，就变得特别敏感。

"钱眼儿蛛"，顾名思义，就是掉进钱眼儿里的蜘蛛。如果是寻常路人辱骂，无非是贱婢、丑奴、蠢货、混账之类，毛啸骂朱侠小气，说明他们俩原来就很熟悉——莫非这次斗殴事件，还有隐藏的因果不成？但他们俩好像都没提过。

玄穹晃了晃脑袋，努力把杂念驱出灵台。这桩纠纷事实清楚，实在不需要再额外做什么了。可朱侠离开时的沮丧背影，和那一截拖在地上的长长蛛丝，总让他觉得念头不甚通达。

之前听这俩小家伙的言辞，似乎之前也被玄清处理过，不知道衙门里有没有卷宗留存。算了，就当是熟悉自家衙门吧。玄穹给自己找了个理由，起身开始翻找起来。

前任玄清是个精细人，衙门里的物件摆放得井井有条：户籍文书搁在架阁库，一排排都用长签标明，妖属、地望、姓氏、住址，笔迹清朗，一目了然。衙门里的整齐划一，和门口告示牌的杂乱无章，形成了鲜明对比。

听云天真人讲，玄清是殉道而死。可看衙门里的这些摆设，简直就像他知道自己要死，提前整理好给继任者交接似的。玄穹翻了翻文书，绝大多数是玄清的公事案牍，几乎没有关于他个人的信息，未免有些遗憾。

玄穹查了一下卷宗，果不其然，一年半之前，毛啸跟朱侠就打过一架，正是玄清调解的，为一些鸡毛蒜皮的小事。玄清还特意注明："朱侠家境不易，需格外关注。"另外在毛啸名下也添了一笔，说他有胎里病，性格偏激，不宜刺激，以安抚为主。

区区两只小妖怪，居然都有如此详尽的记录，玄清这心真是细到家了。玄穹看了一阵，放下卷宗，匆匆去到位于镇子东边的一座大宅。

这宅子富丽堂皇，气势不凡，那高高的院墙里，还隐隐飘出一股丹香味道。玄穹走到那两扇朱漆大门前，拍了拍门，说找毛啸有事。过不多时，毛啸匆匆走出来，嘴里还嚼着半根带肉大骨头。

他一看是玄穹，习惯性地呜呜低吼了几声。玄穹道："别紧张，贫道不是来抢你骨头的，不用这么护食。"毛啸三嚼两嚼，把碎骨头咽下去，请玄穹进来讲话。玄穹一摆手："道门规矩，道士不得无故擅入民居。咱们就在这里讲吧。"

他问毛啸:"你为什么骂朱侠是钱眼儿蛛?"毛啸一怔:"他小气得很,跟掉进钱眼儿里似的,学堂里谁都知道。"玄穹面色一板:"刚才他宁可多交罚款,也不想我去通报学堂,这是掉钱眼儿的表现吗?你别狗戴嚼子——胡勒勒,你们俩之前,是不是有别的纠纷?"

毛啸没料到,这位俗务道人管得倒真细,他脖子一梗,说:"对,朱侠刚转学来的时候,我跟他打过一架。"玄穹问:"到底为什么你会骂他钱眼儿蛛?你如实说,可别辜负了玄清道长一番息事宁人的心血。"

一提玄清,毛啸老实下来,先看了眼宅子里面,随后压低了声音:"您别跟我爹说啊……是这么回事。之前我跟一只孔雀耍朋友,她快过生日了,我想送她个惊喜,就在朱侠那里订购了一套蛛丝帘。"

"等会儿,朱侠不是学生吗,怎么还干这个?"

"要不怎么说他钻钱眼儿呢?他们家是冰山上的雪莲蛛成精,这一族吐的蛛丝又白又韧,结成的网子上都是独一无二的花纹,绝无重复,还自带雪莲清香。朱侠平时在学堂外偷偷卖,好多同窗都从他那里买。"

玄穹道:"按心猿书院的规定,学生应该不能私下做买卖吧?"

"朱侠可不管这个,只要有赚头他就敢卖。我找他说买一套,没想到这个浑蛋直接给我开了个高价,三尺帘子要十五两银子!"

玄穹奇道:"你五两银子拿出来眼睛都不眨,还在乎这点溢价？"毛啸怒道："我家里有钱，可也不能把我当傻子呀。我质问他，为什么给别人是十两，到我这里就是十五两？您猜他说什么？他说我常年服食丹药，恐怕药性跟蛛丝里的雪莲味有冲突，要做特别处理才不会伤身，得加钱。"

玄穹有点迷惑："这话如果属实，倒也没大错吧？"毛啸恨恨一拍门框："呸！我身体如何，轮得着他关心吗？他无非是找个理由多收银子罢了！"说完又捂住嘴，剧烈咳嗽了一阵。玄穹大概明白了，这孩子体弱多病，估计心里多少有点自卑，朱侠又不会讲话，一句就戳中了他的痛处。

"我们大打了一架，玄清道长把我们抓回去训了一顿，让我们保证不再犯。"

"所以你们俩不是今日偶生口角，而是积怨爆发。"

"对！我就是看他不顺眼。"毛啸一圈颈毛竖起，面露凶相，"案子不是都结了吗，何必又来追究这些？"玄穹道："案子既然结了，你那么紧张做什么？"

毛啸一阵心虚，不由得又剧烈咳嗽起来。这时却见一只老狼从院里走出来。这老狼长眉长吻，披着一袭道袍，一对狼眼微眯，几乎没有凶性，反而多了几分慈眉善目之感。毛啸一见他，连忙低头叫了一声"爹"——这应该就是桃花源的丹师凌虚子了。

凌虚子先是摊开手掌，拿出一粒丹药递给儿子服下，然后对玄穹客客气气一拜："不知新任道长驾临，有失远迎，恕罪恕罪。"玄穹道："哦，我叫玄穹，你儿子护食，你可别护犊子啊。"

凌虚子一怔，这道长说话可真中听。他指着毛啸道："这孩子从小肺怯金虚，虽说一直服用丹药，可仍是金破不鸣，性子有些偏激，若有不端之处，还请道长谅解。"毛啸不情愿地喊了一声："爹！"凌虚子瞪了他一眼。

玄穹把之前的斗殴约略讲了一遍，凌虚子笑道："少年打架而已，无妨无妨。"说着从袖子里掏出一个小锦盒："道长为犬子……"毛啸在旁边不满地哼了一声，凌虚子改口道："……为小子之事费心，在下实在惭愧。正好近日炼了几粒三花养心丹，可以弥补元气，请道长指点一下丹术。"

玄穹别的不怕，就怕这个："得了，道门规矩，不能收受礼物。"凌虚子笑道："这都是随手炼出的废丹，没什么用处，是想邀请道长共同参悟，助我于丹道上有所进步。"

这老狼真是太会说话了，玄穹暗暗敬佩，可还是坚决推了回去："贫道命格比较特别，若是收了这几粒丹药，只怕雷劫直接就劈下来了。"凌虚子没想到眼前这小道士命格如此奇葩，略一沉吟："那么这锦盒就请道长转交朱家，弥补小子过失。"

玄穹大声说"那我代朱家先拿着"，这才伸手收了，收完之后看了看天空，一片寂然，没有半点雷云凝聚之象，才算放下心来。

离开毛啸家之后，玄穹又去了另外三只小妖怪家里。这三家见俗务道人亲自上门，都诚惶诚恐，直接拎着孩子耳朵出来。玄穹访谈了一圈，才知道毛啸虽说体弱多病，但仗着出手阔绰，在学堂里是一个霸王。

据那三只小妖怪讲，平日明里暗里，毛啸总是欺负朱侠。玄穹密密麻麻抄录了三页口供，又回到街上，找到两妖发生冲突附近的那家宝源堂医馆。宝源堂的老板是个人类，叫徐闲，桃花源里比较少见。

他正在堂下熬药，见道人来问，便把自己看到的情况也说了一遍。与小妖怪们的几份口供，基本上都对得上。玄穹离开铺子，忽然一歪头，觉得哪儿不对劲，又回去问老板，打架之前那个蜘蛛精在宝源堂买了什么。徐闲把账簿递过去，玄穹扫了一眼，额前白毛忍不住摆了一摆。

离开宝源堂之后，玄穹看看天色已经不早，举步又赶去朱侠家里。他家洞府距离学堂倒是不远，玄穹走到门前一看，顿时愣住了。

这洞府莫说比毛家的深宅大院不如，就连那三只小妖怪的家里都没法比，不过是小丘背阴面一个逼仄的岩穴，洞口挂了一帘蛛丝做遮挡，既无仙草灵芝点缀，也无灵泉清溪环绕，寒碜得很。

玄穹走到洞口张望了一番，迟疑地扯了扯最粗的那一根蛛丝，只听岩穴里很快传来咝咝声。玄穹先闻到一阵腥风，旋即看到一只大腹便便的白色巨蛛踩着蛛丝出现。

妖怪在自家洞府里现出原形，不算违反道门规矩。可这么大一只母蜘蛛陡然出现，几乎填塞了整个视野，还是让玄穹忍不住退后一步，暗中抓紧了桃木剑。

母蜘蛛身子微颤，很快收束成一个体格健硕的妇人形象，硬邦邦道："你就是今日到任的那个小道士？来我这里做什么？"玄穹道："我是为今日白天的一起斗殴案子，来查访一下。"那妇人一听，八眼霎时俱红，回头看了眼岩穴深处，狠声道："这小畜生还骗我说都结了！"

玄穹忙解释说："确实结了，只是有些细节，我想查实一下，故而上门。您就是朱妈吗？令郎……何在？"妇人看了他八眼："请道长随我来吧。"

玄穹跟随朱妈进了洞府，发现里面实在狭小，小到如果她现出原形，几乎上下紧贴着岩壁，再没空间。也就是说，朱妈和朱侠两只蜘蛛精在这个小洞里，始终得有一只保持人形，真是够憋屈的。

过道里面左一顶，右一顶，都是雪莲蛛丝帘的半成品，可见平日里朱妈就是以此为营生，朱侠这才有样学样。玄穹一边走着，一边随口探问家里情况。朱妈像是被一下子疏通了丝囊，牢骚如吐丝一样滔滔不绝：

"道长明鉴。雪莲蛛不像别的蜘蛛，我们生育困难。我都年过五十了，才生出这么一个崽子。我想着天山冰寒地冻，待一辈子能有什么出息？总要给崽子博一个更好的出身。听说桃花源里的老猿很会调教，多少妖怪拜在他门下，能化去横骨，早日飞升。不过心猿书院只收桃花源的妖怪，我咬了咬牙，把在天山的洞府给卖了——我们在天山的洞府可大了，里面能摆下几十圈的大网，换到桃花源，结果遇到一个做牙人的蝙蝠精，听了他的哄，稀里糊涂买到这么一处破烂小洞窟。

"我图什么，不就图个他能进心猿书院的资格吗？可这孩子，一点都不珍惜，到处惹事！这要是真被取消了资格，我……我可怎么办？呜呜……"

玄穹终于明白，为什么朱侠宁可多交罚银，也不愿被通报学堂。若是他被学堂开革，家里的投入可就全白费了。玄穹道："您别着急，我这一次来，就是要把这件事查明白，别耽误孩子前程。"

"唉，辛苦道长了。之前的道长玄清，对这孩子也挺上心。我们上了蝙蝠精的当，本以为吃了个哑巴亏，没想到玄清道长上门直接把他抓了，好歹退了牙人费。唉，若是孩子被退学，都对不起他……"

"他是个什么样的人？"玄穹问。这些妖怪对玄清似乎都很服气。

"比你帅得多，就是不太爱笑，做起事来一板一眼的。"

"下次不用说前面半句。"

在朱妈的絮絮叨叨中，他们走到了洞穴尽头。玄穹抬头一看，穹顶上倒吊下来一个大白茧，朱侠被蛛丝捆得里三层外三层。朱妈喝骂："不中用的畜生，还说没事儿了，现在人家道长找上门了！不知惹出多大祸事！"

朱侠睁开眼睛，见是玄穹，八眸中闪过一丝诧异。玄穹咳了一声："总这么吊着孩子也不好，要不您先给放下来？"朱妈道："这贱骨头不吃点苦头，不长记性！"玄穹奇道："你们蜘蛛哪来的骨头？"朱妈瞪了他一眼，转身挺起肚脐用力一吸，把白茧扯出一条丝线往回拽。只见那茧子滴溜溜地转了十来圈，越转越小，最后朱侠"扑通"一声，身体摔在地上。

玄穹过去把他搀扶起来,扶到旁边的一张软蛛网上。朱侠硬邦邦道:"我该说的都说了,道长还要问什么?"玄穹道:"我问你,你是不是在学堂里,向同窗们贩卖雪莲蛛丝帘?"朱侠没料到他会查问这个,只是闷闷地点了一下头。

旁边的朱妈"啊"了一声,上前挥起巴掌打了他一下,怒不可遏:"浑小子!谁让你不好好学习,偷偷吐丝拿去卖?!身体不要了?"

原来雪莲蛛未成年时,一般不可吐丝,要积蓄腹中精华,到了成年之后,吐出来的蛛丝才柔韧清香,能称为上品。像朱侠这种还在学堂念书的孩子,频频吐丝,把精华泄空,很容易影响到未来品质,怪不得朱妈一听就急了。

朱侠咬着口器,忍着责骂,就是不吭声。玄穹实在看不过眼,拦住朱妈道:"先公后私,我先问完话,您再训斥不迟。"他转头问道:"是不是之前毛啸想从你那里买一顶帘子,你开价十五两?"朱侠委屈道:"我是纯好意,提醒他不要跟丹药的药性有冲突,谁知他反而骂我黑心。"

玄穹又问:"所以后来他们那一伙人,就一直处处针对你?"小蜘蛛沉默片刻,轻轻地"嗯"了一声,然后说:"玄清道长警告过他们,我也就隐忍下来,可现在……"

"现在玄清不在了,毛啸觉得没人罩着你,故态复萌开始挑衅,所以你一下子急了?"

朱侠八个眼圈一下子红了,良久又是一声轻轻的"嗯"。玄穹又问道:"你学堂课业那么重,还分出心思来吐丝赚钱,是为什么?"朱妈大怒:"我耳提面命多少次了,你还小,不能吐丝。你这孩子,怎么就贪眼前小利吃大亏呢?!就是不听我的话!"说完挥手又打。

朱侠挨了两下巴掌,口器咯咯,昂首发出一声呼啸,整个身体骤然膨大,化出原形。玄穹和朱妈都没来得及反应,这只小蜘蛛就八爪舞动,沿着岩穴朝外面跑去。

他俩追出洞口,眼前是黑漆漆的一片树林,朱侠已不见踪影。玄穹抱怨道:"我知道你们蜘蛛没耳朵,可你用腿毛先听听孩子说什么,再教训不迟。"朱妈也是后悔不迭,他若是跑到闹市,麻烦可就大了。

玄穹道:"妖怪现了原形,都是凭着兽性,下意识奔去记忆最深刻的地方。在桃花源里,还有什么地方是孩子最喜欢的或者经常去的?"朱妈搓着几只爪子,焦虑道:"他没什么朋友,除了洞府和学堂,没去过什么地方呀!唉,这孩子,说几句怎么就……"玄穹叹了口气:"那这洞府附近,可有什么近水靠山、比较阴湿多泥的地方吗?"

朱妈想了想:"洞府西南方向,大约两里地外的河沟拐弯处,有一片沼泽。可那孩子怎么会去那里……"玄穹瞪了她一眼:"你儿子的事,你不知道的还多着呢,快走!"朱妈愣了愣,搓着手说:"道长,我能现原形吗?"

如遇紧急情况,得了道士准许,妖怪可以现出原形协助。这桩闲事既然已经管上了,玄穹索性心下一横:"我批准了,你变吧!"

朱妈比较谨慎,只现出蜘蛛肚子和八条腿,上半截还是保留人形。玄穹一跃上了蛛背,大白蜘蛛八脚急划,以极快的速度冲入黑夜。

不一时到了沼泽边缘,朱妈大声喊起朱侠的名字,却没任何回应。玄穹皱起眉头,仔细观瞧,忽然看到沼泽旁边有个泥糊糊的小洞,他跳下蛛背走过去,看到洞口明显有新划的蛛腿痕迹。

玄穹道:"朱侠,朱侠,你在里面吗?"里面窸窸窣窣,似乎有动静。朱妈要冲进去,却被玄穹拦住,又温言喊道:"朱侠,我知道,你是为了母亲,才去卖蛛丝帘子,对不对?"那窸窣声消失了,妖气也不如之前那么凶,玄穹又道:"我已去过宝源堂,你是不是每个月在那里买灵蛆卵?"

泥洞里的朱侠终于迟疑地探出头来,眼神里恢复了几分理性,但更多的却是委屈。洞外的一人一妖注意到,在他的蜘蛛腹部下面,盘着一窝白花花的蛆虫,蛆头攒动,偶尔闪过灵光。朱妈一看那些蛆虫,怒火顿时消失了,呆呆地站在洞外,八脚叉开,默不作声。

玄穹蹲下身子拿指头拨了一拨:"灵蛆卵须在阴湿泥地,方能孕出灵蝇,乃是蜘蛛一族的大补之物。"朱妈的口器中发出一声悲鸣,趋身上前,几只爪子将朱侠一把狠狠抱住。若不是毫无杀气,玄穹差点以为她要啃了自己孩儿。

朱侠任凭母亲抱住,一动不动。半晌朱妈方颤声道:"他从小挑食,不爱吃这些。这……这是我爱吃的……"玄穹叹道:"朱夫人,令郎是心疼你吐丝织帘子辛苦,所以偷偷吐丝卖帘,是为了换取灵蛆卵。你家附近没有沼泽,所以他才悄悄在这里养蛆,想养出灵蝇来给你进补,孝心可嘉啊。"

其实他知道,根本不用费心解释,当妈的一看到那些蛆虫,还能不明白孩子的真实心意?但自己是俗务道人,必须要跟当事人把话说明白才成。

"这事之前玄清道长知道吧?"

朱侠道:"那次调解完纠纷,他了解了我的家境,便叮嘱我可以卖丝帘,但不要太过耗神,还特意去宝源堂自家掏银子,给我买了点灵蛆卵……"

一听说这事还要自掏腰包,玄穹效仿前贤的心思立刻淡了。

朱妈抱了半天儿子,抬起头来,语气带着一分讨好、两分忧虑与三分胆怯:"呃,道长,我儿子现原形这事……"玄穹迟疑了一下:"他没被大众看到,亦未造成恐慌,贫道不会追究,只会口头训诫一下。"朱妈这才松了一口气,忽然又问:"那心猿书院那边?"

玄穹正色道:"这个事情,我却徇私不得。按照规矩,是一定要通报给心猿书院的。不过令郎先前在学堂里曾受霸凌,故而反应过激。我在文书里会把这些前因后果写明白,至于猿祭酒会不会酌情考虑,那不是贫道所能决定的了。"

朱妈和朱侠俱是松了一口气,连连道谢。玄穹拍拍小蜘蛛的脑袋:"以后别动不动就现了原形跑掉。你妈不容易,你们要互相谅解才是啊。"朱侠气鼓鼓道:"我不是对我妈不满,是那个毛啸欺我太甚……"

玄穹从袖子里掏出锦盒："说到这个，这是毛啸他爹给你的。"朱侠打开盒子，看到几粒黄澄澄的丹丸，他还没反应过来，倒是朱妈先发出一声欣喜的啸声。朱侠未成年就吐雪莲丝，颇伤元气，三花养心丹正可弥补元气。

朱侠微微发怔，口器磨动几下。玄穹"啧"了一声，凌虚真是老江湖，恐怕他早就算准朱家急需此药，借着自己的手送过来。朱家太穷，朱侠又伤了身子，这药他们是没法拒绝的。

如此一来，他儿子毛啸霸凌同窗的事，就算是遮掩过去了。

若自己只按斗殴现形判了这桩案子，送去学堂通报，功德倒是有了，但朱侠一定会被退学，以这对母子的脾气，还不知会闹成什么样子，孩子的一生就算彻底毁了。如今虽说多费了一番手脚，但结局总算皆大欢喜。

拜别了千恩万谢的蜘蛛母子之后，玄穹匆匆赶回衙门。这桃源镇的俗务，果然复杂，小小的一桩斗殴，就牵扯出一堆事情。若只是简简单单按规矩来办，不定埋下多少隐患——这份功德，可真是不好赚哪。

玄穹缓缓在一个破蒲团上坐定，开始搬运周天，一口气修炼到朝日初升，方才迎着阳光缓缓睁开眼睛。阳光虽假，但一样能晒得人暖洋洋的，玄穹觉得整个人神清气爽，体内元神鼓鼓欲动，他从蒲团上站起身来，信步走到衙门前院的签押房，开始处理公务。

谁知道只是略做盘点，好心情顿时烟消云散。

第五章

玄穹细细盘点了一下，昨天处理了一次妖精斗殴事件，毛啸和朱氏母子先后三次现形，这都是需要分别写情况说明的，再加上还要把凌虚子的丹药交代明白、给心猿学堂发通报等等，至少七八份文书要处理，少说也得花上一天工夫。

一想到这里，玄穹忍不住学毛啸仰天长啸，这就是管闲事的代价啊，也不知前任玄清是怎么处理这些事的。

说到玄清，从昨天朱侠那件事就能看出来，此道做工作很细致，深孚人……不，深孚妖望，无论小妖还是老怪，一提他的名字态度都很配合。这样出色的一个人，怎么就殉职了呢？这桃花源里有什么凶险，能波及一位俗务道人？

衙门里的卷宗，并没有提及他殉道的记录。玄穹翻箱倒柜找了一圈，猛然想起来，昨天那只穿山甲潜越的事情，还没写报告。他正好也得去拜会一下护法真人，连公事一起办了，顺带问问玄清的事。

至于文书嘛，慢慢来吧，反正云洞那个老家伙绝不会主动来催……

一想到有了逃避的理由，玄穹登时犯了懒，只把眼前的文书写完揣怀里，换了一身俗务道人的行头，兴冲冲离开衙门。刚一出去，他就听到头顶传来一个脆生生的声音："小道士，你过来啦？"

只见告示牌上蹲着一只小狐女，脖颈上挂着金锁，居高临下地看着自己。玄穹没好气道："快下来，告示牌是张贴衙门告示的，你骑上去成何体统？"

婴宁笑嘻嘻地从告示牌上跳下来，尖嘴一撇："哎哟哟，一到桃花源，官架子就摆起来了。"

玄穹一指告示牌："桃花源的安居告示，你仔细读了没有？"婴宁道："这里贴得好杂乱，谁有耐心找啊。"

玄穹一看，确实不怪她。衙门的安居告示被各种字条给覆盖住了，玄清那么洁癖，居然都不清理一下这里。他撕下一堆启事，才找到那张告示，手指一点："看清楚，你在桃花源常住，光有路引可不行，得办个客居户牒。"

婴宁道："哼，真啰唆，我这不是特意过来办吗？快给本姑娘写一份。"玄穹一伸手，婴宁杏眼一瞪："你还敢收好处？"玄穹气得笑了："我这命格，能收到什么好处？我是要你的原地妖籍、你姑姑辛十四娘的具保函和道门路引！"

婴宁尾巴一摆，从怀里一一掏出来，忽然眼睛一眯："咦？小道士，你脖子上怎么学我挂起东西来了？哎哟，还是一枚铜钱呢，不怕被雷劈吗？"

"这是云天真人送的，蕴藏百年愿力，不拘大小，可以避一次雷劫。"玄穹珍惜地拿指头蹭了蹭上面的铜锈，炫耀道。婴宁惊叹道："那你不是从此可以尽情贪赃枉法了？"

玄穹不耐烦道："听清楚，只能避一次而已。"婴宁眼珠一转，从怀里掏出一两银子："你把客居户牒早点办好，这一两是给你的。"玄穹不屑地瞥了一眼："贫道一心求道，无心外物。为区区一两银子，我是不会破例的，怎么也得来笔大钱吧？"婴宁到底没耐心，一拍桌子："你到底办不办?!本姑娘很忙的！"

玄穹收了她的东西，转身回到衙门里，一一核验起来。婴宁趴在桌子对面，支着下巴看了一阵，觉得实在无聊，不耐烦道："小道士，手脚怎么这么慢？"玄穹抬起头慢悠悠道："户籍无小事，错一个日期都是麻烦。你当初还没吃够云光真人的教训？"婴宁一哆嗦，似乎回想起了那个使雷的凶神恶煞，立刻不作声了。

玄穹核验完毕，拿出份空白的客居户牒往上填："你来桃花源的事由？"

"明知故问，我来找我姑姑。"

"总得有个具体的事情吧，你到底打算做什么？"

婴宁鼓了鼓腮帮子，语气忽然迷茫起来："我……我也不知道……"玄穹眉头一皱："荒唐，做什么事，你出门前都不想好的吗？"婴宁用力一点头："就是因为不知道要做什么，我才出门的。"

"哈？"玄穹毛笔一顿，"这你让我怎么填？"

婴宁索性盘坐在几案上，双手托腮，一蓬大尾巴不住扫动，玄穹只得双手按住纸笔。"我在青丘修炼得挺顺利，可长辈说我还缺乏历练，让我自己云游一番，找找自己的机缘。"

玄穹搁下毛笔，神色复杂地看向她："你家境应该不错吧？"婴宁歪歪脑袋："还行，我爹是族长儿子，我娘是大巫家的公主，怎么了？"

"那你从小到大缺过什么吗？"

"啊，缺是什么意思？"

"……就是特别想要但死活得不着的东西。"

婴宁竖起一根手指敲起嘴唇，昂头看着天花板，一边苦苦思索一边晃动。玄穹被她那金锁晃得眼花，没好气地打断道："好了，好了，没苦不必硬想，只会让别人心情更不好。怪不得要出来找机缘，机缘是执念所引，执念为意念所凝，你从小到大什么都不缺，没有执念，自然也就没有机缘啰。"

说完他在客居户牒上扣了个大印："事由不能填写寻机缘，我先给你写个探亲吧，一年有效，明年可以再来续。不过也许那会儿我就被调走了。"

"不能吧？我姑姑说你肯定是犯了什么事，才被发配过来，哪个前途远大的，会来这种穷乡僻壤吃土？"

"你猜猜看，贫道为什么自称贫道？"玄穹头都不抬，把文牒甩过去。

婴宁把文牒收好，眼珠一转："小道士，你也是第一次来桃花源吧？据说这里有一个好玩的去处，要不要一起转转?"玄穹白毛一甩:"不去,我忙着吃土呢。这里穷乡僻壤,土质细腻,得吃上好久才能心境平和。"

婴宁围着他转了一圈,眉毛挑起:"你自己天天阴阳怪气,别人说一句就受不了啦?"玄穹沉着脸收拾笔墨:"你是富贵闲狐,我可是俗务道人。你有多少钱,我就有多少活。"

"可我钱都花不完呢。"

"别说了!别说了!"

婴宁眼珠一转,换了种口气:"那……既然你是俗务道人,也需要熟悉一下桃花源的地形才行吧?"玄穹反应过来了:"是不是有什么地方,你想去又不敢去,所以叫我一道去壮胆?"婴宁脸色一变:"本姑娘在外头闯荡那么久,还怕这小小的桃花源?简直是笑话!你若不肯去,我……我就自己走啦。"

"你到底想要去哪里?"

"你不是笑话我不照镜子吗?桃花源里有个镜湖,我去看看总可以吧?说不定那里有机缘呢。"

玄穹面色一凛:"护法真人说过,那里可不能随便靠近。"婴宁道:"十四姑也这么说,不过只要有俗务道人陪着,不就没事儿了吗?"

玄穹暗笑,原来她巴巴地跑来衙门找他,目的就是这个。他忽然想到,自己反正得去平心观拜访云天真人,平心观就在镜湖边,带这小狐狸去转转也行,省得她继续纠缠。于是他咳了一声,肃然道:"虽说你这妖怪娇生惯养,毕竟求道心坚。贫道便送你一场机缘吧——可有一样,乖乖跟着,不许说怪话。"

"这话应该我对你讲!"

这一人一狐离了俗务衙门,穿过整个镇子。大街上熙熙攘攘,到处都是妖、怪、精、灵,偶尔也夹杂着几个人类。婴宁东张西望,见什么都新鲜。镇上的居民见她是青丘一族的,又带着个人类道士当跟班,态度都非常恭敬,一路不停有居民过来鞠躬请安。

玄穹对此十分不爽,这简直是狐假人威,催促着婴宁快走。

他们离开镇子之后,沿着渌水的流向前行。只见地势一路走低,水流也越加汹涌。约莫走出了十里路,前方陡然下陷,让渌水形成一条气势恢宏的瀑布,注入下方的一片大湖。婴宁惊呼一声,快走两步,先跑到瀑布边上去赏景。

玄穹紧跟上来,正要埋怨她乱跑,却发现小狐狸竟然一动不动,身体微微颤抖。他上前一看,大概明白婴宁为何有如此反应了。

眼前这片大湖范围极广,形状浑圆,奇怪的是,湛蓝湛蓝的水面上,竟无一丝波澜或涟漪,平整似镜面一般,难怪名曰镜湖。镜湖初看极美极静,然而看的时间长了,观者心中就会悄然滋生出一种不安。因为这里的湖水颜色,越靠中间越偏暗,从浅蓝至深蓝,仿佛在平静的水面深处,暗藏着无尽深渊,正张开大口,等候着吞噬一切。

不怪婴宁惊慌,但凡生灵,看到这一番景象,都会油然生出一种惶恐,这是与生俱来的对幽邃未知的恐惧。就连玄穹这样的修道之人,见到此湖的一霎,道心都为之动摇几分。

他连忙收回目光,可耳畔忽然传来一阵缥缈的声音。这声音忽大忽小,时断时续,能勉强分辨出似是人言,却无论如何也听不清楚。玄穹心中大疑,环顾四周,除了婴宁,没有什么人,再仔细去听,那声音不像是从某个方向传来的,更似是从自家灵台平白浮现。

玄穹顿时大骇,修道之人,最重灵台。这里若被外力侵入,等于把要害暴露在人前。他连连施展了数道安神定志的咒语,声音逐渐低沉下去,最终如湖上的烟气一样,倏忽消散不见。

"小道士,小道士?"婴宁的声音在耳畔响起,玄穹这才恢复神志,发现自己额头沁满汗水。婴宁见了,咯咯笑起来:"什么嘛,原来你胆子比我还小,一看到湖面就吓傻了。"

玄穹顾不上反驳,抓住她尾巴问道:"你刚才听到什么声音没有?"婴宁莫名其妙:"什么?这里只有你和我啊。"玄穹抬起右手,猛地拍了自己脸颊一记,声音脆响,吓得婴宁下意识跳进旁边的树丛里,然后探出脑袋,她见玄穹脸色怪怪的,小心翼翼道:"小道士,你要真觉得不舒服,咱们就赶快离开吧。"

玄穹又歪着脑袋听了一阵,确认那个怪声没了,才对婴宁道:"没事儿没事儿,我刚才可能有点幻听了,都怪你一直絮叨。不过你十四姑说得对，镜湖大概有点古怪，还是不要靠近比较好。"

"你不要以为把怪话夹杂在正经话里，我就听不出来！"

"先走，先走。"

他们赶紧离开瀑布，辨认了一下方向，朝着平心观走去。平心观坐落在离瀑布不远的一处山崖之上，这里是镜湖附近最高的地方，可以俯瞰整个湖面。玄穹和婴宁这次不敢托大，全程不看湖面，径直走到平心观门口。

平心观说是"观"，其实只是一座简陋的灰黄色草庐。草庐四周水汽缭绕，一位清癯道人趺坐庐前，面向镜湖，似在静心参悟。只见他的两条长眉随风而动，衣袂飘飘，端的是仙家气象。

两人看到此景，忍不住咂舌敬佩。他们只是看一眼湖面，就差点把持不住心旌。云天真人却能面湖而居，日日夜夜都端坐在此，神志该是何等强悍。

他们还没靠近，云天真人便睁开双眼："你来啦……哦？还跟着一只小狐狸？莫非是青丘后人？"

玄穹和婴宁不敢怠慢，慌忙上前施礼。云天真人拂尘一摆，从参悟状态退出："玄穹，昨日那两只小妖怪斗殴，你是如何处理的？"玄穹从袖子里拿出一卷文书，递过去把缘由简略一说，云天真人微微颔首，赞许道："处理甚妥，甚妥。贫道也是做过俗务道人的，若不能心怀善念，与妖同戚，就算把道门规矩执行个十成，人家也不会认可你。你有这份心思，不错。"

婴宁在旁边听得双眼忽闪:"你一到任,就与妖为善了?"玄穹略为得意:"贫道也是适逢其会,算是小有……"婴宁一把抓住他的胳膊:"快带我去找朱妈,我也想要一套雪莲蛛丝帘!我的机缘来了,就是这个!"玄穹气恼地把袖子一甩:"贫道只负责排忧解难,不管带货!你这机缘也找得忒草率了!"

云天真人忽然道:"我看你们两个的面色,莫非刚才是去观镜湖了?"还在拉扯的两人一听,立刻不闹了,一起垂下头"嗯"了一声。婴宁大着胆子抬脸问:"真人,十四姑也不让我靠近,那儿到底有啥呀?"

云天真人没有回答,一拂大袖:"有些事,你早点知道也好。随我来。"他从蒲团上直起身子,带着两人走到草庐后头。那里矗立着一块大石碑,造型古朴,上头青苔斑斑,一看就是已经立了好多年。云天真人负手走到碑前,忽然道:"你之前说,背过陶渊明的《桃花源记》原文?背来听听。"

玄穹老老实实,一口气从第一句背到最后一句:"……南阳刘子骥,高尚士也,闻之,欣然规往。未果,寻病终。后遂无问津者。"

云天真人闪过身子,让他们看到了碑面上镌刻的五个篆书大字。玄穹一见,顿时愣住。旁边的婴宁好奇道:"我读书少,这五个字是什么意思?"玄穹的声音有些发颤:"刘子骥之墓。"

婴宁吓了一跳:"就是你刚才背的那个刘子骥?他不是

没找到桃花源吗？"云天真人拍了拍石碑："你还能看出点别的吗？"玄穹眯起眼睛，再次端详石碑片刻，不太自信地开口："这是……他自己立的碑？"婴宁闻言笑起来："什么啊，哪有给自己立碑的？"

玄穹解释说："若是他家人或晚辈立碑，应该写的是刘师祖讳子骥之墓。这么大剌剌直呼名字的，除了自己只能是仇人了吧？"云天真人满意地点点头："小家伙有点见识，不是只有嘴碎。"

"您可以只说前半句……"

云天拂尘一摆，一股清澈水汽笼罩石碑，洗去碑面尘土。"刘师祖子骥，乃是我道门的一位前辈高修。当年武陵渔夫发现桃花源之后，天下轰动。刘师祖第一个赶到武陵，他循着渔翁描述的旧路，进入桃花源内——可你们知道，他在此间见到的是什么？"

婴宁记性好，跳起来举手："我知道，我知道，我刚听小道士背过，什么土地平旷，屋舍俨然，阡陌交通，鸡犬相闻。"云天真人道："不错，但最后一句却是错的——刘师祖在桃花源里，看到的是一片荒芜村落，空无一人，唯有遍地骸骨，蒙尘多年。"

玄穹与婴宁同时打了个哆嗦，这景象委实有些骇人。

云天真人道："刘师祖进入桃花源的日子，相去武陵渔夫不过数月，怎么会有这样大的差别？他心中疑惑，遂深入探查，发现在秘境最中央的位置，乃是一处极深的大湖。湖心深处不知藏着什么玄异，向外散发着三尸之欲，笼罩全境。"

婴宁小声道:"什么叫三尸之欲?"玄穹急着往下听,迅速给她讲解了一下。所谓"三尸",乃是人身之中的三个神主,上尸好华饰,中尸好滋味,下尸好淫欲,乃滋生贪、嗔、痴三毒。道家修炼之人,都要斩三尸,才能达到恬淡无欲、安神定志的境界。

"那小道士你的三尸斩干净没?"

"早被天雷劈成焦尸了。快认真听!"

云天真人道:"这大湖可以激发人的三尸之欲,形成幻境,具象出自己内心的渴望。那些尸骸,恐怕都是之前几百年里误入此处的路人,被幻境迷困,至死未脱。那个武陵渔夫苦于战乱,希望能安稳过日子,于是大湖便给他展现出一幅避世田园景象。"

"那渔夫怎么没死在里面?"

"在大湖外围,是密密麻麻的桃林。桃木有辟邪功效,把大湖弥散出的幻境之气围成一圈秘境,不至外泄。那渔夫只在桃林边缘浅浅望了一眼,这才侥幸出去。"

"那刘师祖深入秘境,又怎么会不受影响?"玄穹问。

云天真人看了他一眼:"他和你一样,也是明真破妄的命格。"

"啊?"

"不过倒没听说他会遇财呈劫。"

"哼,凭什么……"

云天一摆拂尘,及时堵住玄穹的抱怨:"刘师祖凭着明真破妄，深入大湖，可惜终究无法窥破其中玄奥，只好先行离开。他归来之后，看到五柳先生写了《桃花源记》，唯恐凡人被此文诱惑，源源不断去寻桃花源，以致贻害苍生，特意在文末补了一段，谎称寻而未获，绝了后来人的侥幸念头。

"刘师祖后来花了几十年时间，殚精竭虑，揣摩出一门镇水阵法，遂再入桃花源，用这门阵法把大湖的湖面整个压平封印，把三尸之欲封在湖下。刘师祖耗尽心神之后，便在湖边结庐而居，建起一座道观曰平心，又自立一块石碑为墓，警示后人，然后从容羽化——他就是桃花源的第一代护法真人。"

玄穹和婴宁没想到，这大湖背后还有这么一段故事，再看向石碑，眼神中满满都是敬畏。怪不得那湖面如此平整，原来是被这位高修强行压平的。如此广阔的湖面，竟然被压了这么多年都没个褶皱，刘师祖的境界得高到何等地步？

他们俩不约而同，躬身一拜，既是拜刘子骥的修为，也是拜他的公心善举。

"得益于刘师祖的苦心，此间大部分地方不再有三尸之欲弥漫，可以正常居住。道门观察了百年，确认没有风险之后，便把桃花源划为妖属生活之地，那湖也改名叫镜湖。在这里镇守的护法真人，除了日常巡视，都要留在平心观这里，随时监控湖面异动。"

玄穹原来一直疑惑，县一级的道场才能叫观，桃花源一个秘境怎么会配一座平心观？听了云天真人的一番讲解，才明白这个"观"是破格而立，体现了道门对前辈高道的尊重。

云天真人再次训诫道："你们两个觉得内心惶恐，就是太靠近那湖心玄异的缘故。所以你姑姑才告诫你，不要在镜湖附近逗留，下次还是要听话啊。"

他讲话虽慈祥，可自带一种压力。婴宁连忙垂下头，乖巧地说了一声"婴宁知道了"，做作得让玄穹一阵恶寒。

玄穹忽然想起一事，忙问道："真人，我适才在湖边，隐约听到有什么人声，婴宁却没听到，这也是三尸之欲的异象吗？"云天真人微微动容，身子前倾："你可听清说的什么？"

玄穹摇头。云天真人伸出手来，抚在他囟顶，玄穹只觉一股清凉贯顶而下，沁入周身一圈，然后……涌起一股强烈的尿意，几乎憋不住，两条腿不由自主地并拢。

云天真人抬起手："草庐那边有除浊之处。"玄穹尴尬地捂住下腹，飞快跑过去，"哗啦啦"撒出好大一泡尿来。待他走回来，云天真人这才解释道："适才我用坎水查探了一下你全身，并无外物侵扰之相，大概是你自己杂念太多，被镜湖激起了反应。以后还是要认真修行，把境界提上去啊。"

"外物侵扰是走心的，这走肾算怎么回事……"玄穹一脸尴尬，见婴宁捂着嘴偷乐，更是暗暗气恼。

云天真人叹道："其实这湖下到底有什么玄异，道门一直没搞清楚，只是猜测与三尸之欲有关。可惜没人敢去揭开封印深入探查，稍有不慎，就可能毁掉整个桃花源——总之你记得不要靠得太近就行了。"

说完云天真人小拇指一弹，飞出一块羊脂玉佩，落在玄穹手里："这块玉乃是一滴坎水精华所化，如果遇到什么不妥，可以帮你暂护灵台。"

玄穹一哆嗦，生怕天雷又要凝聚。云天真人笑道："你放心好了，这是我特批你持有的法宝，用于庇护俗务道人安全，和云洞师兄的批准效力相同，属于正箓用法，不会招雷。"

平心观虽然在桃花源，但与武陵的明净观平级。玄穹听了还有点不放心，斜眼朝天上看去，只见一丝雷光不甘心地闪了闪，"啪"一下灭了，这才彻底放心，赶紧拜谢。他一穷二白，身边只有一柄桃木剑傍身，至此才算有了一件真正意义上的法宝。

云天真人趁机教诲道："刘师祖几十年修行不为自家飞升，只为封印湖面，不至为害世人。心怀苍生，舍小我，取大爱，真乃我辈修道之楷模。观石碑而知风范，居草庐而体道心，先生之德……"

玄穹拿人手短，不好转身直接就走，乖乖听了许久，好不容易寻了一个气口，连忙插嘴道："真人，我今日前来，还有一桩公事。"云天真人颇不情愿地停止说教："你是说穿山甲潜越之事吧？"玄穹道："正是，按规矩，俗务道人这边也须报备一下处理结果。"

云天真人表情沉了一沉："我验看了那只穿山甲带的东

西，却不寻常，乃是三十粒逍遥丹——你可听过？"

玄穹闻言一惊。他知道这东西是近几年流行于各地的一种丹药，服食之后愉悦非常，然而药劲过后，却痛苦难忍，只盼着再吃一粒，所以难以戒除，惹出许多祸事。道门对逍遥丹一直严厉禁绝，如果穿山甲带逍遥丹进来，岂不是说，桃花源这里也有服丹之人……或之妖？

云天真人道："桃花源虽说是秘境，可也并非密不透风，桃林之中捷径不少。那逍遥丹盛行各地，一旦渗透进来，这里很难偏安一隅——不，应该说麻烦更大。"

玄穹暗暗点头，妖怪的性子比人类极端，如果服食了逍遥丹，纵情肆意，闹出的动静只会比人类更大。婴宁在一旁好奇道："逍遥丹那么厉害吗？比我青丘幻术如何？"

云天真人缓缓看向她，语气严肃了些："狐族幻术也罢，镜湖玄异也罢，都是用镜花水月等虚幻之物，诱人纵情，与逍遥丹殊途同归。但这逍遥丹人人能吃，随身携带，流传更广，为害也更大。"婴宁一撇嘴："那是因为我们青丘谨守规矩，不然可轮不着逍遥丹。"

"确实如此，青丘家教甚严。哪怕是半路遇到打呼噜的客商，也绝不会去顺手迷惑。"玄穹补充了一句，然后被尾巴狠狠抽了一下。

云天真人打量了婴宁一番："辛十四娘是个懂分寸的人，你可要学学，不要随意施展幻术，免招嫌疑。"他身后的水花微微凝集，婴宁感受到威压，知道对方不是开玩笑，便乖乖俯首，不敢多说什么。

玄穹低头把迷藏布和那个葫芦一并收缴造册。这些东西并不太贵重，穿山甲的案子销了之后，就可以交给俗务衙门保管了。

这时云天真人宽袖一摆，一团清水裹着那三十粒丹药摆出来，让玄穹查验登记。玄穹俯身观察了一下，丹药圆澄澄的，色呈浅蓝，其上隐有云纹，可见炼制手法很高明。药丸散发着一股海腥味，和那天他在桃林里闻到的差不多，是逍遥丹特有的风味。

玄穹认真点完数，说："我清点完毕，您可以销毁了。"云天真人道："好，我下次巡视时，会把它交给云洞师兄，集中销毁。"

"交给云洞师叔啊，等他处理完这三十粒，人参果都熟了两季了。"

"玄穹，那是你师叔，他如今这副样子，事出有因，不要苛责。"云天浅浅训斥了一句，旋即叹道，"你不知道，殉道的玄清，是他唯一的亲传弟子。"

"啊？"玄穹没料到，那个懒散窝囊的云洞，居然能教出玄清那样认真的弟子来。

"说起来，当初云洞师兄的性格虽也好静，但不至于像如今这么……咯，这么守拙。他四十多岁时，在山中采药，遇到一个七岁小童。那小童浑身破烂，有多处伤疤，像是从林间滚下来了似的，身后还追着一只野猪精。云洞师兄出手将妖怪擒下，一问才知道，原来小童与几个同伴进山游玩，遭遇了野猪精，他让同伴朝反方向跑，只身把妖怪引去山崖。云洞师兄对这孩子的品格与勇毅都大为惊叹,遂将其收为弟子,取了个道号叫玄清。

"这师徒二人感情甚笃。后来云洞来明净观做观主,就让玄清来桃花源担任俗务道人,跟我合作。"说到这里,云天显露出一丝略带尴尬的笑意,"那家伙……真是个认真到过分的道士,竟然连我都天天被他逼着写文书、补手续,比修道还烦。"

玄穹撇撇嘴,难怪云天会兴高采烈地把文书工作甩给他,原来还有这种阴影。

"不过玄清对自己的要求,比对别人更严格,而且做事踏实。我有时夜里在镜湖上空巡逻,远远看见桃源镇里一片漆黑,只有俗务衙门亮着烛火。桃源镇的居民他如数家珍,什么来历,什么脾性,什么神通,全都了如指掌,无论大妖小怪,对他没有不服气的。假以时日,他也是道门的栋梁之材。只可惜……"

"他是怎么殉道的?"

云天看看玄穹,又看看婴宁,喟叹一声:"你是接任他的俗务道人,合该了解一下。那只小狐狸的家长,也跟此事有些渊源,一并听来无妨。"他一招手,让两人坐定,然后朗声讲起来。

"说到祸根,还得从这逍遥丹说起。原来数年之前,这逍遥丹就已在桃花源流传甚广,为害甚烈。玄清作为俗务道人,深入调查了一阵,终于找到逍遥君的贩丹之处。"

"逍遥君?"

"据说是主导逍遥丹贩卖的一个首脑人物,真名与真身俱是不详。"云天简单地解释了一下,"玄清发现了逍遥君的行踪,两人争斗中,逍遥君扯开了一件古物的封印,放出一头'穷奇'。"

玄穹和婴宁同时倒吸一口凉气。穷奇啊,那可是上古四凶之一啊,威势煊赫。

"这头魔怪一问世,便搅得整个桃花源大乱,逍遥君趁乱逃掉。玄清一人无法处理,遂上报道门求援。我、云洞师兄和云光师弟三人联手,再加上包括辛十四娘在内的桃花源几位大妖,一起去围剿穷奇。谁知那穷奇极为狡黠,把一干真人和大妖骗去别的地方,真身却突然出现在桃源镇上空。

"当时桃源镇里,只有玄清留守在俗务衙门。他为了全镇居民安危,毅然把穷奇引到镜湖之上,不知怎的撞破了刘师祖的镇水封印,跟穷奇一起被镜湖所吞没。"

说到这里,云天真人大手一指,对准镜湖上空。一股水流汩汩而起,在半空中勾勒出一人一兽的形态,穷奇猖狂,玄清坚毅,两者的神态被刻画得栩栩如生。水景持续了片刻,散成雾气消失了。

玄穹瞠目结舌,穷奇可以算是神兽了,玄清一介俗务道人,竟然有胆量跟它正面放对,拼了个同归于尽,无论是决心还是实力,都让人敬佩不已。

"后来呢?"

"说来惭愧,我们几位真人意识到中了调虎离山之计,急忙回援，可惜为时已晚。封印既破，湖气外溢，道门的当务之急是重新把镜湖封住，保住桃花源……至于落入湖中的玄清，便只能判定殉道了。"

玄穹和婴宁同时一叹，他们能理解道门的选择，但也能明白云天为何面色尴尬。这件事纵有万般无奈，终究是见死不救，道门不愿对外宣扬，所以只给了玄清一个殉职的名分，连个旌表都欠奉。

"云洞师兄因为玄清之死，连道心都破了，从此性情更加内敛。道门也深知情由，便让他一直留在明净观，守着弟子殉道之处，至于做不做事都不重要了。你不要太过苛责他。"

话已至此，玄穹自然不好再说什么，对云天真人一个稽首："师叔可还有别的吩咐？"

云天真人坐回草庐前："逍遥丹太过诱人，总会有人铤而走险。我接下来会加强桃林巡视，你也要留意镇上情况，勤加走访。只有你我内外相济，才能形成保境安民之势，所以咱们都要以道为心，视妖若己……"

这一次别说玄穹，就连婴宁都开始打起哈欠来。玄穹拽着婴宁打过招呼，匆匆离开平心观。

两人走出去十几里地，婴宁见远离了云天真人，这才开口道："道门真是好无情，也不下湖去捞一捞，就说玄清死了。"玄穹道："你没听云天真人讲吗？镜湖之下那么凶险，穷奇都出不来，他一个俗务道人怎么可能还活着？"

"那起码也要捞一捞，你们人类可真无情。"

玄穹吹了一下额前的白毛："这不叫无情，这叫以大局为重。玄清明知敌不过穷奇，可还是为了桃源镇挺身而出，也是为了大局。"

"那你呢，换了你会这么做吗？"

"我的格局就是二两三钱银子。"

两人回到俗务衙门，玄穹坐在椅子上，长长吐出一口气。云天真人讲的东西信息量太大，他得消化一下，顺便把桌案上堆积的文书处理了。他一抬头，发现婴宁还在旁边晃悠。"喂，我说你干吗还留在这里？"

"我看你一个人忙不过来，帮帮忙不可以吗？"

"你会这么好心？"

"我们狐狸直觉最灵，我总觉得，你身上有机缘的味道。"

"那你把金锁摘下来送我。"玄穹埋头写着文书。婴宁嘿嘿一笑："这金锁是我家长辈送的，别说你收不得，就是我想送，都摘不下来。你有本事自己来拿呀。"说完挑衅似的把脖子伸过去，让那把小金锁在玄穹眼前晃荡。

玄穹嗅到一股淡淡的香气，加上金子耀眼，不敢抬头，专心写着字。就在这时，忽然一个身影踏门而入。玄穹笔一歪，纸上登时留下一道黑痕。他正要大怒，却发现来者是昨日遇到的那只鲇鱼精波奔儿灞。

他脖子上骑着那只小鲇鱼娃娃，小娃娃双手抓着爹的两根须子，来回交错，好似扯着一条缰绳。知道的是波奔儿灞扛崽，不知道的还以为小娃娃骑了一只鲇鱼。

"这里不是玩耍的地方!"玄穹不耐烦地喝道。

波奔儿灞气喘吁吁,连声道:"不是我家,是宝源堂出事啦。他们两口子又打起来了,吵得一条街都能听见。您赶紧去看看吧!"

"哪儿出事了,哪儿出事了?"婴宁的脑袋突然探过来,双眼放光。

第六章

玄穹昨天在处理斗殴事件时，曾跟宝源堂打过交道。

这家店在桃花源颇有名气，店主人姓徐名闲，长安人氏，地地道道的凡人医师，是个略有谢顶的中年人；他夫人姓赤，乃是一条千年赤链蛇成精；小姨子叫小紫，是一条紫灰锦蛇成精。徐闲和赤娘子当初在长安相识相爱，那过程跟话本小说似的，别提多曲折了。

后来桃花源招募妖怪入住，徐闲和赤娘子就带着小紫，把医馆搬迁过来，问诊兼抓药，经营了好多年，口碑好得很。他们夫妻俩感情甚笃，怎么会吵起来呢？

玄穹和婴宁赶到宝源堂前，铺子前已经围了里三层外三层，大部分是妖怪，还有几个人类夹杂其中。不过大家谁都顾不上谁。不少妖怪偷偷现了一部分原形，趴树上的，钻房顶的，还有抻长了脖子越过妖群的，个个瞪大了眼睛看向铺子里面。

玄穹眼前一黑，桃花源养了这么多闲妖吗？大白天的看夫妻吵架。他想往里头挤，愣是没挤进去，不得不掏出桃木剑，倒握剑尖，一边把人群往两边拨一边喝道："让一让，让一让，俗务道人办事！"

妖群感受到辟邪之力，勉强分开一条缝，玄穹和婴宁刚刚钻过去，就听到药铺里一个尖厉的女子声音飞出来："你个臭不要脸的，还敢说没有！"然后一条赤链蛇"噌"地从门板之间飞出来。

围观的镇民都吓了一跳，大白天的，赤娘子竟然敢公开现形？这是生了多大的气？玄穹头皮一麻，可很快觉得不对劲，那赤链蛇软绵绵、轻飘飘的，飞出去十几步就朝地上栽去……再定睛一看，原来不是蛇精现形，而是一条蛇蜕。

这大概是赤娘子在气头上，随手扔出来的。玄穹眼角一抽，虽说扔蛇蜕不违法吧，但你把自家皮囊众目睽睽之下扔出来，好像也有点不合适……

他心想不能这么闹了，推门一脚踏进去，大喊一声："俗务道人，你们谁报的官？"不防迎面突然又飞出一条黑影，玄穹猝不及防，"哎哟"一声，正正被砸中鼻梁，顿时眼前一黑，疼得猛一吸气，却吸入了大量不知名粉末，极辛极苦，一时间涕泪交加，也分不清是疼的还是呛的。

他低头一看地板，才算看清罪魁祸首——那竟是一条木制长抽屉，药铺常见的药斗，里面盛放的灰白色粉末撒了玄穹一头。婴宁气得绒毛一蓬，冲玄穹脑袋上飞快地掸起来，惹得他又大大地打了一个喷嚏。

这时一个女子递来一碗清水，玄穹强忍痛楚，把鼻子浸在水里吸了又吸，这才勉强压住那呛味。他放下碗，就听那女子道："道长抱歉，我姐脾气不好，一急就乱扔东西。这抽屉里装的是白芷粉，有点辛辣，但没有毒。"

玄穹揉了揉鼻子，气呼呼道："是你报的官？"讲话的是一个穿紫衣衫的俊俏女子："道长辛苦，我是赤娘子的妹妹小紫。是我求波奔儿灞大哥叫您过来的。"

玄穹越过小紫，往药铺里面看去。首先映入眼帘的，是一条巨大的曲尺柜台，台上的账簿被扯碎成一页页，上上下下散落着，地上还扔着半截被撅断的小秤杆。而柜台后那一排顶天立地的多斗药柜，几乎一半抽屉都已被拽出来，药粉药屑撒得到处都是，空气中弥漫着一种复杂的味道。

此时赤娘子正站在柜台内，横眉立目，吐着口中的芯子怒骂着。她的腰足有水桶般粗，下面连着的蛇尾更为粗大，每骂一句，蛇尾就恶狠狠地摆动一次，抽飞两三样东西。而徐闲整个人蜷缩在柜台外面，双手抱头，战战兢兢，唯恐被扫到。

他抬眼看到玄穹来了，如同抓到一根救命稻草，拼命喊道："道长救我，道长救我！"玄穹顾不得被砸中的危险，上前大喝一声："别扔东西！外头聚了那么多看热闹的，砸伤了怎么办？"

俗务道人到底有点威慑力，赤娘子看了他一眼，口中还在怒骂，但蛇尾安分了许多。徐闲趁机从柜台边直起腰来，做的第一件事，是冲过去把屋角的炉子压灭。这炉子是煎药用的，若被扫翻了，怕是整个药铺都要烧起来。

玄穹见控制住了局面，问旁边的小紫："这两公婆是怎么吵起来的？"小紫一脸无奈，瞪了眼姐夫，小声讲起缘由来。

原来宝源堂的日常经营，向来是徐闲负责问诊与进货，赤娘子管账。今天早上赤娘子盘账，发现银匣里少了二十二两银子，她以为放错了地方，东找西找，结果在一条药斗深处发现一方手帕。手帕是丝制的，上头绣着几片杏黄叶子，还有股子清香气。赤娘子当即大怒，揪起徐闲，质问他是不是偷挪了银钱给相好的。

徐闲自然矢口否认。谁知赤娘子疑心不减，掉回头查账，发现三天前徐闲出过诊，病家是一只叫银杏仙的树精，他看了大半个时辰不说，居然还给免掉了诊金，于是赤娘子便大吵大闹起来。

"平时叫他去出诊，左一个腰疼，右一个腿酸，推三阻四。那妖精一说难受，他巴巴地就赶着上门去了。你什么时候连银杏树都会治了？是不是看到了开花的时节，打算'银杏'大发啦？"赤娘子在柜台后继续破口大骂。

徐闲见有道人在，终于有了胆子，梗着脖子道："无论草木还是动物成精，只要化为人形，有了四肢百骸，病理都是通的。你当初得病，不也是我治好的吗？"赤娘子更怒了："你个没口齿的小贼，还有脸说！当初我可没求你，是你自个儿天天觍着脸上门殷勤问诊，问到后来，就把老娘哄入了彀中。现在嫌老娘蜕了三次皮变胖了，打算另寻个新欢，是不是？连树精你都不放过。"

徐闲没想到动以旧情，反而起了反作用："我不过是出了两回诊，你怎么就吃起醋来？做医生的，要讲医德，怎么能挑病人呢？"赤娘子冷笑道："若单是出诊，谁会拦你？那绣着银杏叶的香帕哪里来的？为什么不光明正大摆着，偏要藏在盛着雄黄的药斗里？不就是怕我看见？"

徐闲脑门沁汗，口中还辩道："我那是给人家抓药的时候，唯恐撒了，随便拿了一条垫着，后来忘取出来了而已。天下拿银杏叶做装饰的东西多了，谁说就一定是银杏仙的？"

赤娘子瞪圆蛇眼，口中芯子疾吐："你我这么多年夫妻，你一撅屁股我还不知道你拉什么屎？那几日天天魂不守舍，问什么都支支吾吾。现在倒好，不光心飞走了，连银子都飞出去了，再后来是不是人也该飞啦？"

徐闲猛地跳起来："你胡说！我何曾动过银子?！一向都是你来管的。"赤娘子冷笑："这么说，其他都是真的了？"

婴宁左看看，右看看，听得眼睛发亮，悄声对玄穹道："做俗务道人这么开心呀，天天都能看到这些。"玄穹没好气地瞪了她一眼，走上前劝道："喀，喀，你们先别吵了。小紫姑娘，你快去把门板装上，别让人围观。"

处理这种事件，首要考虑的是不要扩大影响。小紫应了一声，出去安排。玄穹背着手在屋里转了一圈，这才抬眼道："你们跟那只银杏精的瓜葛是私事，我不管。不过药铺里短了二十多两银子，这就得过问一下了——徐先生，我问你,你确定不是自己私挪,而是莫名失窃,对吧?"

徐闲稳了稳心神,直视玄穹:"我对天发誓,我如果挪了这笔银钱,天打雷劈!"赤娘子冷哼一声:"倒没见你发毒誓说,只是给那骚树看病。"徐闲气道:"道长问的是丢银子的事,说了私事不问,我自然先说这个……"

眼看两公婆又要拌嘴,玄穹赶紧道:"赤娘子,你来说说看,这银子是何时发现短的?"赤娘子瞪了老公一眼:"昨天晚上封账时,还剩二十二两四钱。到了今天早上,我一打开,里头就剩一堆碎银锞子了。"

看得出,平日确实是赤娘子管账,一张嘴报得清清楚楚。玄穹又问:"这二十二两四钱银子是什么样的?"赤娘子道:"十两银锭一个,五两银锭两个,二两银锭一个,还有四钱是银锞子。"

"那封账之后的银钱,都放在哪里呢?"

赤娘子蛇尾一摆,指向五斗柜的尽头:"那边有个上锁的墙匣,专门搁银子的。"玄穹走过去,只看到墙上挂了一件蓑衣。徐闲连忙过去,把蓑衣掀开,玄穹这才瞧见,挂蓑衣的钉子旁边,是一个不起眼的小锁眼。

徐闲战战兢兢地冲赤娘子看了一眼,赤娘子剜了他一眼,从腰间的蛇鳞里掏出一把钥匙,放锁眼里一拧,往外一拽,拽出一个方匣子来。婴宁"啊"了一声,原来这银匣深深嵌在墙中间,外面贴着一层惟妙惟肖的砖皮,几乎看不出破绽。

"区区二十几两银子而已,居然用这么隐蔽的方式收藏。"婴宁随口感叹,玄穹赶紧把这位大小姐的嘴捂住:"你再干扰办案,就给我回家去!"婴宁"哼"了一声,大尾巴一甩,挡住嘴巴。

玄穹擦擦汗,这才转头问道:"钥匙有几把,都是谁拿的?"

这时小紫已装完门板回来,直接答道:"一共两把,我姐姐一把,还有一把备用的,搁在她家寝室里。"说完她看了徐闲一眼。徐闲额头青筋微绽,可又不好说什么。

玄穹点点头,去看那银匣。里头空荡荡的,只剩下一堆细碎的银锞子。他里里外外看了一圈,还扒着锁眼往里瞧了瞧,确实没有凿撬的痕迹,只是有些闪闪发亮。他伸出指头一摸,沾了点粉末,抬头一看,又有几缕雷云凝聚,看来这是银子粉末,赶紧弹干净。

"这若是遭了外贼,可能一点痕迹不留吗?还不是家贼!"赤娘子愤愤道。玄穹抬头道:"这个地方,除了宝源堂的人,还有谁知道吗?"徐闲道:"没有,平日里要等到药铺关门,我娘子才会把银匣打开。"他意识到这话似乎对自己不利,赶紧又补充道:"当然,保不齐哪个客人眼尖也说不定。"赤娘子冷哼一声。

"昨晚你们关门窗了没有?可有外人进来的痕迹?"

赤娘子道:"没有,门窗都关得好好的,我还加设了一道法术,若是外人强行破门或破窗,我立刻就能觉察。"她把"外人"二字咬得很重,让徐闲又是面色一尬。

玄穹沉思片刻,提了个古怪要求:"给我拿一把鬃毛小刷与一杆戥秤来。"徐闲一怔，没明白他的用意，赤娘子吼道："快去！"徐闲一个激灵，赶紧转身去取来。这两样物件，都是药铺里常用的。玄穹用刷子把匣子里仔细扫了扫，扫出一堆末末儿连同碎银一起称了称，有七钱多一点。

玄穹拇指搓了搓，对他们道："你们有病家名簿吗？"徐闲满怀期望道："有，有，果然是失窃了吧？"玄穹面无表情："这个还不能定论。"小紫狠狠捅了姐夫一下，徐闲赶紧把名簿奉上，玄穹一页一页翻看过去，不久便在上面看到了一个名字。

他面无表情地合上名簿："你们正常营业就行，只是不得再吵架了。等我查实以后，再来跟你们讲。"赤娘子冷笑："道长最好也查查那香帕是从哪里得来的，许是偷香窃玉的小贼落下的。"徐闲涨红了脸色："道长查银钱是正经，你别去干扰人家办案！"

小紫把玄穹和婴宁送出门去，路上感叹道："自从我跟着姐姐姐夫到了桃花源，他们俩老是吵架，还不如在长安的时候感情好。"玄穹道："那他们俩当初为什么搬过来？"小紫道："这事是姐夫提出来的。他说姐姐明明是千年大妖，却愿意陪着他在嘈杂的人间住那么久，一入冬就睡个不停。桃花源四季没那么分明，更适合蛇精生活，也该轮到他陪几年姐姐了。您听听，那会儿他们的感情多好，可到了桃花源，这里明明好山好水，还有那么多妖怪杂居，按说应该挺舒服的，可他们倒天天吵起来，也不知哪儿出了问题……唉。"

玄穹知道，清官难断家务事，也懒得发表评论，径直出了药铺，看外头还有无数个脑袋探着，大吼了一声："没什么好看的，赶紧散了，散了！"

婴宁憋到现在，才忍不住问道："小道士，你可有什么眉目了？"玄穹颇为自傲道："若是丢了别的，也许还要头疼一番。但只要和银钱有关，我便耳聪目明。"

回到俗务衙门之后，玄穹从架阁库里翻出一堆文书，暗暗感谢玄清敬业，早把整个桃花源的居民情况做过一次梳理，举凡族属、姓氏、住址、营生都有分类，查阅起来很是方便。婴宁见他一页一页看文书，觉得太无聊了，打了个哈欠，沉沉睡去。

玄穹查完了资料，起身出去走了一趟，回来时却发现小狐狸已经醒了，又骑在门口的告示牌上，百无聊赖地晃动着，无奈道："不是让你不要随便骑在上面么？道门的尊严都没了。"婴宁道："这上面大家都在乱贴东西嘛，怎么只独我不行？"玄穹没好气地道："我马上就要知道真相了，这个节骨眼上，你不要添乱……"

婴宁精神大振："你知道真相了？那……那方手帕，真的是银杏树精给徐闲的吗？"玄穹眼皮一紧："所以你感兴趣的，其实是这个吗？"婴宁一撇嘴："不然呢？难道要去关心那点银子的下落？我家里每天化妆用的细银粉，就不止二三十两哩。"

玄穹叹了口气："可惜徐闲没能投胎到你家，原是他的过错。"婴宁奇道："所以，果然是徐闲拿的银子？"这次玄穹倒是认真回道:"根据我的勘查,应该不是。他若从银匣里直接拿银子,也太容易被赤娘子发现了。"

"可你不是说,银匣没有任何破坏痕迹吗?外人没有钥匙,怎么拿走?"

玄穹露出智珠在握的微笑:"我倒是有个人选,不过目前没有实证。只好静待他自己上门了。"婴宁听得心里痒痒,连声催促:"你快说呀,到底是谁?如果是盗银子的,怎么会自投罗网?"

玄穹道:"你老老实实从告示牌上下来,等一会儿给你看一场好戏。"婴宁最喜欢凑热闹,立刻翻身跃下牌子。玄穹道:"反正还要等上一阵,你来帮我把告示牌清理一下。"

"好……喂!你为什么不自己动手?"

"你的狐狸尾巴那么蓬松,正好当扫帚用。这告示牌贴得里三层外三层的,我都没法发布新公告了,你好好清理一下,说不定里面就有机缘呢。"

"你骗本大仙干活,好歹也用点心啊!"

一人一狐就这么在俗务衙门里待着,玄穹把文书写完,婴宁则发泄似的把告示牌上的纸头哗啦哗啦扯下来。偶尔还有几个桃花源的居民跑过来,不是办手续,就是求调解,无非是一些家长里短的琐事。

一直等到夕阳落山,婴宁等得不耐烦了,刚要问玄穹什么时候见分晓,忽然看到一个人形小老头走到衙门门口。老头身子极小,与孩童差不多,他一见婴宁,双臂便猛然高抬,呼啦一下展开两扇翼膜,嘴巴张大,露出满口尖牙,一副要吃人的模样。

婴宁细眉一挑:"哪里来的狂徒,敢来袭击本大仙?"玄穹阻拦不及,她已甩手扔出一方砚台,直接把那人形老头打了个仰倒。

"你冷静,他这不是袭击!"玄穹按住婴宁的手臂,满脸无奈,"你看清楚,这是只蝙蝠成精。"

"蝙蝠成精就可以吃人吗?"

"哎呀,大小姐,你不知道蝙蝠天生是瞎子吗?只能靠嘴里吐出无声声波,来分辨路途。他张开嘴,其实就是在'看'屋子里有没有人。"

婴宁"啊"了一声,嘴里还不肯服气:"我们青丘狐族,可没跟这么猥琐的家伙打过交道,怎么知道他们的习性?"玄穹赶紧把老蝙蝠搀扶起来,问明身份。

原来此怪叫作张果,是一只白毛蝙蝠成精,镇上都唤他老果,平日里当个牙人。玄穹忽然想起来了,朱家的洞府,就是他经手买下来的。

这蝙蝠头生白毛,即使化成了人形,也是一副尖嘴鼠腮的老头子模样。他揉着脑门子,一脸苦笑:"衙门真是戒备森严,佩服,佩服……道长当面,老果这里有礼。"

玄穹把他扶到桌案前,挂在笔架上,客客气气道:"衙门都要下班了,您老这么晚来做什么?"老果哑着嗓子道:"您知道,白天日头太晒,小老不敢出门,只能这会儿来叨扰。"一边把身子朝前挪动,谦卑无比。

婴宁见他可怜,伸手要去帮忙,却见玄穹轻轻一摆手,竖了一下食指。小狐狸瞳孔一缩，莫非玄穹一直等的，就是他？她立刻乖巧地躲到一旁。

好在老果根本看不到这个小动作，开口道："小老年纪大了，爪子酸软，在洞府里倒挂不住，想弄一套结实的铜环架子，方便睡觉。刚才我去铁器铺子，店主说俗务衙门刚发的通知，所有需要动炉火的地方，都得先来衙门这里获得批准——我这不赶紧过来了。"

玄穹笑着解释："也是赶得巧了。道门最近下文，要求加强防范祝融之祸。所以镇上所有铸金的炉子，都得报备一下，这也是为全镇福祉着想。"老果连连点头称是："那……我这个能批不？"

玄穹没言语。老果等了半天，有点焦虑，他张开嘴，想"看看"道长到底在干吗，声波发出去，分明显示桌案底下有一只右手，掌心朝上，五指伸开，似乎在等着什么。

老果突然明白了，心疼地咒了一下尖牙，颤颤巍巍地从右下翼膜里抠出三枚铜钱，从桌案底下塞过去。玄穹不动声色，从桌案底下收下铜钱，然后从身后的书架上抽出两张纸："填好这张铸金表，一式两份，都签好字，一份带走，一份留底。"

他很体贴，表格是用铁笔写的，刻痕清晰，方便老果张嘴阅读。老果虽觉这太小题大做，但衙门的规矩谁也说不清，只好乖乖张开嘴，一行行扫着凹痕填写。

旁边的婴宁看到这一幕，惊讶地瞪大了一对杏眼，这小道士怎么敢索贿……她急忙抬头，只见一小团黑云在屋内悄然聚起,这报应来得真快。很快黑云里飘下一条细若游丝的紫电,"咔嚓"一下劈在道冠之上。玄穹身形一晃,头顶上登时冒起一缕青烟。

玄穹咬着牙,故作轻松道:"您老嗓音可有点哑啊,怕不是伤风了?"老蝙蝠只顾填表,没注意这袖珍的天地异象,自顾自解释:"劳您挂念,最近探路有点多,嗓子伤着了,几天就好。"

老果把两份表格填完,玄穹批了个"准"字,然后扔给他一份,将另一份收好。老果道谢之后,离开衙门。

他刚一走,玄穹整个人就"咣当"一下瘫坐在地上,摘下道冠,去扑头上的小火苗。婴宁过去,卷起大尾巴帮忙扑打了一阵,奇道:"你怎么不用古钱避雷?"玄穹摸着脖颈下挂着的铜钱,喘着粗气道:"我哪里舍得……就三文钱,太亏了。我熬一熬,能撑得住。"说完他咬牙把道冠扣在脑袋上,抄起桃木剑:"快,你跟我出去一趟,记住一会儿听吩咐啊!"

且说那老蝙蝠离开俗务衙门,一路奔西而去。因为镇内不准变化或飞行,他只好迈着小短腿,慢悠悠地走到镇子边上,然后再化为蝙蝠,忽悠悠地飞到青牛精的铜器铺子里。

青牛正忙着收拾物件,一抬头看老果来了:"衙门批了?"老果道:"批了批了。闹了半天,原来是新来的一个俗务道人,想巧立名目,捞点钱,喀喀。这境界,比上一位可差远了。"

"谁能比得上玄清道长呢?"青牛感慨了一句,然后问:

"你是自己带了铜料,还是用铺子里的?"老果笑道:"不必劳烦你老兄啦,我自己来,自己来。"青牛斜瞥了他一眼:"你个老瞎子,还会这门手艺?"老果道:"老夫我孤身闯荡这么多年,什么不会?我自己搞,还能省点手工费,只交个柴火钱就成了。"

青牛打了个响鼻:"老抠种,算计到了这地步!"说完一指屋后:"那边有个小炉子,一直笼着火呢。坩埚、火钳、砧板、大锤都有,你自己去弄。"

老果张开嘴辨认了一下方向,绕到铺子后屋,轻而易举就分辨出化铜炉的位置,下面炉火正旺。老果先打开火门,张开嘴查看四下无人后,便张开左边的翼膜,从里面"唰唰"地倒出一堆银光灿灿的粉末,一股脑扔进炉子,然后拉动风箱,眼见炉火又旺了几分。

过不多时,一股滚烫的银液从流嘴里缓缓出来。老果早准备好了一个大泥模子,现出原形趴下去,登时拓出一个蝙蝠形状。他又变回老头,用模子接下银液,眼看一块蝠形银牌就此成型。

就在这时,旁边一个人声冷冷道:"老果,你不是申请铸铜架子吗,怎么又改铸银器了?"老果浑身一颤,急忙回身张嘴,"看"到傍晚那个新来的俗务道人,正站在炉子旁边,怀抱桃木剑。

"小老是临时想起来,亲戚最近要过寿辰,我想送个五福临门的银牌做寿礼,赶紧来拓个形。"

"五'蝠'临门啊,你得拓五次自己吧,怪辛苦的。"

"嗐,谁让这亲戚近呢。"

老果忽然语气一顿,分明"看"到又有四个人来了。不,准确地说,是一个人和三只妖怪。

婴宁带着赤娘子、徐闲和小紫,不知何时也赶到了这里。后面三者一脸疑惑,不知大晚上的叫他们来这里做什么。玄穹悠然一指那还没凝固的银牌:"宝源堂丢失的银子,就在这里。"

徐闲和赤娘子俱是一惊,看向老果,却不敢相信,等着俗务道人解释。玄穹道:"我今日不是称了一下银匣里的残银吗?一共七钱多一点。这便怪了,赤娘子你说二十二两都是银锭,只有四钱是碎银,怎么过了一晚上,大银锭丢了不说,碎银子怎么还越来越多了呢?"

见众妖都沉默不语,玄穹继续道:"咱们再说回银匣。那玩意儿深嵌在墙里,四下里没有撬砸痕迹,锁头也好好的。窃贼要怎么把银子取出来,而不损害到匣子?"

婴宁最先反应过来:"我知道了!把银子弄碎!"玄穹点头:"我检查过银匣的钥匙孔,边缘银光闪闪,沾着不少银粉。可见窃贼是先把匣子里的银锭弄碎成细渣,再通过钥匙孔吸出来的。"徐闲忍不住道:"道长,你这不是矛盾了吗?匣子不开,怎么把银锭弄碎?"

玄穹道:"偏偏有一种妖物,不用开锁,就能隔匣碎银。"他转过头去,对老果笑盈盈道:"你们蝙蝠一族,可以口吐声波,分辨方向。倘若修为足够高深,声波便能吐得细密绵长,便能隔着匣子,将银子震成碎渣吧?"

老果叫道:"道长莫要胡说!我族长老确实有这样的能耐,可我只是一介老蝠,年老体衰,如何能做到?"玄穹道:"徐闲,我看过病家簿子,他之前是不是来你们药铺看过病?"徐闲点头:"正是。他说有些心绞之症,我检查了一下,并无什么异状,只叮嘱了几句,连药也没开。"

"那时他嗓音如何?"

徐闲道:"一切如常。"玄穹对老果道:"现在你嗓子这么哑,就是动用了太多声波之力的缘故吧?"

老果大声分辩道:"我是去看过病不假,可他们从来也没讲过银匣在哪儿,我根本不知有那东西,又怎么去偷?"玄穹道:"刚才你在衙门里,一张嘴,连我在桌案底下伸开手掌都知道。药铺那面墙都是实心的,只有银匣子那一块是空的,你声波一震,岂不是看得通通透透?所谓念念不忘,必有回响。"

老果两只瞎眼急得快能看见了:"就算如此,那我也得能飞进去才行啊,药铺晚上门窗都关紧了,还有赤娘子设的封印呢。"赤娘子看向他:"我家的安保,你知道得倒很清楚嘛。"老果意识到说错话,赶紧闭嘴。

玄穹道:"门窗紧闭,可还有一个地方通向外面——就是药炉的烟囱。"小紫"啊"了一声,想起来了。铺子里的药炉常年煎药,烟火不断,所以单接了一个烟囱在外面。烟道拐了三道弯,只有蝙蝠这种靠声波判断方位的动物,才有可能飞进来。

老果不用张嘴,就能感受到周围射过来的凛凛怒意,尤其那四道来自大蛇的瞪视,对他这种鼠类远亲,格外有威慑力。老果当即就地一滚,破着嗓子大声喊道:"你们这就是凭空诬陷!欺负我一个孤老头子!我自铸我的银钱,关你们什么事?"

宝源堂的人和妖怪面面相觑。玄穹之前说的,全是间接推测,并无直接证据。而老果窃走的银子,已经震成粉末,又重铸成银牌,就算上头留有痕迹,如今也全湮灭了。老果如果坚决不承认,也没办法。

众人都看向玄穹,只见他一摆桃木剑,冷笑道:"谁说没证据了?你适才在俗务衙门可是留了一份表和签名。那纸上,可是沾了不少爪子上的银粉呢。药铺的银子与药混放,就算震成碎渣,也会残留一丝气味。我已请这位青丘狐族嗅过了,那文书上的银粉味道,与宝源堂的药味一样。"

婴宁一听,尾巴立刻高高翘起,大为得意。若论嗅觉,谁能比得上狐族?可她转念一想,不对啊,小道士何曾让我闻过银子味?她正要提出疑问,老果已气急道:"你胡说!我之前已洗过手了,怎么可能有银粉沾上去?"

"哦?这么说,你手上确实有银粉咯?"玄穹似笑非笑。老果脸色"唰"地变了,自己一时心急,竟然说错了话。他双翼一包,蜷缩在地上,此刻只庆幸自己是个瞎子,否则一定会被宝源堂那三位现在的脸色活活吓死。

"好你个遭瘟的死白毛!我当初看你可怜,还让相公给你少算点诊金。真是好心喂到屁眼里,倒偷到我家头上来了!"赤娘子摆动着上半身,污言秽语如泼水一样顺着芯子涌出来。如果旁边没有俗务道人，她恨不得一口把老果吞下去。蛇吃蝙蝠，天经地义的事。小紫也是一样气恼，芯子吞吐。

唯有徐闲除了气愤，还带了一丝丝释然。老果被抓，他自然也就平反昭雪了。这时玄穹居高临下道："你最好从实招来，否则可就要无'蝠'消受了。"

老果一见逃不掉，只得和盘托出。他那日到宝源堂问诊之时，随口放出了几圈声波，听到墙上一处咚咚空响，便知道银匣在那里。次日三更时分，他变化回蝙蝠模样，顺着烟囱拐进屋内，趴在银匣外震荡了半天，直到嗓子都喊哑了，终于将里面的银锭俱震成细渣，他通过锁眼把大部分细渣吸出来，再循旧路离开——只可惜这些碎末无法全数卷走，残留下来的数量便对不上账了。

这些碎银渣子，需要回炉铸成银锭才好见光。老果警惕性颇高，生怕铸银铺子被官府查问，于是就找青牛借了一个化铜炉，自己偷偷私铸。只可惜他没料到，新来的俗务道人别的不行，对银钱格外敏感，早早布下圈套，让这老蝙蝠精一头栽了进去。

等到老果交代完，婴宁走过去好奇道："你怎么起意来偷这家？"

老果苦着脸道："我不是跟一只叫银杏仙的树精是邻居嘛，有一次我吊在家里睡觉，听见她在隔壁跟别人讲话。那人说姐姐你好福气，那宝源堂进项颇丰，可是桃花源一等一的富户，傍上那家，以后修行就不愁了。银杏仙冷笑说有什么用？银子都被他婆娘收在墙上的银匣里，光看吃不到。也无所谓，我也教那徐大官人光看吃不到，看谁先忍不住……"

说着说着，老蝙蝠觉得不太对劲。周围的杀气又浓重起来，但这次倒没有对准他。他忽然觉得脖颈一凉，已经被玄穹用捆妖索绑起来。

"回衙门。"玄穹急匆匆拎起绳子，一脸紧张。

婴宁一脸莫名其妙："怎么说走就走了？我还没听明白呢——什么叫光看吃不到？"玄穹一拽她："你年纪还小，不要听这些，快走快走，不然一会儿走不脱了。"

"走不脱什么啊？"婴宁还要挣扎。玄穹道："我们修道人有好生之德，最见不得众生受苦，还是早早离开，眼不见为净。"

第七章

不说徐闲结局如何，玄穹一路拎着老果到了衙门。他一查卷宗不得了，原来这位竟是个惯犯。

这只蝙蝠精道行有八百年，几年前搬来桃花源住。前后犯过十来次事，倒都不算大，不是抢小妖怪的吃食，就是偷几条心猿书院的束脩，再就是当牙人骗那些初来桃花源的妖怪买几间劣质洞府。

可他犯的事并非大恶，不好做太重的处罚。每次玄清抓到他，只能判几天拘役，然后就给放了，下次再犯再抓，好似一块牛皮癣。

不过这回窃银超过二十两，事可就没那么小了。他为了窃银，还化为原形钻烟囱，情节更为严重。更不要说私下铸银了。盗窃、化形、私铸三罪并罚，判决可轻不了。

玄穹铺开文书，陷入沉思。这份判决文书的头绪有点多，总要捋清主次，才好落笔。他一会儿咬咬笔头，一会儿翻翻律条。婴宁待在一旁，浅浅地打了一个哈欠。她最讨厌这些文字上的弯弯绕绕，还是宝源堂的八卦后续更刺激，可惜玄穹偏不许她去看热闹。

"小道士，这点事情，到底要写到什么时候？"

"你当这是狐狸迷人啊，糊弄一下就完了。不办周全，以后人家闹起来，麻烦无穷。"

"这种无聊的机缘，我宁可不要！"婴宁不满地抱怨起来。

"案牍里找机缘？你也真想得出。干这份差事不成魔，就已经算福缘深厚了。"

过了一阵，婴宁困得不住耷拉脑袋，索性跟玄穹说"我回家啦"。玄穹"哦"了一声，头也不抬，气得婴宁朝衙门外走。他忽然又说："你等一下。"婴宁停下脚步，以为他要挽留，结果玄穹道："你记得问问你姑姑，何时方便，我想上门拜访一下。"

"你找我姑姑干吗？"婴宁好奇。玄穹道："她毕竟是桃花源里数一数二的大妖，我身为俗务道人，总要去拜访一下才是。"婴宁晃了晃脖子上的金锁："看我心情吧——你打算何时去？"玄穹叹了口气，晃了晃手里的白纸："总要等到这点破事处理完……"

婴宁离开之后，玄穹自己奋笔疾书，写到半夜方有了一份初稿。他通读一遍，觉得其中有几处细节得斟酌一下，本想明天一并询问，后来想起蝙蝠是夜间动物，便起身走到拘押室。

老果正倒吊在笼子里，双目放光，正精神着呢。他听见玄穹进来，言辞关切："道长，道长，怎么忙到半夜还没睡？夜里工作熬眼伤肝，最为耗神。"玄穹见他说得油滑，冷哼一声："还不是你害的！"老果赔笑道："小老这里有一味夜明砂，可以清肝明目、散瘀消积，镇上居民都觉得好用，道长不妨试试？"说完就要从屁股里掏。

玄穹赶紧拦住，夜明砂是什么鬼东西他可清楚。他先从怀里掏出三枚铜钱，当着老果的面放入一个布囊里："这钱是你之前贿赂我的，我已经给你当随身物品登记好了，日后刑满释放，记得拿走。"老果夸赞道："廉洁奉公，不取一文，好道长，好道长，祝您功德圆满。"

玄穹把面孔一板："我的功德，不关你事。你之前在桃花源犯过好几次事，对吧？"老果摸了摸头顶的白毛，说不上是惭愧还是骄傲："不值一提，不值一提。"

玄穹喝道："这又不是夸你！你自豪个什么劲？你知不知道，玄清道长甚至单独给你立了一本卷宗，判词里说你屡教不改，油嘴滑舌，需要留神。"

听到这个名字，老果难得敛起了油滑，长长叹息了一声："玄清道长是个好人哪，可惜就是死得太早了。"玄穹神色微动："他抓了你那么多次，你不恨他？"老果道："玄清道长秉公执法，我就算是个偷儿，也不得不佩服，何况他还帮我洗过冤屈呢。"

"哦？怎么回事？"

老果叹道："桃花源之前出过一桩案子，一只小妖精被吸光了血，当时所有居民都觉得是我干的，这也合理，蝙蝠吸血嘛，不是这个屡教不改的老惯犯，还能是谁呢？可玄清道长坚持要深查，后来才查出真凶，帮我洗脱了嫌疑。您想想，他之前抓了我多少次，这次就算直接拘了，谁也不能说错，可人家没一点偏见。您别看我是个瞎子，其实心里清楚得很。这桃花源里，人人都视我为烂泥，唯一正经关心过我的，也只有玄清道长了。"

"既然如此，那你就更不该辜负他的期望。"玄穹不失时机地掏出小本，"我如今问你窃银案里的几处细节，可不许撒谎，不然罪过更大。"老果点头哈腰："小老一定知无不言，知无不言。"

老果对这一套讯问流程熟悉得很，对答如流，毫无隐瞒。等到玄穹问完了，老果贴着栏杆，双爪抓牢栏杆："道长，我这案子会如何判？"玄穹硬邦邦道："这不是你该关心的，等通知便是。"老果道："道长您看，我只是犯事，没伤人，被抓以后也没有抗拒情绪，完全配合，请道长酌情考虑轻判哇。"

这老家伙还挺懂行，不愧是多次出入俗务衙门的老油子。玄穹道："你奉承我也没用，该怎么判就怎么判。"老果哀求道："小老这次是急着用钱，所以铤而走险，您这次高抬贵手，我保证下次不会再犯。"

"我问你，玄清道长是不是秉公执道？"

"是，是。"

"巧了，我也一样。"

老果见玄穹不为所动，忽然想到什么，压低声音，挤眉弄眼道："道长，我知道个大秘密，只要您能高抬贵手，我保证您能立个大功。"

"什么秘密？"

"一个关于桃花源的大秘密。"老果语气神秘。

玄穹丝毫不为所动。大秘密往往连带着大风险，他一个俗务道人，对得起二两三钱的道禄就够了。何况这老骗子的话，未必能信。他眉眼不抬，"咣当"一声把笼门关上，扔下目瞪口呆的老果，径直离开。

次日一早，玄穹早早起床，先看了眼老果的笼子，老东西倒吊着睡得正香。他揉了揉有些发肿的双眼，走到前院的桌案前，上头摞着几本文书。

这都是昨晚熬夜的成果，现在玄穹的脑子还晕晕乎乎的。这一件件事情，就是一桩桩功德，若要涨道禄，只能这么一分一毫地攒出来。

玄穹先挑出一本来，这是之前毛啸和朱侠斗殴的情况说明，还得去学堂通报一下。于是他匆匆吃了点早饭，直奔心猿书院而去。

桃花源里妖怪种类很多，诸如飞禽走兽、游鱼昆虫、木石花草等等，少说也有几十种妖属。这些妖怪习性千奇百怪，唯有一点共识，就是重视后代修行——他们好不容易修成人形、开启灵智，怎么能看到孩子再次堕入蒙昧、沦为劣种呢？

所以桃花源最重要的建筑，不是俗务衙门，而是位于镇子中央的心猿书院。书院的祭酒是一只六耳老猿，猿猴在所有妖属里最接近人形，修炼之道最为熟稔。所有妖怪都千方百计要把孩子送进书院里修炼。

心猿书院是个三进三院。每一进的正中，皆是一座轩敞大堂，与东西两厢合抱成一座四合院落。每座院落里都栽种着竹、梅、桃、松四树，一派清幽之象。

玄穹一走进书院，就听到一阵阵琅琅读书声传来，与人间州府的书院没什么差别，不知朱侠是否就在其中。他跟着守门童子走到最后一进，只见一只老猿身披道袍，正在院子里打扫落叶。那猿猴头上六耳凸起，慈眉善目，一看就让人心生好感，身后的书堂悬着一块大匾，上书"做人"两个硕大篆字。

玄穹上前，先口称猿长老，然后恭敬递上名刺。老猿放下扫帚，缓缓回礼道："桃花源久无道长坐镇，阖镇百姓如大旱之望云霓，有幸今日得见道长于此，幸甚幸甚。"

"我头顶若有云霓，只怕下的不是雨，而是雷。"

玄穹有心谦逊一句，奈何听起来还是有点阴阳怪气。他索性跳过寒暄，拿出文书："前日贫道巡查，发现贵塾的学子有违纪之举，好在情节轻微，略做训诫就放归了。但按规矩，还是要跟猿祭酒通报一下。"

猿祭酒白眉一皱："那家伙又惹事了？真是朽木不可雕也！"玄穹不知他是说毛啸还是朱侠，赶紧劝道："年轻人嘛，血气方刚，妖性未退，偶尔荒唐一下也能理解，只是不要再犯。"猿祭酒脸色越发沉重："我在学堂三令五申，私下里也苦口婆心劝过数次，可此獠仍是怙恶不悛，荒淫无度，长此以往，如之奈何！"

这一连串高深成语，听得玄穹有点头疼。他赶紧纠正："斗殴而已，谈不上什么荒淫。"猿祭酒一怔，旋即大怒："什么？他纵情酒色也就算了，现在还敢跟人斗殴？是可忍，孰不可忍！"

玄穹意识到两人说差了，赶紧把文书塞过去。猿祭酒飞速扫了一眼，老脸这才松弛下来："哦哦，原来你说的是凌虚子家和朱家的孩子，张冠李戴了……"

玄穹道："这两个小家伙还未成年，祭酒不必惩罚，只督促他们更加谨慎便是。"猿祭酒竖起指头，点着牌匾上的两个字道："这点还请道长放心。敝学堂的核心理念就两个字：做人。老夫平日教诲学生最多的，不是修炼道法，而是教他们做人。欲成精，先做人，只有揣摩透了人性，才能更好地化形。"

玄穹唯恐猿祭酒把大词说尽，反而忽略了细节，特意翻开通报最后一页："您看看这个说明啊。朱侠之所以跟毛啸起了冲突，跟长期遭受后者霸凌有关系，祭酒要格外留意。"

猿祭酒不敢相信："霸凌？不可能吧，我们学堂最重品德，怎么会有霸凌之事存在？"玄穹忍不住道："贵学堂不是还有学生荒淫无度吗？"猿祭酒顿时尴尬了一下，摆摆手："那个……是空穴来风，事出有因。"

玄穹无意追究这种事，回到霸凌的话题道："朱侠的家境不太好，现在还在勤工俭学，跟其他同学格格不入，所以才屡有冲突。建议学堂关心一下。"猿祭酒点点头:"下次开坛说法时,我会重申一下,学堂对霸凌绝无容忍,让每个学子以'朝乾夕惕,三省吾身'为题,写一篇心得出来。"

玄穹注意到,猿祭酒只是泛泛表态,没有谈及具体措施,甚至没提一句"尽快查实"。不过往好处想,毛啸至少在学校会收敛一点,让朱侠没那么难过。

玄穹通报完毕,告辞离开,从院子里走出去,在门口忽然看见一个人类塾师一瘸一拐进来,好不狼狈。塾师来到后院,跟猿祭酒低声说了几句,老猿抬头看向玄穹消失的地方,双目灵光一绽,一跺脚,一个跟头"噌"地蹿了出去。

别看猿祭酒一把年纪,身形却灵活得紧。他从院里一棵松树荡到另一棵桃树,三两下便越过院落,稳稳落在即将离开的玄穹跟前。"道长留一步!"

玄穹吓了一跳,这老猿怎么又来了。猿祭酒叹了口气,双手一拱:"敝院刚才遇到一桩难言之事,无从措手,正好道长莅临,何妨一同参详?"

"您这话讲得拐弯抹角,可不比身法差啊。"玄穹忍不住又阴阳了一句。

猿祭酒两侧的颊囊惭愧地抖了几下:"敝学堂向来秉有教无类之心,持因才施育之能,对莘莘学子,皆普同一等。只是树虽一木,枝丫百端,总有学子行事荒悖……"

"做人堂前,您能不能说人话?"玄穹提醒他。猿祭酒这才改了口:"心猿堂里有个学生,顽劣得很,不服师长的管教,只好请道门去约束一下,以免生大祸。"

"什么学生，居然顽劣到连祭酒都管不住？"

猿祭酒叹了口气，没讲话，回身进了做人堂，不一时拿出一份学牒。玄窍一看那上面的落款印章，倒吸一口凉气："怎么你们学堂还有这种奢遮人物？"

原来这学生不是什么成精的妖怪，而是西海龙王的三太子敖休。龙族属于神兽之列，地位比寻常妖怪要高出许多，怎么会跑来桃花源这种乡下？

猿祭酒解释说，这位三太子在西海行事荒诞，屡屡惹祸，他爹一气之下，勒令他滚到桃花源来避避风头，让他在心猿学堂做个捐生，磨磨性子。玄窍一听敖休是个捐生，立刻就明白了前因后果。这种跨海转学，恐怕西海龙王捐给学堂的银子数目不菲。

至于这位纨绔龙子，远离了家长，又怎么会修身养性呢？只会更加胡闹。所以今天玄窍一上门，猿祭酒第一反应就是：敖休又干了什么？

"龙性多淫。这敖休最喜欢叫上一些妖精，通宵作乐，欢宴达旦。他近日又连续旷了几天学，不见踪影。学堂刚刚派去上门家访的老师，被他一记神龙摆尾甩出来。老夫担心，长此以往，有伤风化不说，也易生祸乱，于敖镇不利。"

猿祭酒在絮叨之间，巧妙地把话题从学堂引向桃花源，暗示若是这条劣龙搞出点事情来，可不止学堂一家受损。

这位猿祭酒可真是精，玄窍只是上门通报一下情况，肩上就莫名其妙多了一副重担。不过抛开学堂的小心思不说，他身为俗务道人，确实有责任去查看一下。妖怪们忌惮龙族，道门可不会惯着他们。

玄穹叹了口气："我去看看吧，他就算没人教，也得有人管哪。"猿祭酒大喜，顾不得计较道长嘲讽，又是一连串嘀里嘟噜的感恩雅言。

玄穹抬起头看了看那块"做人匾"，心中大为感慨。朱侠千辛万苦拜入心猿堂，唯恐一言不谨，就被学堂开革；而敖休胡闹到了这个地步，连老师都敢打，祭酒却诚惶诚恐，不敢得罪。同窗不同命，真是天数。

再想到自己的悲惨命格……唉，不提也罢。

玄穹在猿祭酒的陪同下，径直去了敖休的豪宅。敖家豪宅很好找，龙性喜好盘柱，所以西海龙王在镇上建了唯一一座塔楼，足有十几丈高。远远望去，极为醒目。

两人一走到塔楼门口，就闻到一股浓浓的酒臭味道。玄穹捂住鼻子细看，发现大门虚掩着。他咣咣拍了几下门板，大声自报身份，却半晌没有动静。猿祭酒远远站在后面，他修炼的是做人心法，却没什么斗战之能，可不敢靠近。

玄穹知道指望不上祭酒，拔出桃木剑，推开大门，一边继续喊话，一边试探着往里走。一进塔中，顿时大开眼界。

在这座塔楼的中央，是一根大柱子，柱子上头正蟠着一条小龙，头冲下，尾冲上，沾满酒气的龙头半耷拉在地上，正酣睡着，一张织锦地毯被龙涎洇湿了一大半。

而在龙身之上，攀着一大堆乱七八糟的动物，什么白兔、花蛇、孔雀、山鸡，中间还夹杂着一个赤条条的人类，场面极其混乱。这些家伙一看就是欢愉过度，脱力昏睡过去。这么一大堆妖兽杂然而陈,空气之中弥漫着一股腥臊之气,可见昨晚有多疯狂。腥臊再加上酒臭与呕吐物的恶味,普通人能直接被熏个跟头。即便是玄穹,也得运起清心咒,护住口鼻。

玄穹端详了一阵,对门外的猿祭酒道:"猿先生,眼前这场面确实不像话。可人家荒唐也罢,现形也罢,都是在自己家里。可能违反了书院守则,但不算违反道门规矩。我要拘他,师出无名。"

猿祭酒有些不甘心:"聚众秽行,伤风败俗,这道门也不管吗?"玄穹解释道:"俗务道人只管有无侵害之实。除非他在塔楼里太闹腾了,影响了邻居修行,或者有妖怪说是被敖休强迫,否则我最多也只能劝诫。"

"劝诫也好,劝诫也好,让他有所忌惮就行。"猿祭酒坚持。

"你们学堂说是教做人,我看这龙子才是最会做人的,将人间荒淫学了个十足……"玄穹无奈地扫视一眼,突然发现地毯上落着许多淡黄色小果,一头尖一头钝,觉得哪里不对,急忙抬头,瞳孔为之一缩。

原来敖休缠住的那根柱子,不是屋里的立柱,而是一棵银杏树,再仔细一看,树干之上有一张脸,这树竟然是银杏成精。

他赶紧过去,拽着龙子的尾巴,把他扯下来扔在一旁,过去查看这树精的状态。银杏树乃是雌雄异株,这棵明显是雌树成精——不过她那张人脸此刻双目紧闭,嘴唇发紫,有混浊的树汁从皮肤渗出来，树枝全都耷拉下来，掉了满地的银杏果。

可以想象，这些妖怪昨晚玩得太过头，这只银杏树精现出了原形，结果醉醺醺的龙子错把她当成柱子，缠绕上去，以致雪上加霜。

玄穹检查了一下，觉得树精情况不太妙，怎么叫都没反应。他撬开人脸的嘴巴，里面散发出一股浓浓的酒臭与痰腥。玄穹皱皱眉头，他觉察到还有一丝熟悉的味道。他仔细分辨，发现这是一种海腥味。

那天在桃林走失遇到穿山甲时，他背的那一包逍遥丹，正是这个味！

玄穹脑袋一轰，赶紧把猿祭酒喊进来，先展开急救。他负责运功努力把痰吸出来，猿祭酒在后输送内力，催发银杏树的体内生机。两个人折腾了半天，只听银杏树精的咽喉里滚出一团浊音，随后一口浓痰带着白沫被法力牵引出来。

两个人都长长出了一口气。猿祭酒把这棵银杏树扛起来，赶紧送往宝源堂救治。玄穹留下来，先把那些醉生梦死的禽兽和人类拖到院子里晾晒。这些家伙都兀自沉睡，只有一个人类挠着脑袋缓缓醒来。

玄穹过去问他底细。原来这小子叫宁在天，二十出头，跟着爹妈做生意来到桃花源，是这里为数不多的人类。宁在天挂着两个黑眼袋，脸颊内陷，一看也是长期酗酒狂欢的病秧子。

他看到俗务道人，不敢造次，乖乖把周围昏睡的参与者指认出来。玄穹一一记录下来之后,又问他认不认识那只银杏树精。宁在天说认得,叫银杏仙。

"原来她就是惹得宝源堂鸡犬不宁的银杏仙啊。"玄穹心中一动。宁在天凑过来,油滑地赔笑道:"道长,我都帮你认完了,能走了不?"

玄穹眼睛一瞪:"你先别走。银杏仙如今生死不明,我还要查明是不是跟你们有关系。"宁在天连连叫苦道:"天可怜见,这可是敖公子攒的局,我们不过是过来陪宴而已。敖公子要玩得尽兴,我们也不敢扫兴呀。如果有什么事,您得问他才成。"

玄穹不太喜欢这家伙的嘴脸,但也没什么理由羁押,便训诫了几句,放他离开,迈步回到堂内。

敖休还在昏睡,玄穹拿出云天真人送的坎水玉佩,兜头一砸。玉佩乃是坎水精华所凝,清凉无比,直接泼在龙头之上。敖休晃了晃脑袋,迷迷糊糊睁开眼睛,只觉头疼欲裂。

"敖休,快起来,俗务道人问话。"玄穹沉着脸喝道。

敖休尾巴一甩,开口骂道:"吭!什么鬼道人,不要打扰本太子睡觉!"不料玄穹拿桃木剑一挑,龙尾"咣当"一声砸在地上,把他摔了个满眼飞星。敖休自觉丢了脸面,喉下的逆鳞"唰"一下竖起来,一对黄玉色龙眼瞪得快凸出来:"吭!吭!吭!你知道惹怒本太子的后果吗?"

"知道,我等会儿诛妖的时候,会有更多的成就感。"玄穹冷着脸祭起一条捆妖索,厉声喝道,"如今有一只妖怪在你家几乎丧命,若不好好交代,就是泼天的麻烦!"

敖休仍在挣扎，玄穹见他犹不服软，冷哼一声，从怀里掏出一张宝卷，迎风一展，上头显出一位三头六臂、莲颈藕腿的少年神祇。

"要不要我召来三坛海会大神，跟你聊聊？"

哪吒的凶名，所有龙族谁不知道？一见这位杀神，敖休的酒登时醒了大半，双眼里的凶性也渐渐消失了。玄穹见时机到了，松开捆妖索喝道："你们昨晚欢宴，除了饮酒，可还吃了什么东西？"敖休晃了晃脑袋，嗫嚅道："没有什么，都是些寻常小食。"

"说实话！"玄穹一指哪吒画像，凶巴巴道，"别以为只有他会剥龙皮、抽龙筋！"

敖休这才搞清楚局势，问话的可不是心猿堂，而是道门的人，不好蒙混。他垂下龙颜，含混地交代道："我刚来的时候，银杏仙找到我，说最近得到一味丹药，吃了特别能助酒兴。我就叫来一些朋友，搞了场欢宴。席间银杏仙拿出几粒，我们和酒吞下，那可真是，吭！吭！吭！太劲了！后来我们没事儿就会搞上一场。"说到这里，龙头陡然昂起来，发出悠长的龙吟。

玄穹冷冷地看着他："劲在何处？"

"那玩意儿一落进肚子，感觉周围一下子就变了。不再是这个穷乡僻壤，也不是我爹那个土鳖西海，是东海龙宫啊，东海龙宫！那夜明珠，那珊瑚树，那白玉床，真真的……我小时候也只去过一次，这次可算又回去了！太劲了，若不是你们把我吵醒，我还在里头享福呢！"

敖休越说越兴奋，俩龙眼珠子又瞪圆了，还不住地咂巴嘴。玄穹不得不打断他追问道："这丹药银杏仙可说过叫什么名字？"敖休想了半天，方才吐出一句话："她说好像叫什么逍遥丹。"

　　玄穹面无表情，手里的桃木剑却微微颤了一下。

第八章

云洞提起水壶，优哉游哉地给盆栽浇上一点水，然后俯身眯眼，仔细研究起树冠上的那一撮新叶。这叶子长的位置有些突兀，与整体不太协调，他随手拿起一把小剪子，要把叶子去掉，可忽又不忍，此乃自然不全之妙，剪得太过规整了，似乎也不合道法……

正在他犹豫不决之时，明净观外头突然传来一声门板响动，他手一哆嗦，小叶子到底被掐掉了。云洞还没来得及心疼，一抬头，就看到玄穹风风火火进来了。

"玄穹啊，你在桃花源怎么样？"

玄穹没接他的话："观主，我这里有要紧公务，向您禀报。"云洞放下剪子，慢条斯理道："文书一个月呈递一次就好，不必这么频繁。"玄穹忍不住讥讽道："您在观中几日，人间已经千年啦。"云洞"嗯"了一声，停顿片刻方道："什么事？"

玄穹把敖休的事约略一说，然后又道："之前一只穿山甲精潜越入境，身上携带三十粒逍遥丹，所幸被护法真人截获。如今看来，桃花源的丹药输入渠道仍在运作。请观主尽快上报，派人来调查。"云洞还是一副沉静模样："云天真人怎么说？"

玄穹道："我去平心观找过，他不在，应该又去巡线了，所以我先来找您。"云洞懒洋洋道："俗务道人的工作是安民，保境是护法真人的职责。逍遥丹的事，得由本地护法真人那边提出，这边才好给处理。"

玄穹听这老道絮絮叨叨半天，中心意思就是不想管，一股心火直冒："云洞师叔，事急如救火，这时候还分什么保境、安民啊？"云洞慢慢踱步到盆栽前，拿起小剪子："我听你适才的描述，你也没见到逍遥丹的实物吧？"

玄穹道："没有，我如今只是把敖休羁押在观内。根据他的交代，逍遥丹是从银杏仙那里得到的。"

"那银杏仙呢？"

玄穹道："她如今还在宝源堂里接受救治，还没恢复神志。但我可以确定，银杏仙的喉咙里有一缕海腥味，那不正是逍遥丹的特征吗？"

"万一她昨晚吃了鱼虾呢？西海龙王三太子的家里，囤点海鲜并不奇怪吧？"

"可是……"玄穹还要争辩，云洞无奈地拍了拍他的肩膀："从头到尾，你的证据只有一条宿醉未醒的小龙的证言，以及自己嗅到的味道，一粒实物也没有。这种申请就算我帮你呈递上去，也会被打回来的。"

玄穹道："行行，那等我找到逍遥丹的源头，把主谋全数擒获，赃物全数收缴，一个个捆好洗干净送到明净观门口，您再跟道门报告不迟。"

云洞丝毫不觉尴尬："玄穹哪，不必这么偏激。道门是讲证据的，你起码得搜到逍遥丹的实物，哪怕一粒，我才好去提。"

玄穹冷笑："也对，慢慢搜呗，反正卖丹药的贩子等在原地，不会跑。"

云洞深深看了他一眼："你有没有想过，敖休不是妖怪，而是西海龙王的三太子。龙族向来地位超然，你现在以贩卖逍遥丹的名义羁押他，道门也无法单独处理，得派人去知会西海龙宫，那得是多麻烦的事。"

"那我回头把敖休放走，就说我们嫌麻烦，您走好。"

"哎呀，不是不管，而是要把事情办周全。不然出了纰漏，一口黑锅可是自己扛啊。"云洞苦口婆心劝道，"你之前在紫云山背下的锅，不就是这么来的吗？"

一听"紫云山"这名字，玄穹脸色立刻冷下来道："行！您若不管，那我自己去查，查明白了我再来申请！"云洞苦笑起来："你这孩子，怎么说不听呢？功德虽好，可也不能为此涉险哪。"

"您觉得我是为了多挣点功德，才这么积极的？"

"哎哎，我的意思是，桃花源情况复杂，你一个俗务道人，不要做逾越职权的危险事，得不偿失。"

玄穹脖子一梗："我就是为了功德，为了多涨点道禄，怎么啦？再动机不纯，也好过在道观里玩盆栽养王八，最后把自己也养成王八！"

玄穹扔下一句话，气呼呼地离开了明净观。这云洞可真是尸位素餐，连这么大的事都推诿，跟云天真人、云光真人简直没法比。虽说云洞是因为爱徒殉道而道心破碎，但也不能这么窝囊吧！

这时玄穹身上的坎水玉佩散发出些许清凉之意，让他的灵台冷静了不少。云洞虽说胆小怕事，但刚才有一点没说错：这件事必须查个周全，才不会有后患。

一念及此，玄穹匆匆返回桃花源。他马不停蹄，第一时间赶去宝源堂，看到徐闲正鼻青脸肿地熬药，过去问道："怎么样了？"徐闲揉揉脑袋："还好，还好，至少没死。娘子打过一顿，气也就消了。"

"谁关心你死活了！我是问送过来的那只银杏树精怎么样了？"

徐闲叹息道："她是之前受了什么刺激过于兴奋，把灵台里的元神宣泄一空，以致心力交瘁，退回原形了。这几百年算是白修行了。"

玄穹面色严肃起来。"退形"和"现出原形"不一样，是指妖怪修行尽废，退回修行之前那种无智无识的状态。也就是说，银杏仙如今倒还活着，但跟一棵普通银杏树没什么区别。

这个银杏仙之前送了徐闲香帕，如今她退形成树，徐闲心情有些复杂，又不敢表露太多情绪，总觉得后面始终有两对蛇眼盯着。

玄穹追问道："她是不是吃了逍遥丹？"徐闲为难地搓了搓手："这个实在看不出来。不过草木成精，因为体质问题，元神最易流失。同样的丹药，禽兽吃了可能只难受一阵，对草木来说，可能就致命。"

玄穹一听，知道这条线算是彻底断了，只好说："麻烦你把她送去个开阔地方种下，日后也许还有重新修炼的机会。"徐闲看了一眼身后，愁眉苦脸道："能不能请道长跟我娘子去说一下？否则她会觉得我有私心。"

"那你到底有没有？"

"我听道门的！"

玄穹没办法，只好找到赤娘子，说银杏仙如今退回原形，不如就种在屋后头，没事儿还能捡点银杏果入药。赤娘子一撇嘴："让他去种好了。我家先生乃是仁医，无论什么样的病患，向来一视同仁，都跟照顾自家媳妇似的。"

徐闲脸上褶子拧成一团，讪讪不敢应答。

玄穹可顾不上管他们家的飞醋，匆匆回到俗务衙门，走到拘押室。敖休如今一脸呆滞地盘在一根简陋的木柱上，显然还没从逍遥丹的药劲中恢复过来。

玄穹摇摇头，看到旁边的老果倒吊在敖休头顶，张着嘴好奇地"看"过来，忽然心中一动，走到笼子前问："你之前说过，你是银杏仙的邻居对吧？跟她熟不熟？"

老果道："只要道长您能高抬贵手，小老自然知无不言。"玄穹一肚子气正没处撒，倒握住桃木剑狠狠敲了笼子一记："别废话！"老果缩了缩脖子："道长想问什么？"

"银杏仙平时都跟什么人来往？"

老果一张鼠脸笑得诡秘："她可是镇上有名的交际花，各家门户外面都落着银杏果。您要问她跟谁不熟，或许答案更简单一些。"

玄穹追问："那她平日的举动，可有什么可疑之处？"

老果道："这……嘿嘿，要看您问的是哪种可疑了。"

玄穹道："嗯，和丹药、修炼有关的。"

老果扒拉半天小爪子，方才回答："小老习性是昼伏夜出，每隔一个月，总会发现银杏仙在夜里匆匆出门。我后来旁敲侧击地向她打听过，原来桃花源里有一批妖怪，定期会聚众吸食帝流浆——其实我之前想跟您说的，就是这个大秘密。"

玄穹没好气道："这算什么大秘密！"

庚申之夜，月华之精，乃凝出帝流浆，服之可脱胎换骨。所以妖怪们每到月圆之夜，都会聚在高处，仰饮月光。这是妖界的常识，还用得着他当秘密来卖？老果见玄穹不屑："您比我高明，不妨再想想？"

玄穹略一想，反应过来了。桃花源不比别处，乃是隔绝天地的秘境。虽说此间也有昼夜，但那是模拟出来的异象，徒有日月之形，却不可能生产真正的帝流浆。也就是说，银杏仙和那几只妖怪聚在一块，绝不可能是为了帝流浆。

玄穹又问除了银杏仙还有谁，在哪里聚，老果却答不上来了。

他反复询问了几次，确认老果真的只知道这么多。老果可怜巴巴道："那，能从轻发落小老不？"玄穹道："我会在卷宗里添一句，该犯认罪态度良好，至于如何判，那要由道门来决定了。"老果可怜巴巴道："小老年岁大了，筋骨疲软，不堪服刑。之前玄清道长，就很照顾我……"

玄穹冷笑："你是不是早早就打探出了一堆别家阴私存着，万一自己落网，就抛出来一桩，换取轻判？"老果委屈道："他们欺负我是瞎子，做事都不避着，小老被迫看到，还不能拿来做个交换了？"

见他振振有词，玄穹一时间难以反驳。就在这时，他忽然感觉到玉佩水波微荡，精神一振，应该是云天真人回来了。他正准备去平心观，就见云天真人阔步走进俗务衙门，面色肃然。

"听说你发现了逍遥丹？"云天真人顾不得寒暄，劈头就问。

"正是。"玄穹把事情一讲，然后愤愤道，"云洞师叔那个老糊涂，推三阻四，总是嫌麻烦，还在慢悠悠地修剪盆栽。"云天真人道："云洞师兄老成持重。目前我们掌握的线索，还不足以说服道门派人下来，还要有更多证据才好。"

玄穹一拍胸脯："我找到一条银杏仙的线索，打算去查查这个帝流浆聚会的事。"云天真人摇了摇头："事涉逍遥丹，什么危险都可能发生，还是我去吧。"

玄穹脸色一红。当初那一只穿山甲精，都堪堪跟他打个平手，他大概是被嫌弃了。他不甘心道："若是正面斗法，弟子自然不如师叔。但师叔威名太盛，稍有动作，便容易打草惊蛇。不像弟子一介俗务道人，可以暗中潜行查探。待有了眉目，师叔再行雷霆之击，更合阴阳相济之道。"

云天真人思忖良久，颔首道："也好。你身具明真破妄的命格，天生克制逍遥丹的药性，确实适合查探。"玄穹大喜，正要拜谢，云天真人却又郑重叮嘱道："逍遥丹的背后有大利益。你记住，凡有大利益，必有大凶险。你只要打探出帝流浆聚会的地点即可，千万不要逞强，勿要重蹈玄清的覆辙啊。"

这位前任道人虽已殉道，可留给诸人的心理阴影可不浅。玄穹点头，口称明白。

"我会继续在外围巡视桃花源，争取找出逍遥丹的运送通道。你我内外夹攻，争取把这个毒瘤铲除。"云天真人讲到这里，对他笑道，"这次若你能立下功劳，攒下无量功德，我给你表奏道门，说不定就能提前离开这地方了。"

玄穹脸色一尬，有些心虚地一拱手，忽然又想起一件事："师叔，之前我去明净观光顾着吵架，忘了请云洞师叔批准了。您还记得，桃源镇衙门里收缴着一件穿山甲精的迷藏布吧？能给我代批一下正箓用法吗？"

玄穹命格特异，要动用法宝，必须经上级批准正箓用法，才不会招雷劫。云天真人一愣："是穿山甲精用的那件迷藏布吗？"

"对。"

"你用这个干吗?"

"也许上面会有穿山甲精潜越入境的线索,我想查查看。"

一听和逍遥丹有关,云天真人二话不说,当即批了正箓用法,然后匆匆离开。玄穹从库房里取出迷藏布,刚要展开研究,没想到一只意料之外的妖怪来到衙门,他只好把法宝先搁下。

"凌虚子?"

谢顶的狼妖丹师一见他,先施礼道:"犬子之前行事荒唐,猿祭酒跟我也讲过了。幸亏道长及时训诫,让他不致误入歧途。"玄穹知道他此来肯定别有目的。果然,凌虚子客气了两句,走上前道:"我受人之托,前来探望一下敖休。"

玄穹心里暗想:原来是你啊。敖休身份贵重,西海龙宫肯定会在桃花源里找个关系照顾,原来这个关系就是凌虚子。玄穹怕他求情,先主动道:"敖休聚众淫乱,服食禁丹,还有一只树精折损了道行,退回原形,具体责任还有待查明。"

"我知道,我知道。"凌虚子苦笑,"我这次来,只为确认一下敖休的身体状况。我听说他吃了逍遥丹,导致心神外泄,所以特地带凝神丹,给他补一补。"

听他的语气,对这个混世魔王也头疼得很。玄穹神色一动:"这么说来,你有逍遥丹的解药?"凌虚子摇摇头:"解药谈不上。逍遥丹的本质是放大幻觉,宣泄欲念,本质上不算毒,自然也谈不上解毒。我这个凝神丹,只是帮他保住元气——至于其他罪责，道长您看着办。"

玄穹带着凌虚子走到拘押室前，敖休还在发呆，双目迟钝。凌虚子检查了一番，连连叹道："我听说服食逍遥丹，可以获得大极乐、大逍遥，但亢龙有悔，任何情绪到了极致，元神就要受损。如今一见，果不其然，真是触目惊心。"

玄穹难得见到资深丹师，连忙请教："每次我接触到逍遥丹，总能嗅到一股海腥味，请问这腥味从何而来？"凌虚子沉思片刻："不曾见过丹方，不好乱说，但我猜度，海腥味许是用到了蜃气。"

海上有海市蜃楼，皆是大蜃吞吐而成，蜃气最容易使人生成幻觉。凌虚子这个猜测，并非无本。玄穹又问："这么说，这逍遥丹的源头，该是从海中兴起喽？不会就是他们龙……"

"这可不敢乱说！"凌虚子吓得连忙摆手，俯身把丹药喂给敖休。等到后者状态好了一点，他才问玄穹道："敖休要在这里羁押到何时？"玄穹道："至少要等到事情查明白。"凌虚子也不勉强，说："我跟西海龙宫那边解释一下吧。"

玄穹眉头一挑："看不出来，你和西海那边还挺熟嘛。"凌虚子伸出手，在光秃秃的脑袋上摩挲了一下："海中多宝材，我们炼丹的，都得仰仗龙宫才行，您多理解。"玄穹道："难怪敖休出事，却要你来擦拭他的龙臀，怎么样？龙臀擦起来，和擦别的屁股有什么不同？"

他讥得粗俗，凌虚子非但不怒，反而诉起苦来："您说得可太对了。这条纨绔龙子来了桃花源以后,顾头不顾腚,惹出无数事端,回回都是我给他收拾烂摊子。我啊,就是他龙臀下面挂的粪兜子!"

"您好歹也是知名丹师,西海龙宫怎么能驱使得动?"

"咳,还不是为了我那犬子!他从胎里带下病来,必须每天服食三元龙涎丹,那东西只有西海龙宫才有。唉,你懂的,我这也是被逼无奈。"

玄穹同情地看着这只老狼,他何止是头上谢顶,一对狼眼也满布血丝,周围浓浓一圈黑,可见日夜都在烟熏火燎中炼丹。凌虚子拱手道:"我家里的丹炉还烧着呢,还得赶回去。总之道长只要能保住敖休的性命,我便可以有交代了。"

玄穹对他印象不错,他没打着龙宫的旗号耀武扬威,而是选择坦诚地说实话。看他那一脸疲惫的模样,想来也是被敖休拖累得不轻。玄穹想了想说:"龙不能放走,其他你尽可方便。"凌虚子见玄穹很买面子,连连感谢,悄声跟他提醒了一声:"龙宫来问,您可以转给云洞真人处理。"

玄穹一听,眼睛一亮,这真是好计策。云洞最擅长糊弄,正好去跟西海龙宫的人打打太极,拖延一下时间,也算是发挥点余热了。

等到凌虚子离开之后,玄穹当即修了一封文书,急送明净观,然后把这件事抛在脑后,去摸排银杏仙的社会关系。

这一摸排,就是三四天时间。要说银杏仙的生活,那是相当丰富,半个镇子的居民与她或多或少都有点牵连,人际关系比树根还复杂。排查一圈下来,玄穹却发现,她与任何居民的交往都不密切，如蜻蜓点水，不留深痕。参加帝流浆聚会的到底还有哪些人，一直都没个准信儿。

唯一能确认的是，银杏仙是逍遥丹在桃花源的发卖者，几乎所有吃过逍遥丹的人——比如宁在天和敖休——都是从她手里买的。那个帝流浆聚会，便显得更可疑了。

这天他正在翻阅卷宗，忽然一团狐狸尾巴兜头扫下来。玄穹闪身躲过，抬头一看，不是婴宁是谁？

"小道士，你这几天都不见人，是去办什么案子了吗？"

玄穹心事重重，只说"我正忙着呢"。婴宁道："要不要给你的灵台按摩一下？"玄穹听了发愣，灵台按摩是什么？婴宁笑嘻嘻道："我在桃花源待着无聊，姑姑教了我一招青丘狐家的独门法术，可以引人入幻，又不会伤人心神。如果有人筋疲力尽，在幻境里躺上一躺，便可以松弛下来，睡得也香。"

玄穹有一搭无一搭地听着，听到后来，忽然"咦"了一声。

婴宁说的这种灵台按摩之术，本质上是制造幻境，让人看到内心最渴望的东西，而逍遥丹的致幻之术，也是同样的道理，两者说不定有什么相通之处。他转脸看向婴宁，看得后者有点害怕："小道士，你这么直勾勾地盯着我做什么？"

玄穹道："我忽然想起来了，到任之后，还没去拜会过辛十四娘呢，你现在带我去见见吧。"

"啊？现在就去？"

"我身为俗务道人，走访大妖也是职责所在。"

婴宁见玄穹态度很坚决，只好答应。两人一路来到桃源镇南边的山麓。这里青草郁郁，岩壑幽深，颇有几分青丘气质。玄穹刚站到洞府门口，就看到两扇漆金朱门訇然中开，门内隐约可见一排排楼台殿阁，无不是雕梁画栋，金碧辉煌，极尽奢华之能事。

玄穹脸色如常，冲虚空中某处一拱手道："贫道只看得到实在东西，大妖不必费心渲染了。"

他话一说完，幻境便倏然消散，露出洞府真容——本身倒也是一座精致居所，只是……过于杂乱。一张宽大的楠木躺榻之上，半搭着好几件霓裳衣裙，玉阶上上下下都是绣鞋与锦帕，八仙桌上几十个东倒西歪的丹药小瓶、胭脂皿和首饰。

玄穹甚至注意到，在一扇螺钿屏风旁的角落，堆放着一堆大大小小的锦盒，一半都还没拆过。

"我姑姑她……平时比较忙，不太爱收拾。"婴宁尴尬地解释了一句，嘀咕道，"所以我让你别那么着急来嘛。"

"不要乱说，本仙只是昨天睡得晚，还没顾上整理。"

随着一道慵懒的声音，辛十四娘打着哈欠从天而降。她不像之前在雪峰山时那么英姿飒爽，狐尾蓬松散乱，几缕粗毛高高翘起，一看就是刚刚睡醒。

辛十四娘在半空一拂长袖，先把椅背上的霓裳卷走，然后又召出几个屏风后的锦盒，甩给婴宁让她帮忙拆开，这才从容落到榻上，斜倚着躺下。

"听婴宁说，你有明真破妄的命格。如今一看，还真是无趣呢。"辛十四娘感叹,"什么虚幻都能一眼看穿,人生多无聊啊。"玄穹不卑不亢:"什么虚幻都看不穿,岂不是更苦?"

"至少还能落得一时快活,有何不好?道门就是你这种假正经太多了。"辛十四娘不满地嘲讽了一句,随后又笑了,"上次在明净观前,还要多谢你解围。不然我还得跟云光那个老东西斗一场,也不是打不过他啦,就是太烦。"

玄穹看了眼婴宁,她正撩起爪子在撕那锦盒的包装,轻咳一声道:"道门以规矩为重。您这个侄女只要遵纪守法,不胡搅蛮缠,云光师叔便奈何不了她。"婴宁威胁地晃了晃爪子,表示自己听见了,继续埋头去拆。

"小道士,你一沾外财就被雷劈,真的还是假的?"辛十四娘好奇。

玄穹撇撇嘴角,正要回答。辛十四娘一招手,一串金链子从婴宁刚拆开的锦盒里飞出,直直套进他的脖子。玄穹大惊,连忙伸手去摘,头顶肉眼可见有雷云凝聚。辛十四娘双唇微微张开,杏眼中满是惊奇:"原来真这么灵!"她见玄穹的头发丝都竖起来了,一挥手把金链子召回去,雷云这才慢吞吞散开。

"这是别人送本仙的寿礼,看来成色还挺足的,多谢啦。"

玄穹摸了摸头顶的黄冠,一脸黑线,这妖怪真是不按套路出牌。辛十四娘欣赏了一阵他的表情,支住下巴,眼波流转:"道长今日造访,恐怕不只是为了我侄女的事吧?"玄穹也懒得绕圈子，直言道："近日桃花源里有人以帝流浆的名义偷偷聚会，贫道怀疑与逍遥丹有关。您作为桃源镇的大圣，不知可知道什么？"

辛十四娘双眼微眯："你是在怀疑我和逍遥丹有关喽？"一股凶悍妖气喷薄而出，把玄穹额前的白毛高高吹起，看起来特别滑稽。辛十四娘忍不住"扑哧"一笑，力气登时泄了，那缕白毛又耷拉下来。

玄穹嘴角抽了抽，硬着头皮道："逍遥丹有致幻之妙，贫道想青丘狐族也有类似神通，也许能有线索。至于您嘛……会用幻术来遮掩自家邋遢的妖怪，想必心思也不在害人上。"

辛十四娘哼了一声，分不清这小道士是在夸还是嘲："我们狐族天生神通，还要去搞什么逍遥丹，岂不是撅起尾巴放屁，多此一举？"她忽然敛起慵懒："不过小道士，你知不知道，你的前任玄清，正是为了查逍遥丹才殉道的？"

"嗯，我知道。"玄穹回答。

辛十四娘似笑非笑："你肯定不知全貌，否则绝不会这么淡定。"

"我曾听云天真人讲过，莫非大圣还有什么要补充的？"

辛十四娘冷笑一声："你瞧瞧，道门连自家小辈都蒙在鼓里，真有出息。罢了，看在你救过婴宁的分上，今日我便让你知道个分明。"

不待玄穹回应，她转头对婴宁道："婴宁，你还记得你有个族叔吗？"婴宁点头："记得，十三叔沐狸，不过这次我没看到他呢。"辛十四娘起身道："既然道长今日造访，我就带你们去看看，道门遮掩的，到底是什么事。"

她带着玄穹与婴宁七转八弯，很快到了洞府深处。这里没有什么装饰与家具，岩壁凹凸，青苔遍布，是最为简陋的洞穴模样。光线很是暗淡，全靠辛十四娘头上簪子的夜明珠照明。

辛十四娘走到一个小洞穴前，蹲下身子，吹了一声口哨。很快洞穴里窸窸窣窣，爬出一只火红皮色的狐狸。这狐狸个头不小，可是双眼混浊，毛色枯黄。它看到有生人在，吓得要缩回去，辛十四娘摸摸它的头，扔出一块肉去，狐狸叼着转头回了洞穴。

"这便是你十三叔沐狸了。"

婴宁大惊，颤声道："不是说他有千年修为，怎么退形了？"辛十四娘站起身来，看了眼玄穹："婴宁的十三叔沐狸，是我兄长，是我们这一脉里的修行天才，与我同在桃源镇修行。几年之前，桃花源里出现了一种叫作逍遥丹的丹药，据说吃了可以增进修为。沐狸当时正卡在修行上，就弄了几粒回来试吃。这一吃，发现效果甚好，他便停不下来了，好像被勾住了魂魄似的，原本每月一粒，后来每旬，再后来每日都得服食。

"其实那逍遥丹根本不能增进修为，只是让你产生幻觉，觉得自己轻轻松松功力大增。我们青丘狐族，本来是玩幻术的行家，没想到这蠢沐狸却在这上面栽了跟头，沉溺其中难以自拔。他自己的月俸不够买逍遥丹，就开始偷洞府里的法宝、珍玩、药材出去卖，再换钱去服丹。等到我发现账簿不对劲，封禁了他的收入时，沐狸已丹瘾入骨，难以拔除，竟然去抢劫别的小妖，甚至狂性大发，试图吸其鲜血，结果被玄清顺藤摸瓜，查到了我青丘洞府。"

"啊？就是张果的那桩案子。"玄穹想起来了，那次老果差点被冤枉，幸亏有玄清帮他洗清嫌疑——没想到那桩案子真凶是沐狸。

"玄清当面与我对质，我真是丢死人了。幸亏这件事没闹出性命，我总算争取了一个宽大处理，让他在洞穴里关禁闭。他清醒时会苦苦哀求，诚恳认错，可一旦瘾上来，就开始破口大骂，甚至自戕自残……"

辛十四娘一贯从容，可说到当时的情景时，仍心有余悸。婴宁和玄穹注意到，洞穴附近的岩壁上满是爪痕，甚至还有斑斑血迹，知道辛十四娘说得一点不夸张。

"我请过几位仙师来诊治，但他们都对这种状况束手无策。我只能眼睁睁看着你十三叔，一点点颓废下去，一点点退回原形，最后从一只修行千年的大妖，变回一头灵智未开的野兽。"辛十四娘说着，双眸在黑暗中亮起危险的赤光。而旁边的婴宁，早已是泪水涟涟。

玄穹道："莫非……这就是玄清起意要查逍遥丹的原因？"

"不错。当时对于逍遥丹的危害，道门并不重视。桃花源地处偏僻，也没什么人关心。我去道门举报过，几个大真人来查访，居然说不排除沐狸是修行出了岔子，走火入魔。

到头来，只有玄清一个小小的俗务道人，觉得应该查下去。"

说到这里，辛十四娘轻笑了一声："那家伙啊，是个认真执拗的性子。他初到桃源镇当俗务道人时，跟我冲突了好多次。我嫌他做事古板，他嫌我行为散漫，彼此都看不惯。没想到沐狸出事之后，玄清居然是道门里唯一肯认真听我说的人。

"不过那家伙最让人讨厌的一点，就是自行其是。他说查案是俗务道人的职责，坚决不许我参与，自己吭哧吭哧调查了很久，忽然有一天，他说有眉目了，只身去找，结果没抓到逍遥君，反而引出一头穷奇。"

玄穹和婴宁对视一眼，这就和云天真人的说法对上了。

"穷奇是上古凶兽，气焰嚣张，动作迅捷。护法真人云天多次出手，只能将其击退，却无法擒拿。后来我们几个大妖也上阵助拳，但同样留不住它，为此我还受了点伤。

"玄清听说我受伤了，拎着点从宝源堂那里买的便宜补品，过来探病。他沮丧地跟我坦白，说这事都怪他。我问为什么，玄清说他查到了逍遥君的下落，本打算抓个现行，谁知却惊动了对方。逍遥君放出了穷奇，然后趁乱逃了。玄清很自责，认为这一切混乱，都是自己行事不谨导致的。"

辛十四娘说到这里，声音陡然提高："其实根本不是那么回事。他也不想想，逍遥君身家何等丰厚，手里什么法器、宝贝没有？他一个小小的俗务道人，凭什么以为能拦下人家？归根到底，还是道门根本不重视逍遥丹的危害，玄清调不动高手，只能只身一人去拼命。

"说远了，说远了。总之吧，这头穷奇越闹越凶，道门终于调来了云光和云洞，配合云天与大妖们进行围剿。后面的事，云天应该都给你讲了吧？我们被调虎离山，玄清只身缠住穷奇，最后在镜湖之上跟它同归于尽。

"他明明可以先逃掉的。一个俗务道人而已，谁也不会苛责他，可他却选择了最蠢的做法。我知道，他是出于责任感和内疚感，总觉得穷奇是自己惹的祸，就得自己解决。"辛十四娘神情微微有了变化，"那个大傻瓜啊，没有明真的命，却非要搞破妄的事，最后落得身死道消，真是活该！"

辛十四娘讲完之后，又面色冰冷地朝洞穴里丢了一块肉，然后带两人上去。身后的黑暗中，隐约还能听到沐狸的嘶吼声。

待回到洞府，辛十四娘依旧躺回榻上："道门把穷奇事件低调处理，装作什么都没发生过。现在他们倒重视起逍遥丹的危害了，可谁还记得镜湖上空那个小道士的身影？"

玄穹这才明白，为何一提玄清，云天真人便讳莫如深，原来还有这一层因果。辛十四娘呵呵一笑，手一抛，从那一堆锦盒底下拽出一包药来。那药是用宝源堂的粗纸包着的，一看是用细麻绳包扎的，就知道是便宜货，上面用木炭潦草地写了"玄清"二字。

"呵，如今只有我还记得了。那小道士穷得很，一个月只有三两道禄，送的药也是寒碜至极。本大仙自出生以来，可从来没碰过这么差的补品，一直扔在这里没动过，没事儿就拿出来，笑话他一顿。"辛十四娘语气幽幽。

对面的玄穹霍然起身,脸色大变:"每月三两道禄?"

"你也觉得太少了对吧?道门真是吝啬得很。"

玄穹又悻悻坐回去:"算了,人家的师父是云洞,肯定会帮爱徒争取顶格待遇;我那个师父,没把我除名就算师恩深重了。"辛十四娘打量他片刻,忽然大笑起来:"我算知道你玄穹这道号怎么来的了。这桃花源的俗务道人,一个比一个穷酸。"

玄穹不动声色地把话题拉回最初:"那……那个逍遥君,后来还有消息没有?"

"没有,人家早跑没影了,难道还等着道门慢吞吞来追吗?到底是人是妖,都不知道。"辛十四娘看向玄穹,"小道士,我看你还没有玄清的本事。这逍遥丹可是会要命的,你自己要不要继续查,可得想清楚。"

玄穹有意忽略掉前一句,挺直身子:"那么关于帝流浆聚会,您还知道些什么?"

辛十四娘一甩袖子,有些疲倦,道:"当年玄清跟我提过一嘴,他拦截逍遥君的交易,是在桃花源深处一个叫棘溪的地方,很是隐秘。若帝流浆要搞秘密聚会,在那里最有可能——你有胆子,便去看看好了。"

玄穹正要告辞,辛十四娘忽然又把他叫住了,眼睛却看向婴宁:"你去洞里头,给我拿把梳尾巴的梳子过来。"婴宁一脸不情愿地起身去拿,辛十四娘见她走开,这才转过脸来:"婴宁这孩子,之前承蒙你照顾了。"

玄穹道:"她脾气莽了点,脑子没问题——至少我暂时没看出来。只要不乱跑乱动，应该没危险。"辛十四娘似笑非笑："我可不是担心这个，你看到她脖子上的金锁没？"

"是青丘给她护身的法宝吧？"

"呵呵，是法宝没错，却不是给她护身的，而是为了限制她的力量。"

"啊？"玄穹有些意外，她才修行一百二十年，至于如此警惕吗？辛十四娘道："我们青丘狐族，以尾数论强弱。寻常的只有三尾，稍具天赋的有五尾，我是七尾，算是族里长老级别的——而婴宁则是天生九尾。"

玄穹结结实实大吃一惊，这家伙来头这么大？可他见过她的原形，明明只有一尾。

辛十四娘轻抚额头："她的力量极大，心智却不太成熟。所以族里给她挂了一把金锁，抑制九尾之力，免得捅出什么大娄子——之前云光在明净观前抓住她，我急忙赶去，不是为了救她，而是怕她万一挣脱金锁，爆出九尾之力，弄死了云光不好交代。"

玄穹摸摸胸口，想到之前对婴宁不假辞色，有些心有余悸："那我以后不招惹她便是。"辛十四娘笑道："我看你和婴宁关系不错，请你来做个监锁人如何？"

"什么叫监锁人？"

"你既是道门中人，又跟她关系不错，正好可以在旁边监督。何时你觉得她足够成熟了，就可以给她解开金锁。"

玄穹听懂了辛十四娘的意思。婴宁的力量太大，如果是狐族自己来管那金锁，难免会引起道门疑虑。如果把这事交给玄穹来决定，一定程度上算是官方认定，也能把责任推过去。

"我一个俗务道人，法力低微，恐怕不敢承担……"

"保境安民，不正是俗务道人的职责嘛。道门最看重的，就是妖族有序破境，一切都在掌握中，你也不想有一天九尾突然毫无预兆地降世吧？"

她对道门的规矩了解得还挺深，玄穹登时哑口无言，他脑筋一转："那我怎么知道她何时变成熟？在洞府里不乱扔锦盒算吗？"

辛十四娘垂下尾巴，不动声色地把脚边的几个盒子往床底下推了推："我给道长一把符匙，开锁与否，由你判断便是。"说完一招手，从床头堆积如山的物件里面捞出一串手珠。这手珠是由六枚珍珠组成的，每一枚珠子上都镌刻着繁复的符咒，散发着淡淡的青丘气息。

玄穹捏了捏珠子，这是北海寒冰蚌产的啊，赶紧缩了缩手："这个太贵了，我带在身上，能被天雷劈上半个时辰。"辛十四娘拍拍脑袋："可惜，被你发现了，本来还想再看看天雷的样子呢……算了，把你的腰带拿来吧。"

玄穹莫名其妙，但还是老老实实把一条褐色布带解下，双手托给辛十四娘。她拿出一小盒胭脂，用珍珠蘸了蘸颜色，然后放腰带上一滚，立刻留下一块符形。等她拓完六个珠子之后，腰带上面多了一串粉红色的符咒，煞是娇俏。

"喏，给你。解锁很简单，只要你系着这条腰带念动咒语，渡给婴宁一缕真气，就能把金锁打开了。"

玄弩一脸为难，这玩意儿穿在身上，倒是不怕雷劈，只怕脸面尽失。他默默把腰带翻过面来，重新缠在腰间。辛十四娘又提醒道："你是监锁人的事，可千万不要让她知道啊。不然她有了依赖，反而对破境不利。"

"这个自然。不然那丫头会每天缠着我，烦也烦死了。"

辛十四娘深深看了他一眼："我们狐族天生比别的妖族更心思敏感，修炼时心境容易滋生心魔，只有渡过这一劫，才能成就大妖。婴宁天生九尾，若心魔未去，就贸然开锁，只怕会断绝她的未来道途。道长你可要好好把关。"

玄弩顿时感觉到压力巨大："所以婴宁的心魔是什么？"

"性情不同，心魔也不尽相同。"辛十四娘看了眼远处正走回来的婴宁，"甚至婴宁自己都不知道，这正是她这次下山要找的东西。"

第九章

玄穹离开青丘洞府之后，发现婴宁仍旧紧跟着自己，颇为诧异。这只小狐狸耳朵与尾巴全耷拉下来，看起来情绪很是低落。

"我说，送客出府，送十步就够了。再多一步，就是撵客了。"玄穹提醒。

婴宁低声道："你会去继续查逍遥丹的事吧？"玄穹点点头："那是当然，我又不是云洞师叔，该干的活总要干。"婴宁小声地啜泣了一下，捏紧拳头："我小时候，十三叔很疼我的，总带我去抓兔子。现在看到他变成这样子，我真是……我真是气死了！这逍遥丹太害人了，我要替他报仇。"

玄穹摇头拒绝："你没听你姑姑说吗？贩丹人个个都穷凶极恶，极度危险。别说你，我都不去。"婴宁抓着他的胳膊倔强道："我偏要跟你去，我法术很厉害的……哎？你说你不去？"

"我这点道行,不沾大因果,攒点小功德。"

婴宁一下子跳到他头顶,一口咬住白毛往上扯:"你这个大骗子,刚刚还跟我说要查案子,现在又说不查。"玄穹狠狠地把婴宁抓下来,揪住后皮拎在半空:"哎,你咬轻点,轻点,我说去查,没说亲自去棘溪啊——我有个人选。"

"谁?云天真人吗?"

"我怎么敢使唤他老人家啊!"

"那是谁?"

玄穹眯起眼睛,说你等一下就知道了。婴宁踢动双腿:"你先把我放下!"玄穹却不肯听,嘴里还是絮絮叨叨。婴宁说你偷偷嘀咕什么呢?玄穹眼一斜:"玄清道禄有三两,我才二两三钱,我算算我俩到底差在哪里。"

"看!果然你还是最在意这个!"

两人一回俗务衙门,玄穹便直奔拘押室而去,婴宁一看笼子里盘着的那条小龙,顿时大惊:"你是要找……敖休?"

"没错。"玄穹伸出桃木剑,敲了敲栏杆,"敖休,敖休,快醒来。"

敖休的状态比之前好了一点,听到声音,懒懒抬起头来:"怎么,小道士,我爹派人来接我啦?"玄穹冷冷道:"你爹说了,你就是一条土泥鳅披了龙皮,烂在鱼塘里连螃蟹都不吃,简直丢尽了敖家的龙脸,最好死在笼子里。"

婴宁吓了一跳,小道士怎么毫无预警地开骂了?谁知敖休打了个哈欠:"说点我不知道的,然后我口渴了,要喝酒,整点好的啊,吭。吭。"说完挪动长身,在柱子上盘得更松一些。

玄穹隔着栏杆道:"这次你涉及一只妖怪退形了。你爹就算想捞你,也很困难。"敖休长长的龙嘴里,喷出一团腥气:"他当初把我扔在这个偏僻乡下,就没打算继续管我。大丈夫四海为家,在哪儿丢脸不是丢啊……你给我拿点酒来,吭吭,水也凑合,要山涧清泉啊。"

玄穹懒得理他,端过一桶井水,敖休咕咚咕咚一饮而尽,擦了擦须子,摇头晃脑:"行啦,你什么时候想出骂我的新词,再叫我起来。事先说明啊,本太子这辈子听得多了,辱不出新花样,别怪我轰你出去。"

"敖休,你觉得这样有劲吗?"

敖休半睁开一边的龙眼,像是看一个傻子:"废话,当八部天龙最有劲,可谁让我去呀?"玄穹道:"你说这么多无所谓的话,是因为恨你爹把你发配到这种小地方,恨凌虚子不赶快把你捞走——"他上前一步,"——更恨的是,这些人都把你当成丢人玩意儿,对吧?"

"吭!"敖休骂出一句脏话,然后整条龙"吧嗒"一声从柱子上掉在地上,活像一条软趴趴的死蚯蚓。玄穹道:"现在我给你个机会。你可以让他们见识一下,你自己能把脸面争回来。"敖休两根须子画成一个问号,懒洋洋道:"你想让我做什么?先声明啊,本龙子除了吃喝玩乐,什么都不会。"

"银杏仙每个月都去参加一个叫帝流浆的聚会,贫道怀疑和逍遥丹有关。现在她已经退形了,俗务衙门需要一人，替她混入聚会，设法搞清楚里面的情况。"

"吭！这么好的去处，她怎么从来没跟我说过？"敖休大怒。玄穹不耐烦道："废话，告诉了你，你就不从她那里买逍遥丹了。"

敖休想了一下，晃动巨大的头颅："你这是让本太子去查案子呀！算了，算了，本太子宁可窝囊颓废地死，也不想努力辛苦地活。我身为龙子龙孙，还得勤勤恳恳干活？简直太侮辱人了！"玄穹道："放心好了，你不用演什么，只需要做你自己就行。"

"吭！我都觉得我自己不可靠！"

"你不用表演什么，只要找到聚会地点，参与聚会，然后做一条贪杯、暴躁、自卑、极度空虚、自暴自弃，而且不分场合滥情的淫龙，如平常一样……"敖休打断了他的话："吭吭！也不用说得这么详细，反正就是尽情玩乐就够了，对吧？"

"对，但你得打听清楚，是谁发起的聚会，从哪里弄来的逍遥丹。"玄穹叮嘱。敖休漫不经心地点点头："这太简单啦，等到几两黄汤就着逍遥丹吞下去，那些人问什么就说什么！"

玄穹道："事成之后，算你将功赎罪。到时候，你就可以跟你爹堂堂正正地说，这次是靠你自己从衙门离开的。"敖休昂起龙头，长吟一声，表示成交。玄穹交代完这边，侧过脸对拘押室的角落喝道："老果！"老果倒吊着探出头来。

"刚才你都听见了？"

"如果道长需要，我也可以当没听见。"

"你不是会发无声声波吗？一会儿你藏在敖休身边，随时传消息出来。"玄穹的语气不容商量。老果一哆嗦："小老的无声声波，里面的人固然听不见，可你们在外面也听不见呀。"玄穹道："你不用管，我自有办法——这是玄清道长未完成的事，你看着办。"

一听这名字，老果叹了口气，勉强答应下来。

离开拘押室之后，婴宁对玄穹大为佩服："喂，你怎么会想起来利用这条颓龙的？"

"之前我拘押那家伙时，就感觉到他颓得不太正常。赶在他爹派人捞他之前，让他发挥点余热，也算是功德了。"

"可他居然会答应？"

玄穹道："这也没什么难的。世间生灵的所想所念，乃是本因；所言所行，则是本因演化出的末果。只要洞悉本因，便可以控制末果。譬如一条池中小鱼，它的执念就是吃，只消拿捏住这个本因，抛一团诱饵下去，它就会毫不犹豫地咬钩。"

婴宁似懂非懂："敖休也贪吃吗？"

玄穹道："你看敖休，我当面骂他废物，他都不生气，反而自嘲，可见这条纨绔心里其实是不甘的。西海龙王把他远远扔来桃花源，当个废物养着，没人认为他有用，他又岂会开心——这便是本因。我给了他一个打自己老爹脸的机会，敖休又怎么会放过呢？"

"本末因果……这就是执念？"

"对，道家谓之心魔。其实何止敖休一个。玄清、辛十四娘、十三叔、宝源堂的徐闲、朱家母子，哪怕是老果和银杏仙，无论人还是妖怪，谁心里都有一股执念。你要是能拿捏住所有执念，那天下人皆为你所用。"

"这……这谁能做到啊，神仙也不行吧？"

"逍遥丹就可以，那玩意儿可以把你的执念无限放大，化为心魔，让你沉浸在虚假的因果之中。为什么它流行得如此之广，又为什么危害如此之大，原因就在这里了。"

"那你呢？你的心魔是什么？让我也拿捏一下。"

玄穹淡然道："每个月拿到三两道禄。"婴宁看他一本正经的表情，恨恨道："早知道我就该问姑姑要个金银饰品，偷偷藏在你身上，看你被雷劈着玩！"

玄穹若有所思地看了眼小狐狸的金锁。他故意聊了这么久因果，她居然完全不提自家的心魔是什么，说明婴宁对这个根本没意识，果然心智还是不够成熟。

他有心直接问上一句，但话到嘴边，还是咽下去了，很多东西还得她自己开悟才行。

敖休抬起头，看看天空中那圆如银盘的满月，打了一个不屑的响鼻。

桃花源里的日月都是假的，再满的月亮，也产不出帝流浆。这都是当地土包子们憧憬神仙生活，臆想出来的名头罢了，真可悲，可悲！

这时他怀里的老果微微振动了一下，敖休冷哼一声，表示知道了，顺着眼前的一条小溪走。小溪两岸遍布荆棘，几乎难以落足，溪水阴冷冰凉，连周围的桃林都被感染得阴晦。

在半里地之外，玄穹和婴宁蹲在草丛里，提着一枚黄澄澄的小铜铃，凝神听去。过不多时，那铜铃无风自响，先是两声短促的，然后是一声略长的。

这是他们与老果约好的信号，意思是"即将接触"。

老果的无声声波人类听不见，但对物体却有着微妙影响。比如宝源堂的银子，老果只要找准调门，就能隔墙震碎成银末。玄穹以此为启发，调来一枚三清铃，让老果摸着铃铛找调门，做到两里之内老果一喊，那边铃铛就能感应到，微微振动。

他们根据鸣响强弱，约定了一系列暗号。如此一来，只要老果趴在敖休怀里，玄穹就随时可以知道他们的动静，甚至可以通过摇动三清铃的方式，反向告知。

敖休对一只低贱的蝙蝠趴在自己怀里，极为不满，他对便宜的东西过敏。好在玄穹借出一块迷藏布，把老蝙蝠裹住了，至少能避免身体接触。

他走入棘溪没几步，就见对面的树旁出现一个黑影，那黑影低声喝道："来者何人？"敖休毫无遮掩，大大咧咧喝道："吭！你连本太子都不认得？"黑影显然认出他来了："尊驾为何来这里？"

敖休骂道："银杏仙前一阵搞了些逍遥丹，来我府里欢宴。结果她自己把持不住，还招来了牛鼻子，连累老子也被点，吭！现如今她折了，本太子想要丹药，就只能直接来这里找了。"黑影警惕不减："这里有聚会，是她跟你说的？"敖休龙吻往前一挺，淫笑起来："那小银杏浪起来，什么话都说得出来。"

黑影仍旧很谨慎："被牛鼻子点了，那尊驾怎么还敢来这里？"敖休喉咙里发出滚滚雷声："吭！本太子是西海龙宫三太子，哪个牛鼻子敢扣押老子超过一个时辰，我爹管教他身死道消！"

敖休怀里的迷藏布微微颤抖了一下，似乎憋不住笑。黑影立刻紧张起来，追问这是什么，敖休打了个磕巴，急中生智，大大方方把老果拎出来，晃了晃："零食。"

黑影还要问，敖休怒了："吭你先祖，老子就想要点逍遥丹，你这里有就有，没有就滚，哪来那么多废话！"对面没动静了，那个看守似乎去跟同伙商量了。过不多时，黑影从树后站出来，这时敖休才看到，原来是一条蟒蛇精。

"敖公子，这边请，逍遥君说，欢迎您莅临帝流浆飨宴。"他用尾巴尖做了个欢迎的姿势。

原来组织这聚会的家伙叫逍遥君，好像之前听过……敖休心里一动，忽然"啪"一甩龙尾，把蟒蛇精抽倒在地："飨，飨个头！一伙卖丹药的，连龙宫真正的飨宴都没见过，也配叫飨宴！前面带路！"

龙属对蛇族天然有压制，那蟒蛇精从地上爬起来，也不敢说什么，忍气吞声把这头气焰嚣张的龙子往里带。

在棘溪的尽头，是一座古怪的大阵。阵外弥漫着一团如雾似烟的粉尘,把阵内情形遮蔽得严严实实。那人一晃腰牌,粉尘里开出一条小路,敖休抱怨着鼻子过敏,顺着小路走到阵法正中,看到一顶巨大的帐篷。

帐篷外表造型很朴素,但一掀帘子,里面的布设却极尽奢华,金线案、蛛丝帘、厚茵毯、流苏穗的顶饰……正中央还摆着一尊古朴的丹炉,下面炉火熊熊,一股玄妙丹香从炉口散发出来。周围一圈有十来个参与者,人、妖皆有,他们或靠或卧,不停地推杯换盏,个个神色迷离。帐篷里弥漫着一股馥郁的甜腥气息。

敖休一进帐篷,顿时龙气四溢。他对这种氛围太熟悉了,如鱼入水,整个人完全松弛下来。这位三太子找了一根支帐篷的粗柱子,轻车熟路地盘了上去,懒洋洋道:"怎么没人倒酒?音乐呢?"

一位身披白袍、头戴蚩尤面具的长身男子走到近前:"在下逍遥君,未知三太子莅临,有失远迎,当面恕罪。"敖休上下打量他一番:"你就是逍遥君?本太子这次是来兴师问罪的,你在桃花源卖逍遥丹,为何只卖给银杏仙,却从来不卖给本太子?"

逍遥君连忙致歉:"龙子身份高贵,我们哪敢唐突?逍遥丹虽是上宝,怎奈道门管束得紧,我们也是怕连累龙宫,便请银杏仙中间过一道手。"敖休道:"她如今不成了,你以后可以直接跟本太子对接,有多少货本太子都能吃下。"

这话一说完,周围宾客的目光都聚拢过来。逍遥君笑着打了个圆场:"今日参加帝流浆飨宴的,都是从武陵各地来的好朋友，我们每个月满之夜，都要齐聚桃花源内，一同来鉴赏仙丹开炉。"

敖休不傻，一听就明白这个所谓"帝流浆"的局，其实是逍遥丹在武陵县的一次发卖会。他晃晃脑袋，不耐烦道："本太子不必认识他们，只要知道你是谁就行。"

"在下适才已报过名号了，逍遥君。"

"谁问你化名！本太子可没兴趣跟藏头藏尾的家伙做生意。"

"只要丹好，又何必关心一个无名小卒呢？我们马上开炉，您且少坐，赏丹之后再做决定不迟。"

逍遥君跟敖休告罪，转身一掐法诀，那丹炉下的火焰骤然变旺，丹香变得更加浓郁起来。周围的宾客们闭目吸气，无不沉醉。其中最嚣张的便是敖休，他龙鼻一吸，直接卷走了十之七八的丹香，令其他人敢怒不敢言。

当炉火烧至最旺之时，逍遥君开始手舞足蹈，仪态有若上古大巫，脸上的蚩尤面具竟如活过来似的。帐篷里的宾客们也开始齐声低吟起来，敖休吸入的丹香最多，情绪也最兴奋，龙尾随着节奏不断拍打舞动。

当帐篷内的气氛达到高潮时，逍遥君忽然双袖一振，把丹炉的盖子打开，一道金光闪过，几十粒黄澄澄的小丹丸齐齐跃在半空，上下浮动，围着丹炉旋转不休，如万千星斗拱卫阳日一般。一时间整个帐篷里流光溢彩，霓霞明灭，更添几分迷醉。

"诸位都是熟人，都知道我们这逍遥丹，从来都是现炼现开,绝无预制之虞。这是本月最新出炉的丹药,请先鉴赏一下丹品。"逍遥君右手一挥,有十几粒逍遥丹分别飞到每一位宾客面前,还贴心地附赠一壶琼浆酒。

敖休一看眼前滴溜溜落下一粒逍遥丹,热乎乎的还新鲜,哪里还顾得上其他,大嘴一张吞服下去,又咕咚咕咚把壶里的酒水喝了个精光,双眼霎时迷离起来,口中直叫着:"吭!吭!吭!"

老果费力地从龙怀里的包裹中探出头来,想要提醒敖休别忘了正事。结果那位太子充耳不闻,又叫了一壶酒来,还试图从半空再抓一粒丹药下来。这时逍遥君走过来道:"殿下觉得丹品如何?"

"甚好甚好!本太子全买了!"敖休醉醺醺地嚷道。

"龙宫富有四海,殿下自然是有这个实力的。只是今日来的都是好朋友,总要给他们留一杯羹……"逍遥君说到这里,突然耳朵一动,疑惑地动了动脖颈,四处去寻找什么。

"殿下,你可听到什么声音没有?"逍遥君忽然问。敖休还沉浸在快感中,双眼放空:"吭?"倒是怀里的老果登时不敢动了。

刚才他见敖休故态复萌,忘乎所以,便偷偷张嘴发出无声声波,向玄穹传递消息。迷藏布只能遮光,不能隔音,不知道这个逍遥君耳朵怎么长的,竟能感应到声波。

好在逍遥君听不出暗号,帐篷里又比较吵,静听了一阵没发现什么,便一脸疑惑地走了。

老果松了一口气,乖乖把两只翅膀拢在头上,一只爪子拼命踹敖休。敖休被爪子划痛，稍微恢复了点清醒。老果压低声音道："现在人也来了，丹也在了，你赶紧找个理由离开，我通知道长动手。"

"再等等，再等等，让我再多吃一粒！"敖休恋恋不舍。等道门仙师闯进来，他可就没机会吃了。

可惜逍遥君一挥袖子，把剩下的丹药都笼起来，笑意盈盈："诸位验过丹品，可有什么异议？"宾客们纷纷点头称赞，无不脸色迷醉。逍遥君一拍手："丹赠有缘人。各位好朋友，接下来就看诸位缘分多少了。"

敖休知道，这是进入出价环节了。之前玄穹交代过他，只要确认这里确实有逍遥丹交易就行，不必真的去买，可他如今看着黄澄澄的一大堆丹药，心痒至极，又带了不少酒意，忍不住一拍桌案喝道："本太子全要了！"

这一番话，立刻惹得宾客们议论纷纷，很是不满。老果蜷在龙怀里，更是惊得魂飞魄散，这劣龙怎么自作主张，到时候拿不出银子，可怎么办？他赶紧张开嘴，拼命给玄穹发波纹。按照约定，三长两短的信号，意味着……三长两短。

老果发着发着，逍遥君突然双目冒出两道精光，大喝一声："有内鬼！就在这里！"众宾客大惊，却见逍遥君长袖一振，一把将敖休从柱子上拽下来。敖休摔了个头昏眼花，正要勃然发怒，逍遥君却伸手把敖休怀里的迷藏布摘下来，一把捏出老果，不阴不阳道："殿下，您这个零食，可真是有点聒噪啊。"

敖休张了张嘴，半天只吐出一个字："吭！"

与此同时，在不远处的灌木丛里，玄穹脸色大变，举在耳畔的三清铃兀自振动着："糟糕！三长两短！他们遇到危险了！"

婴宁也跟着起急："我就知道那条劣龙不靠谱！接下来咱们怎么办？"玄穹顾不得思忖，一推婴宁："你去通知云天真人，我先进去看看。"

"等等，你一个人，那不是去送死吗？"

"加上你，难道就不是送死了？"

婴宁闻言大怒："我可没穷道士你想的那么不堪！我天生九尾！"玄穹额前的白毛一挑，正色道："这可不是什么邻里纠纷，是要拼命的正经事。"婴宁眼神直直瞪过来："哼！原来在你心目中，我和敖休一样，做不得正经事，对不对？"

玄穹实在没心思跟她拌嘴，面孔一板："你万一有个闪失，我这点道禄可赔不起。"

"连敖休你都相信，偏偏不信我？"

"这个节骨眼，大小姐你别胡闹了！"玄穹心里正急，忍不住断喝一声。

婴宁脸色一下子黯淡下去，眼泪在眼眶里直转。她咬了咬嘴唇，握住金锁一跺脚，转身变回一只小狐狸，朝着反方向狂奔而去。玄穹摸摸脑袋，感觉自己似乎说错了什么话，可怀里的铃铛又剧烈颤动起来，这次响得急切而毫无章法。玄穹顾不上这些闲事，一扶黄冠，顺着溪流飞奔直上。

他一路朝棘溪尽头冲去，中途遇到两处暗哨，妖怪弱得很，被他三下五除二全数摆平，很快便来到沉雾法阵之前。

阵前依旧是沉沉雾霭，但在明真破妄的命格面前如同透明一般。玄穹脚下毫不迟疑，直接冲到了一顶大帐篷的门口。他没有贸然闯进去，而是先掏出三清铃，见它纹丝不动，可见老果已经中止了联络。

玄穹眉头一皱，索性大剌剌地站在帐篷前，高声喊道："里面的人听着，桃花源俗务道人在此！"

过不多时，戴着蚩尤面具的逍遥君从帐篷里缓步出来，冲玄穹一作揖："未知道长驾到，有失远迎，不知有何贵干？"玄穹冷哼一声："我是官军，你是贼，明知故问？"

逍遥君道："道长不也是明知故问？"说完两袖鼓荡不已，有雄浑的法力开始蓄积。玄穹却做了一个出乎意料的动作，把桃木剑搁回剑鞘，摆了摆手："你先别着急啊，贫道到此，是想跟你做一笔交易。"

逍遥君的蚩尤面具没变化，动作却明显一滞。他略一思忖，轻轻一挥手，几个手下抬着两只妖怪从帐篷里出来。只见敖休从头到尾被一根捆妖索牢牢捆住，一拱一拱的好似蚯蚓；老果的两只翅膀被掐在一块，用钉子穿出，看起来更是凄惨。

逍遥君道："道长既然想换这两位细作回去，那不妨让开……"话没说完，玄穹打断他道："贫道可没说要换他们两个的性命，贫道只想与阁下谈一谈。"

逍遥君眉头一拧，这个道士，真是句句都出人意料。"道长你想要谈什么？"

玄穹双手一摊："说实话吧，如今贫道只得一人在此，若你们一拥而上，我未必招架得住；若你们一哄而散，我未必捉得过来。可如果干脆放你们走呢，上司那边又没法交代——可谓进退两难。所以我想谈一谈，争取让大家都满意。"

逍遥君被这一席话给说愣了，他见过疾恶如仇、上来就打的道士，也见过狡黠贪婪、吃拿卡要的真人，但从来没见过这种一上来就和盘托出底细的老实人。

"一定有诈……"他警惕之意丝毫不减。

玄穹苦笑着挥挥手："喂喂，我不是诈你啊。贫道的俸禄只有二两三钱，犯不上打生打死。当然啦，你赚得肯定比我多，但你这种负责发卖的，干着最辛苦的活，担着掉脑袋的风险，拿大头的却是幕后老大，何苦那么认真拼命呢？"

逍遥君被说得有点恼羞成怒，不由得喝道："你是来抓贼的，还是来笑话我的？"

"我的意思是，大家都是苦命喽啰，何必互害？合该互相体谅一下才是。"玄穹说得无比诚恳，"我看不如这样好了，你们直接离开，但把丹药留下来让我交差。"逍遥君哈哈大笑了一阵，倏然又变了脸色："我们还有一个更简单的选择，现在直接把你干掉，岂不更省事？"

玄穹抬起右手，打了个响指，一股明亮的火焰顺着指尖流淌而出，向周围蔓延。在场的妖怪都感受到了一种莫名的悸动，这是野兽对明火与生俱来的恐惧。

"贫道好歹也算得道门真传，本命修的是南明离火，对妖祟的克制仅在震雷之下。真动起手来，贫道可以保证前三个冲过来的非死即残，后头的就没办法对付了——建议你先想想，最不喜欢的手下是谁？让他先上。"

逍遥君的手下顿时有些躁动，一起默契地后退了半步。逍遥君没想到，这小道士反向玩了一把"二桃杀三士"，几句话就瓦解了围攻之势。他冷哼一声，一脚踩在敖休的头颅上，恶狠狠道："道长你难道就不管这两个细作的死活吗？"

玄穹面不改色："这敖休平日里倚仗有西海龙王庇护，胡作非为，视道门规矩于无物；那老果是个积年惯犯，屡屡生事，偏又油嘴滑舌，像块牛皮癣甩不脱。碍于身份，贫道没法亲自动手。若尊驾能把他们打死，正好解决两个大麻烦，成就一段逍遥君除三害的佳话。"

地上的敖休和老果同时抖动起来，也不知是气的还是害怕。

玄穹见逍遥君不语，伸长了脖子，又故意冲帐篷里高声嚷道："喂，帐篷里的几位道友，贫道别的优点没有，唯有一个明真破妄的命格。等一会儿打起来，你们不必费心遮掩了，我看得清谁是谁。"

帐篷里顿时炸了窝，今日来的妖怪宾客，都是武陵县各地发卖丹药的，若暴露了行藏，可是天大的麻烦。逍遥君不得不转身钻进帐篷，好一阵安抚，才重新出来。虽然蚩尤面具冷峻依旧，可他走路的姿态却暴露出了心境变化。

"道长你明明势单力薄，却故意唱一出空城计，也真是煞费苦心。"

玄穹吹了吹额前的白毛，一脸无所谓："贫道如今只有一个人，不唱空城计，难道要唱长坂坡吗？"

逍遥君觉得有些不可思议，己方明明人多势众，却被他三言两语，说成了进退两难的局面。无论手下人还是发卖宾客们，都巴望着他妥协一下，好让他们赶紧散去。末了他长长吐出一口气："就依道长所说，逍遥丹我留一半在帐篷里，我们走了以后，道长可以进去自取。"

"我要全部，不然攒不够功德。"

逍遥君大怒，可一看玄穹手中离火跃跃，只好忍气吞声："我再送道长三百两银子。"玄穹面色一变："不要银子，我只要逍遥丹交差。"逍遥君一咬牙："七成留下！"玄穹立刻道："成交！"然后怀抱着桃木剑，后退了十步站定。

逍遥君赶紧吩咐手下搬运相应物什，准备撤离。大家一看不用跟道士死斗，无不庆幸，那十来只武陵县的发卖妖怪，也各自戴好面具，准备赶紧溜走。

一会儿工夫，众人收拾停当。逍遥君吩咐手下拿出七成丹药搁在地上，恨恨地踢了敖休和老果两脚，将他们扔去一旁，然后从怀里掏出一个玉镯。

只见他暗掐法诀，手一扬，八面流光溢彩的阵旗从袖子里鱼贯飞出，按八门在地上摆成一圈。逍遥君又把玉镯抛出，玉镯见风就长，落在阵中时，已扩张成井口大小，光影明灭，俨然形成一条通道。

玄穹恍然大悟。原来逍遥君进入桃花源，不是像穿山甲那样，钻桃林的漏洞，而是直接靠这个移形玉镯传送，怪不得神出鬼没，难以预测。据说这一类法宝，向来都是天价，这些贩丹人身家真是丰厚啊……

逍遥君可没心思考虑玄穹的心思，他把这个传送阵稳固下来，招呼众人快快撤离。一只妖怪宾客一马当先，要从那镯子里迈过去，可靴子一沾地，却发出一声凄厉的叫喊，靴底下熊熊燃烧起来，整个人倒在地上。原来通道口上不知何时多了一张符纸，一触即燃。

逍遥君大惊，转头看见玄穹刚刚收回手指，吹了吹指尖的火苗。"你怎么不守约定！"玄穹道："你等一下，等我数一数丹药，再走不迟。"

逍遥君目光一凛，突然意识到这家伙是在拖延时间，脸色瞬间变得狰狞，仰头张嘴一喷，喷出一个滴溜溜转动的九龙辟火罩，放出毫光。随后他掣出一把环刀，朝着玄穹扑过来。

玄穹手指一抖，要用离火烧他，那火焰却被辟火罩挡住。逍遥君哈哈一笑，大刀兜头劈来，不料一样东西猛然从玄穹胸口跃出，正是云天真人送的坎水玉佩。

世间万物，皆有相生相克之物。辟火罩可以防离火，对坎水却全无抵挡。只见玉佩里跃出一团水花，先是撞破罩子，随后只听"啪"的一声，玉佩狠狠砸在了逍遥君脸上，化为无数玉粉，把逍遥君砸出十几步开外，重重摔在地上。

逍遥君鼻青脸肿地爬起来，远远喝道："你……你不是修离火的吗？哪里来的坎水？"可一看玄穹脸色，并无半分得意，反而一脸心疼。

这坎水玉佩，是自行跳出玄穹怀里的，确实是一件体贴的好法宝。可问题是，这是云天真人送的，在这里消耗掉，可就再没有了。

两人正要运功再战，却忽然同时感到法力流动变得滞涩，似乎被某种强大的存在吸住了。他们不约而同抬起头来，只见半空之中浮着两位道人，玄袍飘飘，齐齐俯瞰下来。一位相貌温润，周身水雾缭绕；一位凶神恶煞，袍角雷电起伏。

"抱歉啦，师叔们到了，之前谈的都不算了啊。"玄穹一脸歉意，收起法力朝后退去。

道门一次出动两位护法真人，当真是极给逍遥君面子。下面的群妖"荣幸"得一下子炸了窝，齐齐现出原形，四散奔逃。云天与云光也不着急，各自运起神通，一时间棘溪上空水汽电光交错，惨叫声和尖叫声此起彼伏。

趁着场面混乱，玄穹把敖休和老果拖出战圈，然后一屁股瘫坐在帐篷边缘。这时他才发现一身道袍都被汗水湿透了，两条腿软绵绵的一点力气也没有。毕竟刚刚是与一大群穷凶极恶的妖怪对峙，稍有一步踏错，就是身死道消。

玄穹正喘着，婴宁从桃林深处跳了出来，化为人形，语气冷淡："我给你通知到了啊，没别的事我走啦。"说完转身就要离开。

"……你再晚一步，就可以替我收尸了。"玄穹软绵绵地回了一句。

婴宁停住脚步，咬咬嘴唇，忍不住回过头来，发现玄穹瘫坐在地上，一脸劫后余生的疲惫。她心一软，恶狠狠嗔道："活该倒霉！叫你不相信我！我若在场，稍微发个威，这些妖怪就全解决了。"玄穹苦笑："行，行，我相信你。"

"你们这些人，嘴上说相信，其实心里提防得很！"婴宁气哼哼地抱怨，然后环顾四周，觉得很不可思议，"就你一个穷道士，怎么把这么多妖怪拖住的？"

"真诚与共情。"

婴宁"呸"了一声，俯身去查看那两个被捆住的倒霉鬼。敖休瞪起两只龙眼，嘴里吭吭不休；老果老泪纵流，嗷嗷叫道："道长好狠的心，这是要借刀杀蝠啊！"

玄穹面无表情："那种形势下我要保你们，就大家一起死；我只有把你们当一泡臭狗屎、一摊散发着腐气的污泥，人家嫌动手会被弄脏，才不会杀你们。"

老果喃喃："倒也不必说得这么细致吧。"敖休昂起龙头："那之前的约定，可还算数？"玄穹道："算数，自然算数。不过你服食了一粒逍遥丹，须自己掏钱补上，不然我的功德可就少了。"

婴宁伸手把那两个家伙解开，对玄穹酸酸道："这次你可好啦，单枪匹马立了大功，功德又攒得多，我就得了个通风报信的口头表扬。"说着一蓬狐尾卷了卷，遮住脖下的金锁。

玄穹的注意力却不在这里。他的视线飘到了那一顶大帐篷上面，微微皱起眉头。

此时两位真人的抓捕行动已经过半，云天与云光的风格截然不同。前者驾起一条龙形纯水，游走在棘溪四周，只要被它触碰到的妖怪，立刻会被吸进去，悬浮在水体之中动弹不得；后者则是大开大合，雷光凛凛，所到之处，连人带物全数劈为焦黑。

逍遥君眼见无法抵挡，情急之下祭出一枚黑黢黢的血印，然后咬破舌尖，把鲜血喷在上头，高声喝道："你们别逼我再来一次穷奇之祸！"

当年正是玄清追查至此，逍遥君放出穷奇，才导致后面的一系列混乱。眼看这家伙故技重施，两位真人对视一眼，水龙与雷光一齐掉头，极速冲过去。两人都是一般心思，与其被要挟，不如趁他还没完成召唤，毕其功于一击。

玄穹把视线从帐篷转到这边，大吃一惊，急忙挥手大声叫道："两位真人，要留活口啊！"

水龙似乎听见了玄穹的话，用力挣动身躯，抢先一步把逍遥君连同血印兜头吞下。可雷光来得实在太快，水龙身躯又长，它只堪堪避过大半个身子，到底还是被雷光扫到一截尾巴。

水雷交汇，顿成屯卦之相。雷光霎时从龙尾传遍了水龙全身，只见波纹之间泛起一丝丝紫电细蛇，四处游走，噼啪作响。可怜那些被困在水龙体内的一众妖怪，包括逍遥君在内，被这入水的雷电打得浑身剧颤。

云天真人见势不妙，急忙收回法术，可惜为时已晚。待到水龙散去，一大堆焦黑的尸身噼里啪啦地掉落在棘溪两岸，肢体还不时抽搐。

这一个变故，让在场众人无言以对。两位真人道行高深，偏偏是一位水法高修和一位雷法高修撞到一块。

云天和云光两人脸色一时都有些尴尬，沉默片刻之后，云天真人先淡声道："这些妖孽多行不义，真是天不容赦。"云光一拍脑袋，如释重负："对，对，天不容赦！"然后僵硬地哈哈笑了几声。

云天俯瞰着地面的狼藉，忽生感慨："一年之前，就是这伙人闹出穷奇之乱，我等一时失察，未竟全功。今日就算是将功补过，可以告慰玄清师侄于九泉了。"

云光也参与过围剿穷奇，大声道："说得好！说得好！玄清师侄殉道而死，道门却一直不肯公开旌表，我拍了好几回桌子，老头子们推诿说等拿住真凶再说。现在整个团伙全须全尾，一并歼灭，若那些牛鼻子还找理由，我就……"

云天唯恐云光说出什么有损道门颜面的话，忙截住话头："逍遥君这一死，彻底斩断了逍遥丹进入桃花源的门路，居民们不必再受这丹药的荼毒了。我作为桃花源护法真人，多谢师弟相助。"说完作了一揖。

云光"嗯"了一声："我辛苦倒无妨，只要保得周边平靖，也就不负道心了。"他低下头去，看到玄穹和婴宁站在下方，两条粗眉一挑："这个小家伙倒有意思，我本以为他是个嘴臭的混子，想不到竟能凭一己之力拖住逍遥君，当记首功！"

云天点头："师弟说得对，等这里的事情收个尾，我就具表道门，为他请功。"云光想想不太放心，又按落云头，对玄穹声色俱厉道:"你今日虽然立了功劳,但用的都是旁门左道,终究不是玄门正宗。切不可因此自鸣得意,投机取巧只会妨碍你参悟大道,可记住啦?"

玄穹被劈头盖脸教训了一顿,一脸莫名其妙:"我用旁门左道,至少没电死人吧?"云光没想到他还敢顶嘴,气得须发皆张,一时间不知该如何发作。玄穹道:"师叔若真有心褒奖,就把弟子今日拖延时间用的火符给补了吧。这是玄门正宗的符咒,道门补偿也是合乎大道之理吧?"

云光冷哼一声:"市侩!这种斤斤计较的心性,如何能修成大道?"旁边的婴宁先跳起来道:"哎哟,老道你自己下手过狠,反倒怪起别人来啦?你们忙活那么久都查不到逍遥君的行踪,人家一到任就解决了,分明是嫉妒,嫉妒,哼!"

"我一个修行三十年的巡照真人,会嫉妒一个小辈?"云光的头顶"刺啦刺啦"开始拉起电弧,吓得婴宁浑身酥麻,化回狐狸,拿嘴叼住金锁要咬。玄穹赶紧一把将婴宁抱住,顺毛捋了几下,才让她平静下来。

云光懒得跟小狐狸计较,转而对云天道:"你好好教诲他一下,别让他因此骄傲自满,误入歧途,最后一念成魔。"

"输了心怀怨恨,容易成魔;赢了骄傲自满,也容易成魔——合着成魔这么简单啊。"玄穹撇嘴。

"你!"云光双眼一瞪,抬手就要发掌心雷。旁边的云天赶紧按住他的手:"玄穹师侄做事的风格,与玄清迥异,但同样是为了除魔卫道。可见只要秉持道心,万千法门,都可以直指大道，殊途也可以同归……"

云光一听他又要开始长篇大论，大手一挥："打住，打住，我不耐烦听，你自家留着在请功文书里发挥吧，到时候送来我做联署便是。"云天道："这是自然，届时再请云洞师兄也联署，这个保举的阵容，相信道门也会重视了。"云光冷哼一声："还算上云洞啊……有他没他，区别不大，随便你吧。"

他最后看了眼玄穹，肃然道："我提醒你一句，若要飞升，须记得紫云山前车之鉴。须知心魔难防，好自为之吧！"说完一甩袖，飘然离开。

婴宁好奇地昂起头道："紫云山什么车？"玄穹看向云光飞远的背影，淡淡道："把我撞飞了的前车。"

这时云天真人走过来，拍拍玄穹的肩膀："云光师弟是雷公嘴，菩萨心，你别往心里去。"玄穹额前白毛一动："呃，师叔……这么形容一位道门真人，不太合适吧？"云天笑道："两教并无大防，他们和尚也说阴阳呢——云光真人刚才还要主动给你表功，他越欣赏谁，就越骂得狠，就这么个臭毛病。"

"这种人，到底是怎么修成真人的？"

云天大笑："你云光师叔当年入山门时就是这么个性子，坦荡率真，直抒胸臆，讲话从不拐弯抹角，杂念最少，比我们更近于道呢。我们同门修行，他的进境是最快的，如雷霆一般直来直去。"

玄穹点头："能理解。雷法在五行里威力最胜。师叔若不修这个，恐怕早被同伴打死了。"

"你可以不喜欢他，但不必猜疑他，因为这人表里如一。喜就是喜，怒就是怒，不必多费心思去猜了。大道至简至纯，你可懂了？"

玄穹白毛一撇，心想怎么这话题又拐到我这里来了？

"这一次捣毁贩丹团伙，阻断逍遥丹流入桃花源，你厥功至伟，可风险也实在是高。云光真人说得对，你这一次侥幸成功，却不能一直弄险。兵法讲究以奇胜，以正合，修持己身才是不二正途……"

玄穹赶紧截口道："云天师叔，你今日斗法辛苦，先回去歇息吧。我把现场再收拾收拾。"

云天知道他不乐意听说教，眼下这一场大战之后，确实得有人收缴丹药、掩埋尸骸，还要给道门写一份文书。种种琐碎，甩给俗务道人最好不过。于是云天勉励道："那你先处理着，弄完了去平心观找我。我算算这次的功德，给你一并上报道门。"

云天真人说完之后，驾云离去。婴宁本就是少女心性，这会儿气也稍微消了，她看看玄穹脸色，觉得古怪。平时这小道士一副穷酸相，脸臭嘴毒，可一眼就望得到底，可如今却阴沉不定，似乎看不透了。婴宁小心翼翼道："小道士，你怎么啦？"

"我忘了问云天真人，再补一块坎水玉佩。"玄穹沮丧道。

那一块玉佩，本是云天送他镇抚灵台的，结果砸到逍遥君脸上了。真人送的宝贝，就这么为公事消耗，实在是太亏了。

"你追上去再要一份不就行了？"婴宁不以为意。

"得了法宝，还得问云洞批一个正箓用法，太麻烦了。"玄穹摇摇头，环顾四周，"何况咱们现在也走不开，还得收拾残局哪。"

眼前的棘溪两旁一片狼藉，丹药、尸骸、法宝、各色器物散落一地，东一堆，西一堆，都被云光劈得黑乎乎，那一顶华贵帐篷也塌了一多半。要全收拾干净，着实得费一番手脚，尤其是逍遥丹，得一粒一粒捡，半粒都不能遗漏。

"咱们？"

"对，咱们。"

婴宁登时大怒，狐狸尾巴几乎竖毛："好啊！正经事你不叫我帮忙，这种杂活倒想起我来了。我才不干！"

"你难道不想知道，帐篷里到底发生了什么？"

婴宁一听，气焰顿时收敛，把脑袋探过来。玄穹吹了吹白毛，先把那块迷藏布收回去，然后从怀里掏出凌虚子送的凝神丹，给趴在地上的敖休喂下去，最后把老果倒提起来。这老蝙蝠真是福大命大，居然还有力气抱怨，又是要补偿又是要说法。

"你别啰唆，先来说说看你们是怎么被发现的？"

玄穹把老果搁在肩膀上，一边听他在耳边絮叨权当解闷，一边弓着腰，拿着桃木剑在一片狼藉里扒拉。婴宁跟在旁边，两只尖耳朵毫不掩饰地竖起来。

老果满腹怨气，不用劝说就絮絮叨叨讲起来。原来当时在宴会上，逍遥君听见老果在暗中传声波，立刻揪住敖休质问。敖休当时丹药就酒，越喝越抖，对逍遥君大发起雷霆，趾高气扬地说老子如今出息了，连俗务道人都哭着来求合作，今日这些逍遥丹自己必须都拿走，谁不听话就报道门抓谁……

玄穹额头青筋不断绽起，这条纨绔烂龙，到底扶不上墙！这时手里的桃木剑忽然一顿，他连忙上挑，从一具焦黑的妖物尸身旁边，挑起一张残破的蚩尤面具——看来这家伙就是逍遥君了。

仔细一分辨，这妖物的尸身乃是一只巨大的飞蛾。玄穹这才明白，为什么他能听到老果在帐篷里发出的无声声波。飞蛾天然能感应到蝙蝠的啸叫，借此躲避其追逐捕食，也算是一种天生神通。至于棘溪尽头的粉尘大阵，想来就是从这只大蛾子身上散落下来的了。

可惜，可惜，玄穹暗自叹气。

逍遥君只是个出面干活的妖怪，上头还有真正控局的大佬。如果能把他活捉，就能顺藤摸瓜，牵出更多隐秘，赚到更多功德。可人算不如天算，有两大真人坐镇，还闹出这么大一个乌龙。

不过玄穹也明白，此事不好苛责。当年的穷奇之祸给几位真人带来的心理阴影很大，所以他们一见逍遥君要再开封印，第一时间就会全力出手。旁边的婴宁晃着大尾巴，把那具飞蛾尸骸踩成碎渣渣，扑得到处都是，嘴里恨恨道："让你害我十三叔！让你害我十三叔！"

好不容易把一切收拾停当，玄穹走到大帐篷前，端详那尊丹炉半天，嗅到了一股逍遥丹特有的海腥味。想来是炉火刚刚熄灭的缘故，海腥味还颇为浓郁。

玄穹的脑子里忽然想到一桩古怪，两条眉毛不禁皱在一起。他转身从帐篷走出去，在一堆破烂法宝里翻来翻去，挑起那个移形换位镯。

这玉镯可大可小，小可以戴上手腕，大可以变成井口大小，远近都能传送。婴宁奇道："穷道士想把这个贪了？我可以装没看见。"

"这镯子是少有的挪移类法宝。我若贪了，得被雷劫追着劈上三年。"玄穹没好气地回了一句。

"不是有什么正箓用法吗？你找几位真人去批一下就好啦。"

"挪移法宝能干的事情太多，道门一向极为谨慎。我又没正当理由，就算申请正箓用法，他们也不会批。"

"那你挑着它看什么？"

玄穹双眼里却满是迷惑："我是觉得奇怪，逍遥君为什么要在桃花源里搞帝流浆飨宴？"

第十章

"啊?"婴宁觉得小道士脑子坏掉了,怎么会问出这样的问题?

老果在旁边也哑哑笑道:"道长您这就不懂了。他们炼逍遥丹,不会自己辛辛苦苦一个地方一个地方跑去卖,都是在当地找一个发卖的。这帐篷里的十几个客人,都是从武陵县各地来的妖怪。举办帝流浆飨宴,就是为了给他们按份额分发逍遥丹,让他们自己带回去卖。"

"所以银杏仙,其实负责的是在桃源镇发卖逍遥丹?"玄穹问。老果点点头。旁边的婴宁哼道:"那她退回原形,也是活该!敖休你为民除害,做得好!"

敖休气哼哼地摆了摆须子:"本太子服食的逍遥丹,都得从她那里拿,当初她可赚走了我府上不少宝贝呢,吭!龙子都敢糊弄,合该有此一劫!"

玄穹依旧眉头紧皱:"桃花源地处偏僻,隔绝闭塞,又有桃林辟邪，交通起来格外麻烦。像帝流浆飨宴这种大局，连宾客带手下动辄二十几号妖怪，还要自带帐篷、丹炉、器具，这么浩浩荡荡地出入秘境，动静未免太大了。"

"这不是有移形换位镯吗？"婴宁道。

玄穹道："这玩意儿如果只是短距离传送一个人，倒也方便。但如果要从桃花源外传送几十个人和一堆物资进来，耗费就奇高无比。哦，对了，还有遮掩大帐篷的蛾粉大阵……你看朱家母子吐那么一段雪莲蛛丝帘子，都累成那样，可见布置这个大阵对逍遥君来说，也是极大的消耗。这么算下来，在桃花源开一次发卖飨宴，开销起码五百两银子起。"

婴宁看不惯这个穷酸小道士算细账："人家贩卖丹药流金淌银，五百两银子算什么啊，你怎么还替那些浑蛋心疼起来了？"

玄穹道："我不是心疼，我是奇怪这件事的必要性。桃花源是好地方不假，可这么搞开销太大，风险也高。武陵县那么多山头，干吗非在这里开不可呢？"他忽然转头问敖休："那一炉逍遥丹，是新炼出来的，还是早炼好了，给你们现场回炉热一下？"

敖休道："本太子的嘴巴刁得很，这应该是预制的丹药，在丹炉里加热过的，没什么炉气——你们平民可知道什么是炉气……"老果飞过去堵住他的嘴，对玄穹笑道："道长您操这个心干吗？只身捣毁贩丹团伙，既为玄清道长报了仇，又得了泼天的大功。当初您抓小老时，小老正好倒挂着，岂不正预示着'蝠'到了？合该大庆一下！"

敖休口中呜呜，龙尾拼命摆动赞同。玄穹道："这一次姑且算你立了功，将功赎罪，我会如约把你放回去。"敖休抬起下巴，傲然道："本太子出马，自然无往不利。下次有这种活，记得再来请我出山。"

"还有下次？这次就因为你忘乎所以，差点把咱们几个都折进去。"玄穹训斥了一句，又道，"感觉如何？"敖休咂咂嘴，龙涎滴滴答答流出来："逍遥丹的成色是真好，劲特别大，吭！"

"谁问你这个了？我是问你，靠自己立功的感觉如何？"

敖休一吹须子："也没什么稀奇的，刚够我回去在龙宫吹一年。"玄穹道："你回去可别说实话啊。若被你爹知道，我逼一位龙子冒险去当细作，只怕道人职务不保。"敖休脖子一梗，龙眼圆瞪："什么逼迫？哪有逼迫？是我自告奋勇——对了，我立了这么大功劳，那逍遥丹能分走一粒不？"

玄穹脸色一冷："半粒都别想！这害人的玩意儿你敢再碰，我亲自来剥龙皮、抽龙筋！"婴宁羡慕地看着敖休："你可好啦，这下大家都不会把你当没用的家伙了，哎……"玄穹觉得口风不对，转头道："婴宁你这一次表现也不错，及时通报，也是有贡献的。"

婴宁淡淡"哦"了一声，摸着金锁不言语。玄穹知道她的心思，只好劝慰道："你十三叔和玄清道长的大仇如今报了，你跟十四姑讲，她一定开心。"婴宁勉强笑了笑："是呀，只可惜十三叔的仇，不是我亲自报的。"

玄弩一摆手："好了，干活，赶紧干活。"

这一忙活，就是足足大半天时间。玄弩收缴了全部丹药，把法宝和其他物品也都打包带上。接着婴宁返回青丘府去报喜，玄弩也如之前承诺的那样，把敖休与老果各自放归，然后扛着东西回了俗务衙门，把库房塞了个满满当当。

玄弩叉着腰清点了一遍，所有东西都要登记造册、填写文书，工作量简直惊人。不过他没有立刻开始，而是锁好门，从衙门溜达出去，不一会儿便来到了朱氏母子的洞穴前。

他在门口的蛛丝上一弹，很快一只小蜘蛛"咚咚咚咚"甩着八爪出现在门口。他一看是玄弩，连忙缩成朱侠模样，一脸惊讶："道长这么晚过来，是书院里出了事？"

玄弩见朱侠有些畏缩，宽慰道："放心吧，与你的学业无关，我是找你母亲问点事。"

朱侠一脸疑惑地把他带进洞穴深处，朱妈化成一个中年妇人迎出来，二话不说，先挥起爪子砸了朱侠脑袋一下："小孽畜！又在书院里生事！"又转头对玄弩道："道长明鉴，这孩子只是调皮，应该没有坏心，有多少损失我来赔偿，还请跟猿祭酒美言几句。"朱侠张开口器想要打断，却被朱妈喷出一股蛛丝把嘴给封上。

玄弩一脸尴尬，赶紧轻咳一声："我这次来，不是为朱侠，是找您咨询一桩事。"朱妈疑惑地看看朱侠，又看看玄弩，赶紧把蛛丝收回去，喝道："你怎么不早说?！还不快去准备一杯雪莲茶！"

玄穹道："我之前听毛啸讲过，你们冰山雪莲蛛的蛛丝结成网，每一张网的花纹都不同，可是真的？"朱妈得意道："这是我们天生自带的神通。蛛丝如雪花，看似都是六角，各有巧妙不同。要不怎么大家都愿意订我家的帘子呢？就图个独一无二。怎么，道长您家里也要用？我给您打个大折。"

玄穹连忙摆手："不是，不是。我再问一句，这些独特花纹，你自己能分辨出来吗？"朱妈道："那是自然。每一只冰山雪莲蛛织出来的网，自己都记得花纹，跟自家掌纹似的，绝不会混淆。"

玄穹从怀里拿出一张纸，上头是炭条画的一堆繁复纹路："这个纹路，你能认得出来吗？"朱妈凑过去看了眼，立刻说："这是我吐的丝。"玄穹额前的白毛立刻竖了起来："卖给谁了还记得吗？"朱妈说这得查一查，然后转身去了后间。

朱侠端来雪莲茶，放到玄穹面前，然后站在旁边，也不说话也不走。玄穹随口问道："后来在书院如何？毛啸没再找过你麻烦吧？"朱侠道："没有，猿祭酒找我们谈过，他老实多了。"他说完怔了一下，赶紧笨笨地补了一句："多谢道长之前周旋。"

玄穹咳了一声："本来也没大仇，就是个面子的事。"朱侠道："猿祭酒也说了，毛啸从小体弱多病，靠他爹用丹药吊着，性情有些敏感褊狭，让我稍微谅解一些。"玄穹想起毛啸的模样，也感慨地点点头："一家有一家愁。别看毛啸比你家境好,他爹凌虚子的操心事,怕是比你母亲的还多。你安分一些,就是替母亲分忧了。"朱侠"哦"了一声。

两人尬聊了好一阵,朱妈才推门回来,说找到记录了。这是一年半之前——也就是朱氏母子刚搬到桃花源时的单子,当时是一个叫方易的人类买的。可惜朱家要求上门提货,所以买家到底什么情况,朱妈并不清楚。

玄穹道谢之后,离开了朱氏洞穴,脚下一转,又直奔毛府而去。毛啸开门见是他,第一句便是:"我最近可没招惹朱侠,道长来做什么?"玄穹又好气又好笑,催促道:"谁说是找你的?把你爹喊出来。"毛啸半信半疑,把凌虚子叫出来。

凌虚子一脸疲惫,身上一件汗津津的道袍还没脱下来,浑身火气,应该是刚下了夜班回来。玄穹把凝神丹瓶拿出来,递还给他:"敖休有立功表现,我已经把他放还洞府了。这瓶没用完,还给你。"

凌虚子正在用汗巾擦脸,闻言一怔,他这辈子也没想过,"敖休"和"立功"两个词能联系到一块,忙问怎么回事。玄穹说过几天你看通告吧,总之这次敖休表现不错。

凌虚子长舒一口气,说自从敖休入住桃花源以后,他这个保人三天两头忙着求情铲事,人情都快用光了,难得听到个好消息,简直难以置信。

"多谢道长,这下我总算可以跟西海龙宫那边交代了。"凌虚子把药瓶推回去,"这丹药您留着吧。"玄穹却不肯收,双眼直往天上翻,凌虚子何等眼色,立刻道:"补神不是一两次就见效的,留在您这里,是为了方便敖休。"玄穹看看头顶没动静,这才把丹药收回。凌虚子连连感叹:"外人看着我家风光,其实我是战战兢兢,如履薄冰。敖休的事万一没办好,龙王不高兴把三元龙涎丹断了,我儿子可就苦了。"

"你不是丹师吗,干吗不自己炼?"

凌虚子习惯性地摩挲自家秃顶:"这个三元龙涎丹,非得在西海龙宫炼制不可,桃花源炼不出来。所以我只能自家炼丹卖掉,再去西海龙宫换丹回来。"

玄穹忽然来了兴致:"看来炼制丹药,限制还挺多的啊?"凌虚子一提炼丹,兴致高了些:"炼丹之道,变化万千。比如三元龙涎丹,非得在海眼之下才能炼制,而且还得用不超过六个时辰的新鲜龙涎。有这两条限制,西海龙宫之外,根本没法炼。"

"那么有些丹药,可以先在甲处炼成,然后在乙处丹炉再加工吗?"

凌虚子点了点头:"应该说,这才是炼丹的正确步骤。炼丹一般分成三步,先把原料煅成丹坯,再做精炼,最后焖烧成丹。至少要三个丹炉才能炼成,其中的诀窍千变万化……"他一说起丹术就喋喋不休。

玄穹听着直犯困,好不容易听他讲完一轮,才匆匆告辞。回到俗务衙门之后,他翻箱倒柜找了半天,在玄清整理的户籍柜子底部,找到了方易的客居记录。

方易是个堪舆师,因为修习功法,申请来桃花源静修。时间也不长,只待了三个月。因此他没在桃源镇里住,而是跑去桃林之中结庐修行。入住和离开的时间都有清楚的记录，甚至连结庐地点都被记录下来了——恰在棘溪与镜湖之间的广袤桃林之中。

不过玄穹暂时没有深入调查，他实在太累了。今日棘溪一役，他看似只靠口舌就破掉大敌，其实精神高度紧张，早已身心俱疲。翻着翻着文书，他眼皮发沉，就这么伏案呼呼睡了过去。

不知睡了多久，玄穹忽然觉得鼻子痒痒，忍不住打了个大喷嚏，吹得额前白毛一飘。他百般不情愿地睁开睡眼，发现眼前一把小金锁晃来晃去，再一看，一根狐狸毛正在扫自己鼻孔。

玄穹偏头看看窗外艳阳，无奈道："你怎么一天到晚跑衙门啊？要不你们青丘把俗务衙门盘下来算了。"

婴宁气道："你睡没睡相，我过来叫你翻身，你倒把好心当成驴肝肺！"玄穹勉强爬起来，只觉腰酸背痛，连着捶了几下腰。婴宁见状，又有些心疼："昨天你累成那样子，干吗不去床榻上休息？若是睡不惯，我青丘有一床狐腋裘可以借你。"

玄穹忙道："算了，若让辛十四娘大圣知道，我睡在你们族人的毛皮上，还不把我切片吃了？"婴宁气得用狐尾抽了他一下："胡说什么！那是狐腋裘！是青丘的狐狸每只都贡献一点腋毛，汇聚而成的宝物，你在道门念书，没听过集腋成裘这句成语吗？"

玄穹揉着发沉的脑袋，端来木盆洗漱。婴宁站在旁边道:"十四姑听说你的坎水玉佩没了,特意让我送一件法宝过来,感谢你替十三叔报仇。"说完从尾巴下面拿出一支精致的青黛狐毛笔:"这眉笔是十四姑的法力所化,关键时刻,它能替你挡下一劫。"

玄穹面露难色:"这个不敢收,得上级批了正箓用法……"

"哎呀,青丘又不是道门下属,还用他们批准?"婴宁把笔给他强行一塞,狡黠一笑,"它的法力你控制不了。遇到危险你喊一嗓子,它会自行判断救与不救——所以这不算法宝,相当于有个前辈在附近,你打不过对手,就喊它来助拳,这总不违规吧?"

这些狐狸,真是会钻空子。玄穹抬头看了眼天空,只见空气中隐隐绽出几丝扭曲的雷光,时隐时现,欲劈未劈,可见天雷也在纠结,这个擦边球该怎么算。过不多时,一丝细微紫电"啪"地凝出来,劈了一下玄穹脑袋,然后消失了。

玄穹摸了摸脑袋,一阵愕然——这算什么?你自己拿不定主意,也要劈我一下表明态度?不过这么一闹,他好歹可以放心收下那支狐毛笔了,又问道:"那我怎么喊它出来?"婴宁道:"喊一声道可道,它就能化出五尾之力。"

玄穹总算有了闲心打趣:"那我把《道德经》背下来,它能不能化出九条狐尾?"

"我姑姑只是七尾,我倒是九尾。可惜别人不相信呀。"婴宁晃着尾巴,眼睛乜斜过来。玄穹后背"唰"地汗就出来了,暗骂自己哪壶不开提哪壶,赶紧掩饰道:"我开玩笑的,九尾的人情太大,我可还不起。"婴宁道:"谁要你还?只要你信就行了。"

"我信！我信！"玄穹连声点头，婴宁见他口是心非，冷脸把眉笔一递。玄穹只好收下揣进怀里，轻轻叹了口气："替我多谢你姑姑。不过你十三叔的仇，还没报呢，这眉笔，我受之有愧。"

"啊？逍遥君不是已经伏诛了吗？"

"我正要出门，你若有兴趣，可以跟着一起来。路上我与你说。"

一听说有新发现，婴宁立刻又高兴起来，蹦蹦跳跳去了衙门口，蹲在告示牌上等着。玄穹收拾停当，与婴宁一起离开桃源镇，朝着桃林深处走去。

这一带的桃林极为密集，只要一进去，很快就会被一棵棵桃树所包围，身前身后皆是火焰燃烧一般的桃花，几无缝隙。

婴宁左右看着，有些担心："我们不会迷路吧？"玄穹信心满满道："云天真人给我用水法展现过桃花源地图，我都记下来了，错不了。"婴宁羡慕道："修坎水就是好，想看什么，随手就能捏出来。你们修离火的，也就烧水方便些——喂，我们到底是去哪里啊？"

玄穹双目微眯："去证实一下我的一个猜想。"

"不要卖关子了，搞得神神秘秘的。"

玄穹道："昨天我跟你们说过了吧？逍遥君在桃花源搞发卖飨宴，是一件很奇怪的事，成本高，风险大，麻烦多。"婴宁撇撇嘴："谁像你这种穷鬼，想收又不能收，天天就顾着算钱。"

"言语会骗人，书本会骗人，但钱最诚实。看到钱的流动，才能看到本质。"

玄穹边走边说，竖起了第一根指头："逍遥君搞的那顶帐篷，里面有冰山雪莲蛛丝帘的装饰。冰山雪莲蛛织的丝网图案，都是独一无二的。我把这纹饰画了下来，拿给朱侠他妈看，朱妈认出是一个叫方易的堪舆师在一年半前订的货。你说说看，一个桃花源居民订的帘子，怎么会出现在逍遥君的帐篷里？"

"这个方易是逍遥君的化名吧？"

"我猜是，可他为什么会在桃花源订购雪莲蛛丝帘？"

"好看？"

玄穹竖起第二根指头："根据老果的描述，他们是现场开炉，就地分丹。我请教过凌虚子，炼丹至少要分成煅坯、精炼、焖烧三道工序。帝流浆飨宴的开炉，明显是第三步焖烧，那么前两步在哪里完成？总不能在桃花源外面炼制前两步，再搬进来完成第三步吧？"

"据说一个人如果用了太多反问，会折阳寿的。"婴宁不耐烦道。

"咱们原来陷入了一个误区，总觉得是逍遥君把丹药运进桃花源来贩卖。但如果反过来呢？不是他们把丹药送进来，而是送出去呢？"

"你怎么又反问……什么，送出去？"

玄穹在桃林之间停下脚步，吐出一个惊人的猜想："如果逍遥丹就是在桃花源里炼出来的,那么一切就解释得通了。"婴宁惊讶得几乎要现出原形:"桃花源是逍遥丹的原产地?怎么可能?"

"怎么不可能?"

"逍遥丹和桃花源有什么关系啦?"

玄穹摇头:"我不知道。不过这个猜想能解释很多疑点。为什么逍遥君不辞辛苦,定期在桃花源召开帝流浆飨宴?因为逍遥丹必须在桃花源里炼制,而且只能在桃花源炼!"

"炼丹总得要原料吧?他们千辛万苦把丹料扛进桃花源来炼丹,这么费劲又是图什么?"

"除非……原料就在桃花源里面。"

婴宁看向桃林深处,眼神变得有些畏惧。

为害天下甚烈的逍遥丹,居然是在这种荒僻之地炼制的?这消息若得证实,恐怕对道门和桃花源的妖怪们来说,都是天翻地覆的冲击。

桃花源十分辽阔,桃源镇只占几十分之一,绝大部分地区是野生桃林,人迹罕至。若想要藏身于此搞些勾当,就算有真人定期巡线,也不易被发现。

"所以你才想去方易修行的地方看看?"

"没错,说不定那边会有线索。"

"你不怕吗,小道士?"婴宁细声问。玄穹道:"怕啊,但这不是俗务道人的本分嘛,我还指望着拿功德呢。"

"你这人哪,天天把功德挂在嘴边,其实心里一点都不在乎。"婴宁忽然一脸认真道。玄穹挑了挑眉毛:"你居然看穿了我高风亮节、淡泊名利的本质？"婴宁"呸"了一声道："不是我，是我姑姑说的。她那天跟我讲，你这人嘴上说一套，心里想的是另一套。"

玄穹"呃"了一声："这听着不像好话。"婴宁歪了歪脑袋："不对不对，姑姑原话是用的另外一个词，文绉绉的，有点难记——哦，对了，叫表里不一。"

"那不一样嘛！"玄穹无奈地摸了摸脸颊，"你姑姑说得没错，我和玄清不一样。我没什么大志向，只想攒够功德，太太平平离开这个破地方，飞升渡走，仅此而已。"

说到这个，婴宁一下想起来了："对啦，昨天云光点了你一句谨记紫云山前车之鉴——这到底是怎么回事呀？"玄穹面色迅速冷下来："当年的荒唐事，不必多说。"婴宁好奇心最重，越是这么说，越是缠着他问。

"唉，过去的事我都已经忘了……"玄穹忽然一怔，眼前婴宁的瞳孔变得又大又圆，水汪汪的，透着殷切和一丝丝可怜。这不是幻术，他抵挡不住，只好叹了口气："服了你了。"婴宁跳到玄穹肩上，乖巧地竖起耳朵。

"当时道门发布了一个任务，说紫云山有妖魔作祟，派了我和一群师兄弟过去。我们顺利斩妖除魔，正准备走，大师兄却发现洞穴深处有一只天蚕茧。"

"天蚕茧？好珍贵的！"婴宁惊呼。以青丘大小姐的奢华，听到这名字都为之心动。

"那茧子个头很大，泛着金光，只等里面的天蚕破茧而出。于是大师兄决定，在这里等候天蚕破茧成熟，收取宝物，大家喜气洋洋，觉得捡到宝了。我因为身具明真破妄的命格，一眼就看穿了，那蚕茧里面并没有天蚕，而是一只胡蜂精。"

"啊？"

"这天蚕茧在形成时，会有魔胡蜂飞来产卵。小魔蜂孵出来之后，就以幼蚕为食，并借着天蚕茧里的环境修行。等到它成熟咬破茧壳出来，化为至凶之怪，届时旁边守宝的这些道士，一个都别想活。

"我跑去警告大师兄，让他们尽快撤走，反被他一通嘲笑，说我遇财呈劫，自己不能拿，还见不得别人发财。其他师兄弟也纷纷反对，他们都被分宝发财的前景给迷住了，嫌我煞风景——所以说真正高明的幻术，只用一句虚无缥缈的话，就能让对方障目沉溺。那种还要制造幻境的幻术，毕竟太低级了。"

"你讲就讲自己，不要夹枪带棒！"

"我当时很为难。如果置之不理的话，等到茧破蜂起之时，大家就得排队去投胎。我本来也分不到钱，还得给他们陪葬，岂不是太冤了？所以我就想了一个法子，趁夜里大家都睡了，我去洞里把茧子提前给戳破了。"

婴宁刚才脑子里转了好几个方案，连夜逃走、上报师门什么的……但怎么都没想到，玄穹居然用了这么一个奇葩的法子。

玄穹冷笑："我若逃走，不免背一个抛弃同伴的罪名，道门饶不了我；我若上报师门，倒是能阻止此事，但师兄弟不会念我的好，只会恨我挡了他们的财路。人从来如此，只记事后发财，不念提前避祸。所以我提前把茧子戳破了，他们见到那只魔胡蜂，也就没话说了。"

"那……那不还是让妖魔出世了吗？"

"胡蜂在茧里还未成熟，提前出世，实力减损了不少。我们师兄弟联手，勉强将其镇压下去了。回到道门之后，我把这件事如实上报，可大师兄出身比较高，门内长老反过来质问我，戳破茧子之前为何不与其他师兄弟沟通，以致大家手忙脚乱。"

"有毛病啊！你如果提前示警，他们肯定不让你戳茧呀。"婴宁听得义愤填膺，"这些老头子难道不知道，是你救了所有人？"

玄穹耸耸肩："我刚才不是说了吗？人人只记事后发财，不念提前避祸。最后道门讨论了一圈，给了个定性：紫云山大妖意外出世，幸得群道出手镇压，人人都记了一功，大师兄还被夸了一句'临危不乱，指挥若定'。至于我嘛，被判了个'贪功冒进，误走妖魔'，然后就被分配到桃花源来打磨心境了。"

这八个字的判词，写得非常巧妙——你确实戳破了蚕茧，但目的是贪功，首先这动机就不纯了；而且动手前未跟上级沟通，属于冒进，与后面胡蜂精的"误走"一联系……这么一来，字字属实，但又字字诛心。

婴宁哪见过这么多弯弯绕绕，粉面气得涨红："这简直……这简直没道理！"

"一个前途无量的天才弟子，和一个阴阳怪气、一辈子只能吃道禄的倒霉鬼，你会站哪边？"

"那你其他那些师兄弟呢，就眼睁睁看着你背黑锅？"

"你给别人擦过屁股没有？"

"没有……你干吗说得这么恶心啊？"

"替别人擦屁股的人，难免会被崩一身屎。旁人就算明白他的好意，也不会靠得太近。我那些亲爱的师兄弟人都很好，就是比较讲卫生。"

"云光真人难道不知你是冤枉的？"

"他当然知道。但真人们境界太高，他们考量的不是曲直，而是成败。担心如果我含冤生愤，行事越来越偏激，最后滋生出心魔，还得劳动道门再剿灭一次。"玄穹说到这里，笑了起来，"真人们真是多虑了，我这辈子只能拿二两三钱的道禄，从古至今哪有这么穷的魔头？就算成魔了，穷成这样，又能害得了谁？"

他额前的白毛垂下来，挡住了双眸。婴宁这才明白，为何玄穹一副阴阳怪气的刻薄语气，不由得叹道："你啊你，明明是想要救下所有人，却偏偏说是为了自己活命。明明背了黑锅，偏偏总说自己命格不好。姑姑说得没错，你这就是表里不一。"

"我的里是什么，你还不知道吗？"

婴宁怔了怔，确实，她第一次见到玄穹时，就从幻术中窥到了他内心最渴望的东西——金钱，无数的金钱。可这偏偏是他这辈子最不能碰的东西。

"你好歹知道自己想要什么。"婴宁幽幽道,"我都不知道自己的里是什么,在桃花源这里待了这么久,也没看见长老说的什么机缘。"

"要不咱俩换换?"

"哼,我真当了俗务道人,不比你差。你们总是小看我,我气也气死了。"

"我教你个乖啊。机缘这东西可不是别人安排的,得自己去争取。你下山是长老要求的,来桃花源,是你姑姑邀请的,你自己怎么不主动一点?这样如何寻得见机缘?"

婴宁狐尾一沉,连带着金锁也坠了一下:"我倒是想嘛,可做什么别人都不许,就好像我是敖休似的……"

"我们到了。"

玄穹忽然止住脚步,向前方看去。只见桃林掩映之下,隐约可以看到一间草庐。

这草庐样式极为简朴,连墙坯都没有,就是倚树而起的一个草棚子罢了,里面摆着几个空坛子。玄穹里里外外转了几圈,没有任何妖气或法力波动。婴宁耸起鼻子也嗅了好几圈,说没什么可疑的,你是不是搞错了?

玄穹皱起眉头,决定扩大一下搜索范围,于是他以草庐为中心,一圈一圈向外拓展。他很快发现,这里距离他初入桃花源遭遇穿山甲的地方,并不算远。这个不算巧合的巧合,让玄穹眼里更透出一丝锐光。

当他的搜索范围外扩到一里开外时,脑海中突然传入一阵含混不清的呢喃。

这声音不是通过耳朵传入，倒像是在灵台中直接响起的。玄穹一下子想起来了，上次他接近镜湖时，灵台里也是响起一样的动静——难道说，这里距离镜湖不远？

镜湖的面积相当之大，他们深入桃林这么久，歪打误撞靠近那边了也不奇怪。玄穹双眉一皱，赶紧四处走了几步，发现朝某一个方向走，呢喃声就会变大，吐字也会稍微清晰一点。他用手捂住耳朵，凝神细听，脚下根据呢喃声大小，反复走动，不知不觉向着一个方向走出去好远。

待他穿过那片桃林，走到一处高崖时，呢喃声稍微可以听出来了，反复重复的似乎只有四个字："真芝，丛素。"

玄穹咀嚼了半天，始终不得要领。真芝？丛素？这是两道菜吗？

种种胡思乱想，交错在脑内。他想要听得再清楚一些，朝着高崖边缘又走了几步，站到边缘，忽然发现崖底就是镜湖。它的水面依旧是一片极致的平整，幽蓝而深邃，有一种致命的吸引力。

这时一阵山风吹过，湖面纹丝不动，但玄穹似乎在风中闻到了一种熟悉的味道。

海腥味，是逍遥丹里特有的一缕海腥味。玄穹在穿山甲的包裹里、银杏仙的嘴里和帝流浆飨宴里，都闻到过，绝不会错。

真芝，丛素；丛素，真芝……诡谲的呢喃声依旧在灵台中持续着，声量渐渐变大。

不，不是声量变大，而是那声音似乎开始变得实质化，几乎可以用肉眼看到。玄窍凝视着那无限幽深的湖面，额前白毛突然一飘，似乎感受到某种不祥的变化，整个人瞳孔急缩，身形急退。

后面婴宁正气喘吁吁地追上来，与他"咣当"一下撞了个满怀。

"快退，快退！"他低吼起来。

云天真人之前叮嘱过，不要轻易靠近镜湖，更不要长时间凝视。如今坎水玉佩已碎，玄窍不敢再多逗留，拽着婴宁就往回跑，一直退到方易的草庐前，才停下脚步。

婴宁从没见过玄窍的神情如此狰狞，战战兢兢问道："小道士，你看到什么了？"玄窍双目发直，颓然倚靠在草庐前，喃喃道："我看到了声音……"

"看到声音？你是老果吗？"

"那呢喃声似乎是有形体的，好像一条透明的触手，从镜湖深处伸出来，直接缠在了我的灵台之上。我越是靠近，它就缠得越紧……"玄窍牙齿抑制不住地咯咯作响。

婴宁奇道："你不是有明真破妄的命格吗，怎么还会产生这种幻觉？"玄窍摇头："如果这不是幻觉呢？"

两人脑海中同时浮现那幽邃深蓝的湖水，忍不住打了个寒战。玄窍道："对了，你刚才说你想起来了——你想起什么了？"婴宁脸色也有了变化："我姑姑说过，玄清和穷奇同归于尽的地方，好像就在那片高崖附近，那崖叫作凝思崖。"

玄窍眼皮一跳："这不是俗务道人能管的事情了……"

第十一章

玄穹和婴宁抵达平心观时，云天真人正端坐在高台之上闭目运功。

两人还没靠近，云天真人就已睁开了眼。他见这两个小家伙慌里慌张的，先轻舒长袖，扑过一阵水汽。他们顿觉神清气爽，心思沉稳下来。

"棘溪那边收拾好了？"云天问。

"法宝、丹药、尸骸等全部收缴完成，登记造册。"玄穹恭敬地说道，然后把方易草庐、凝思崖与触手呢喃的事情一一道出。云天神色平静，不时问几个问题，听完之后说："你把手伸过来。"

玄穹乖乖把右手伸过去，云天食指在他脉上一搭，和煦的坎水霎时流遍全身。玄穹之前享受过一次，知道不必抵抗，闭上眼睛享受。等这水在周身转过一圈之后，他匆匆起身，去平心观后上了一回厕所，这才回来。

云天道："我已盘查过你的四肢百骸，并无异样之处，或许是你这几日精神过于紧张所致。"玄穹急道："可那呢喃声，我听得真切。什么丛素，什么真芝。"云天打趣道："你是不是最近动了口腹之欲？我知道桃源镇有几家不错的馆子，年轻人偶尔动动念头，也可以理解。"

婴宁哈哈大笑。玄穹道："说正事，说正事。"云天真人捋髯道："镜湖之事姑且不论。你说炼制逍遥丹的场所，可能藏于桃花源内，可还有别的证据？"

玄穹道："弟子没有。不过真人可还记得那只穿山甲？我疑心他当时不是要偷运进来，而是要偷运出去。他被我撞见的地点，与凝思崖、方易草庐恰好可以连成一线，炼制逍遥丹的丹炉，恐怕就在这条线上的某一个点！"

"可惜逍遥君身死，不然倒可以问出些端倪……"云天真人沉思片刻，从蒲团上站起身来，"兹事体大，我立刻去你说的地点查找一下，你们且在这里调息。"

云天真人有腾云驾雾的神通，说走就走。玄穹和婴宁稍微心定了一下，特意跑去刘子骥石碑后面待着，避免被镜湖侵袭。

"你还跟着我干吗？赶紧回青丘去。"玄穹催促婴宁。后者大为不满："又来？我帮了你那么多，眼看要水落石出了，倒赶我走了，你是不是觉得我是累赘？"玄穹严肃道："我一靠近镜湖，那怪声触手就缠过来，哪还敢继续深入？接下来的事，别说你，我都不敢参与！"

婴宁脸色这才好一点，忽然又有些不甘心："什么叫别说你？我的力量大得很呢，只是金锁束缚，你看不到而已。"玄穹犹豫了一下，到底摇头说道："还是好好听先贤教诲，敬而远之吧。"婴宁一嘟嘴："说了你也不信，算了！"

两人躺了一阵，玄穹又问："哎，对了，你说当初玄清和穷奇，就是在凝思崖附近同归于尽的？到底是怎么个同归于尽法？"婴宁摇头道："我听姑姑说，他们也没看到发生了什么，赶到凝思崖时，一人一兽都消失了。唯一的痕迹，是镜湖水面出现了涟漪。"

镜湖是被刘子骥用镇水之法封住的，出现涟漪，就意味着封印松动，可不是好兆头。

"姑姑说，当时几个护法真人和大妖唯恐镜湖动荡，只好停止搜索，重新加固封印。"说到这里，婴宁昂起头，把碑文又扫视了一遍，抱怨道，"这个刘子骥也真是的，镜湖到底有什么凶险，也不在碑文里说清楚，云山雾罩，还得后人来猜。"

"也许高修自有深意。"玄穹索性躺平在地上，双手枕头，"那就请高修来处理好啦。"婴宁晃了晃脑袋："你这次就不管了？"

玄穹撇撇嘴："我又不像青丘的狐狸有九条命。"婴宁一下子跳起来："那是猫！我们狐狸没那本事！我们讲究的是九尾，九尾！"她忽又歪了一下脑袋："不对，你怎么老在我面前提这事，是不是十四姑跟你说什么了？"

玄穹赶紧掩饰："她还能跟我说什么？肯定是说玄清的事啊。"婴宁双眸星闪，语带疑惑："姑姑每次说起玄清，情绪都不太对劲。虽然笑嘻嘻、懒洋洋的，可我能看出来，她其实藏着很多话没说。"

"那你问过她没有？或者干脆施展一下幻术，看看她内心到底在想什么。"

"那可不行！"婴宁吓了一跳，"青丘有规定，幻术不得对同族使用。再说了，我自己的执念还没化解，就去给十四姑施展幻术，那不是自取其辱吗？很容易就反噬回来啦。"

玄穹心中一动："为什么这么说？"

婴宁看向前方的镜湖："幻术的关键，是显化对方心中最渴求的东西，但同时也容易对施法者造成反噬。最想要的东西是什么，最执着的心愿是什么，这都是心中软肋，很容易在幻术中陷入迷惑。所以青丘的每一只小狐狸，都要先去掉自家心魔，才算是真正成熟——所谓不惑者，方能惑人。"

"那你知道自己的心魔，是什么吗？"玄穹终于可以不露痕迹地问了。

"没有啊。什么银钱啊、修炼资源啊、亲情宠爱啊，我从来也没缺过。我天生是修炼天才，早早就有九尾之姿，上上下下都夸奖我。我想要什么，张嘴就有，实在不知道缺什么。"婴宁说着说着，两只圆溜溜的眼睛看向玄穹，"穷道士，你怎么哭啦？"

"没事儿，是风把沙子吹眼睛里了。"

"喂，你觉得我缺什么？"

"缺心眼。"

一蓬狐尾"呼"地朝他脸上狠狠扫去，玄穹已经做好被糊一鼻子软毛的准备，那尾巴却突然停住了。婴宁摸了一下脖颈下的金锁，幽幽道："你说得也没错……大概就因为我之前缺心眼，所以族里的长老才会给我套上这把金锁。"

"嗯？"

婴宁沮丧地吐出一丝气息："之前在青丘山，我第一次修炼出九尾之力时，实在太高兴，到处去炫耀，谁知没控制好力道，砸毁了一座山。我觉得这是一桩小事，没管就走了。哪知那山头滚下来堵在一条河上，引发了一场洪水，波及周围十几个人类村子和妖怪洞府，出了好大一场乱子。我爹拎着我挨家挨户道了半个月歉。"

"这还真是……缺了点心眼啊。"

玄穹眉头一皱。他在道门也见过类似婴宁的人。这些人本质并不坏，但因为从小没吃过苦头，所以完全意识不到别人和他们不同。因为"不缺"，所以"不觉"；因为"不觉"，所以"不在意"，做的事情在旁人看来全是"何不食肉糜"。

"青丘长老狠狠训斥了我一顿，给我戴上了这把金锁，说我何时能克服心魔，才给我取下来。"玄穹有些心虚地看了她一眼，劝慰道："放心吧，只要心魔一去，金锁自解。"

"我多乖啊，让我下山就下山，让我来这里就来这里。你让我不要参与棘溪那边的战斗，我委屈死啦，不也乖乖回去报信了吗？你们怕我解决不了心魔，我就老老实实地找机缘，这还不行吗？我要怎么做，你们才相信我……"

婴宁摸着金锁，望向前方喃喃自语。玄穹见她的两只耳朵耷拉下来，一时有些心软，正要开口宽慰，婴宁却双手向

上伸了个懒腰,语气欢快起来:

"其实不解开也好。我一直害怕,万一哪天解开了,我控制不住九尾的力量,再次酿成灾祸可怎么办?到时候我爹妈、姑姑、长老还有你,肯定会说:看吧,当初就不该给你解开……"

玄穹翻翻眼皮,懒洋洋道:"你那么在意别人干什么?你看我在道门姥姥不疼、舅舅不爱,不也活泼开朗地活到了现在?"

"呸!这四个字哪个跟你沾边啦?"

"修道修的是什么?就是一个自在通达,不为外人褒贬所扰。你得先相信自己,觉得自己做的才是正确的事。"

"按你这么说,境界最高的应该是敖休吧!"

玄穹"扑哧"一声大笑起来:"可别提他了,万一惹得他打个喷嚏,可就浪费了那么好的龙涎。"

两人正闲扯着,云天真人从半空落下来:"我适才用神通扫了几圈,并无什么可疑之处。至于你说的海腥味和奇怪的呢喃,就不是我能探查出来的了。"

连云天真人都探查不到,玄穹心中一凉,一瞬间信心动摇,觉得是不是自己想多了。这时云天真人道:"但你说的几处疑点确实诡谲。若要查得更细,得布下罗天大醮,把桃花源细细筛过一遍。"

玄穹倒吸一口凉气。道门有普天、周天、罗天三大醮,规格至为威重。其中"罗天大醮"计有一千两百个醮位,可以查阴阳、辨明晦、知密藏,无论什么隐秘奥处,大醮一扫之下,皆无处遁形。

只是罗天大醮规模庞大,一次动用耗费极大。即使是云天,也要向道门请示才成。

"这可关系到逍遥丹的源头啊,道门肯定会重视吧?"玄穹说。

云天真人没有正面回答:"玄穹,你随我去明净观一趟。正好我给你批的功德簿,要请云洞师兄过目。"玄穹又喜又忧。喜的是,得到了云天真人的支持;忧的是,还得去跟云洞那个老乌龟多费唇舌。云天真人看出他的不满,淡淡训诫道:"我们若想要动用罗天大醮,武陵明净观的态度至关重要。"

真人既然这么说了,玄穹也不敢再抱怨什么。他先让婴宁回家,然后跳上云天真人的云头,直奔明净观而去。明净观一如既往地安静,云洞一如既往地沉迷于盆栽。直到云天和玄穹走进观内,他才搁下剪子迎了出来。

"云洞师兄,桃花源近日捣毁了一个贩卖逍遥丹的聚会,缴获丹药数百粒,剿灭丹匪二十余众……"云天说到这里,明显顿了一下,"……其中包括道门通缉已久的逍遥君,特来表功。"

"逍遥君啊?"云洞听到这名字,原本慵懒的神态为之一振。

当年他的弟子玄清,正是在追捕逍遥君时殉道。如今逍遥君身死,也算是间接为他的弟子报仇了。云洞喃喃道:"好,好,好,也可以告慰英灵了。"

云天真人把文书递过去,云洞接过,仔细看起来。这一看就是小半个时辰。云洞抬头问道:"一个活口都没留?"

云天真人有点尴尬:"云光师弟的脾气,你是知道的,易发难收。这伙匪徒负隅顽抗,十分嚣张,为了不让穷奇之祸重演,我们只能尽力出手。"

"确定是逍遥君吗?"

云天真人道:"确凿无疑,玄穹亲自查验过。"云洞点点头,把文书合上,看向玄穹的眼神有些变化:"你才到桃花源做俗务道人不久,就立下这样的功勋,实属难得,难得。"

"多谢师叔清静无为,我才能落下这么大功劳。"玄穹习惯性地刻薄了一句,后脑勺忽然被一枚水滴砸中,悻悻闭嘴。

云天开口道:"玄穹这孩子用心勤勉,敢于任事,表现得很出色。这一次他甘冒奇险,深入贩丹者腹心,这才为道门创造了局面,一举擒得顽凶。云光师弟和我都很认可他的功绩,这是联署的功德簿。"

"哎哎,就是太弄险了。万一逍遥君不吃你的吓,直接动手,可怎么办?"云洞絮絮叨叨。玄穹不屑道:"此人能在道门的通缉下逍遥法外这么久,说明是个贪生怕死之徒,不会轻易跟人拼命。我推算下来,并无危险。"

"那敖休与老果呢?他们被你裹挟着前去当细作。倘若有什么三长两短,那西海龙宫岂会善罢甘休?到时候说我们道门强迫良民做牺牲,那就被动了。"

玄穹双手一拱:"云洞师叔足不出户,能洞见百里之外的得失；身居斗室，能分辨瞬息之间的宜忌。这等神通，弟子真是开了眼界。"云天眉头一皱，正要出言呵斥，云洞却慢悠悠道："你在紫云山的毛病，怎么还是没改？明明做的都是好事，却留下一堆瑕疵供人指摘。你总喜欢犯险行事，就算赌对了一两次，难道每一次都有好运气吗？天有道而运无常，若以此为恃，必有后患哪。"

老头说得啰唆，玄穹本来还要再刺一句，可忽然意识到，他对风险如此抵触，大概是因为亲传弟子玄清的阴影，于是勉强闭上了嘴。

云洞在桌案上摸了半天，最后在鱼缸后头找到朱笔，在功德簿上批下自己的签押："我这就上交道门，请考功司尽快落实。"云天道："师兄在那边，是不是有相熟的道友？玄穹这一次功德甚高，我和云光师弟都觉得，他做俗务道人实在屈才了，若有合适的职位，还请多多留意。"

玄穹忙道："不急，不急。我这命格，能做的职位也不多。"云洞笑着点头："早点离开桃花源也好。我去问问，我去问问。"玄穹面色一窘，说得好像自己迫不及待要走似的。

云天见功德的事说完了，这才转入正题，把玄穹的猜想跟云洞详细说了说。云洞听完，默然不语。云天道："玄穹所提的这些疑点，虽无实据，却有迹可循。逍遥丹是道门重视的大事，若源头在桃花源，还须早早请动罗天大醮彻查。"

云洞沉默半晌，起身走到盆栽前，简单剪了剪枝叶，这才缓缓说道："帝流浆飨宴没留下活口，我们手里没有证据，若这么去提申请，只怕会被驳回啊。"

"有你、我和云光三人联合提请，难道还批不下来吗？"

"然后呢？出动罗天大醮，需要耗费巨量的资源和人力，若什么也查不出来，该如何收场？总要有了把握，才好去申请。"

"师兄你这话差了，有了把握，还要罗天大醮查什么？道门这个大醮，不就是为了在没把握之时，觅得一线天机吗？"云天难得也露出脾气。

云洞不为所动："这一次击毙逍遥君，功劳已是大到极致，所谓亢龙有悔，过犹不及。两位应该好好歇歇，待有了更多证据，再来商量不迟。"说完转身就要继续修剪盆栽。玄穹对这个态度忍无可忍，一拍桌案："师叔你就是怕担责！"

云洞头也不回，语气慢条斯理："玄穹啊，你这一次有两位真人推荐，调职板上钉钉，能一雪紫云山之耻了。在这个节骨眼上，不要徒增变数，还是要磨炼一下心境啊。"玄穹道："磨炼到和师叔您一样，有什么意义？"

云洞呵呵一笑："师侄你能这么想，可谓是近道矣。"他修习艮土多年，心性稳如山岳。玄穹一拳砸在滑溜溜的龟壳上，顿觉浑身无力。

云天真人见云洞态度坚决，只得一拂袖子："那就劳烦师兄先提交功德吧。"老道"哦"了一声，又沉浸在盆栽之中，仿佛那才是他唯一的世界。

云天拽着玄穹出了明净观，驾云返回，路上开口劝慰："云洞师兄说得也不无道理。我们没证据，道门未必会批准用罗天大醮。"玄穹气呼呼道:"那我就再去查查,查出证据来砸碎他老人家的乌龟壳!"

"不可。"云天真人沉声道,"如果逍遥丹真的在桃花源里炼制,势必布置极深,不是你一个俗务道人能应付的。云洞师兄不也提醒了,你这一次立功升迁,几成定局,不要再节外生枝了。"

"可是……"

"安民是俗务道人的工作,保境是护法真人的职责。你做得已经够多了,不要把我的工作也抢走。"说完他拍了拍玄穹的肩膀。玄穹顿觉肩头一热,一团温润水汽顺着胳膊,不知不觉滑到手里。掌心之中,多了一块羊脂玉佩。

"云天真人……"玄穹一时不知该说什么。

"回桃源镇吧,安心等候道门的封诰,所有俗务道人里,你说不定会打破道门升迁最快的纪录哪。"云天兴致勃勃道。玄穹忽然好奇:"之前升迁最快的是谁?"

"我。"

玄穹差点从云上掉下来:"师叔你……你这么厉害?"云天面上淡泊,可几缕胡髯飘动,多少透出些得意:"我可不是什么道门世家子弟,乃是地地道道的农户出身。家里那年赶上灾情,实在活不下去了,就把我送进道门修行。我不敢懈怠,侥幸得到道祖庇佑,在同门之中修行可排第一。"

"那可真厉害。"玄穹真心实意地称赞。道门修行虽说取决于个人的悟性与根骨,但外物也不可或缺,所以那些高修,往往是世家出身,后头有一个大家族支撑着。云天能从一介寒门子弟，修到今天这个境界，真可谓是天纵奇才了。

"其实我也不是什么天才，无非是他们休息时，我还在修炼罢了。天道酬勤，修为最终能到哪一步，还是要取决于你努力多少。须知宝剑锋从磨砺出，梅花香自……"

玄穹深深后悔，多那一句嘴，却勾起了云天师叔的说教乐趣，这一路上耳根子可要不清净了。

两人回到桃花源，云天马不停蹄，继续去镜湖附近探查。而玄穹则径自回了俗务衙门。

衙门里的布置，已和他初来时的整洁不太一样。几件脏道袍还没来得及浆洗，就那么披在椅背之上，书桌上摊着各种文书，一团墨干凝在砚台里。之前玄清的严谨风格，逐渐被玄穹的懒散取代。这座衙门的风格，在悄然崩解中。玄清在天有灵，不知会不会被气得显形。

不过这种风格，应该持续不了太久。按云洞和云天的说法，道门很快就会下诰表彰，然后他就可以飞升渡走。别的不说，道禄可以涨一倍不止。可玄穹的心情，始终有些郁闷，总觉得一件事情没有做完。

当然，他也明白，自己这点道行，能侥幸捣毁贩丹团伙已是运气逆天，继续往下查，一个不慎就是玄清的下场。一个人的法力是有限的，做到这程度已问心无愧，道禄稳稳到手，还要什么筋斗云？

玄穹最终想通了之后，一下子疲劳全涌上来了。他本来还想归拢归拢东西，可眼皮倦得睁不开，只好连滚带爬去后堂，道袍也顾不得换，一头栽到床榻之上。

就在他即将坠入梦境之时，忽然耳边传来了一阵镜湖的呢喃声。声音由远及近，十分清晰，呼唤的竟是自家道号："玄穹，玄穹，玄穹……"伴随呢喃而来的，还有一个庞大的漩涡，卷着玄穹的身体来回翻动。玄穹试图挣扎，却无法阻止这一切的发生。

一只触手从漩涡中间伸出来，带着腥臭味道扑到玄穹面前，堵住他的口鼻。玄穹再也忍不住了，猛然惊醒，打了一个大大的喷嚏。

"玄穹，玄穹道长！"声音仍在继续，但不再是含混的呢喃，而是清晰焦灼的。

玄穹睁开眼睛，发现鼻子下面搁着一块花椒，怪不得这么刺激。他转过头去，发现声音的来源居然是徐闲。

徐闲一见玄穹醒了，赶紧道："哎呀，道长，不好了！出事了！"玄穹一骨碌爬起来："什么事？"徐闲道："是波奔儿灞家里，是他的娃！"

玄穹对那只顽皮的小鲇鱼精有印象，一听是他出事，顿时大惊。好在自己是和衣而眠，抄起桃木剑就出发了。在路上，徐闲急急忙忙把情况讲了一遍。

原来这小娃娃平日里，都是被撒出去自己野，到晚上就自己回家。可今天晚上，小鲇鱼迟迟未归，波奔儿灞家里人急了，出来叫了左邻右舍帮忙找。好在小鲇鱼走过的地方，留有黏液，他们顺着痕迹找来找去，找到了银杏仙的家里。

"等等，"玄穹停下脚步，一脸疑惑，"银杏仙不是退形了吗？"

徐闲一脸晦气："是呀，我们也纳闷呢，小鲇鱼去空房子里做什么？找过去一看，发现里头多了一个叫宁在天的人类。"

玄穹对这人有点印象，敖休搞聚会时他也在，应该是银杏仙那个圈子的。当时玄穹忙着审敖休，只训诫了他几句就将他放了，也没细问。

"我们进门的时候，宁在天正抱着小鲇鱼要吸血。波奔儿灞当时眼睛就红了，上前就要救孩子，谁知那小贼反应也快，掐住小鲇鱼，嚷嚷说你们谁靠近，我就把他掐死。"

光是听徐闲描述，玄穹就一阵悚然。从来只听说妖怪吃人，哪见过人吃妖怪的？还是个小孩子，性质可以说极其恶劣。

"这是个什么人？"

徐闲道："他爹妈都是在桃源镇做药材生意的，跟我有点交情。那对夫妻常年在外面跑，剩下一个孩子在家里读书。这家伙连考了几次科举没过，索性自暴自弃，跟着几只妖怪厮混，爹妈太忙，也没办法管。"

"他一个人类，干吗非要在桃花源待着？"

"这边不是人类少，竞争没那么激烈嘛——谁知这孩子，连县试都通不过，不像我儿子徐仕林，写起文章来花团锦……"

"别跑题！"

两人脚步加快，很快赶到了银杏仙的家里。

此时她家外面，已经里三层外三层围了好些人。除了一脸焦虑的波奔儿灞一家，赤娘子、小紫、朱侠、老果等妖怪也在，个个面色凝重。玄穹喊了一声"俗务道人在此"，走进圈内一看，发现敖休正站在门口，趾高气扬地冲里面骂道：

"宁在天你个孱头！本太子的话，你也不听了？吭！还不赶紧出来受降?!"

屋子里面闪过一张惊慌的人脸，他手里紧紧掐住小鲇鱼，高声叫喊："你先把东西拿来！不然，不然我就吃了他！"

玄穹见宁在天的手腕一直在抖，显然情绪极不稳定，眉头一皱，冲敖休喝道："你在这里添什么乱？"敖休一见是他，气焰减了三分："玄穹道长，这个小贼原来天天巴结我，我本想着，他也许能买我面子，把孩子放了。谁知道这小贼鱼油蒙了心！我的话都不听了。"

玄穹问敖休道："他给你提的什么条件？"敖休舔了舔嘴唇，压低声音道："他想要逍遥丹。"

玄穹额前白毛一跳，敖休挠挠头："也不是不能理解。这玩意儿啊，一吃就会有幻觉，等药劲退了，就还想再来一次，慢慢就上瘾了。那幻觉啊，确实诱人，要是我能再吃一粒，不，半粒……"

"别废话，说重点！"

敖休忙道："逍遥丹对每一种生灵，效果都不一样。高贵如我们龙族，吃了也就昏沉一阵；银杏仙那种树精，吃多了就会死。但无论妖怪还是人，吃了这个初时兴奋，慢慢地就会上瘾，浑身痒痒，整个人形同疯魔，想要吸血——你看他那德行。"

玄穹朝屋子里看过去，宁在天眼窝深陷，形容憔悴，两只眼睛不安分地转动着，一看就是成瘾甚深的症状，简直与青丘府邸里关着的那只沐狸没有区别。

敖休又道："本太子刚才问明白了。银杏仙不是桃源镇的发卖者嘛，她一死，本地的瘾君子便无丹可服。这家伙丹瘾上头，实在没办法，就摸到银杏仙家里，想碰碰运气偷几粒丹药——没想到波奔儿灞家的小娃娃，正好闲逛到这里，撞见了宁在天。他怕被发现，把娃娃逮住。没想到瘾头上来，产生各种幻觉，竟然要把人家给吃了，啧啧。"

"喂，宁在天，俗务道人在这里了，你还不赶紧束手就擒?!"敖休叉着腰，又冲里面喝道。

"快拿逍遥丹来换！没有丹药，天王老子的话我也不听！"宁在天的声音嘶哑，整个人似乎又犯起瘾来，手里用力一勒，那鲇鱼娃娃扁嘴号啕大哭起来。急得波奔儿灞又要冲上去，被徐闲等人好歹拦住，他转头"咕咚"跪在玄穹面前，恳求仙师赶紧施法解救。

玄穹一边安抚波奔儿灞，一边左右看看，发现老果藏在人群里，便打了个响指。老果"看"到响动，赶紧凑过来。玄穹道："我批准你现出原形，偷偷飞到屋子后面，去看看虚实。"老果不敢怠慢，立刻化成一只蝙蝠，悄无声息地绕飞过去。

趁着这个机会，玄穹走上前去大声道："宁在天，我是桃花源俗务道人玄穹，我们见过面的。你有什么要求，可以跟我说，先把孩子放开。"宁在天红着眼，咧开一张大嘴："别跟我废话，不拿逍遥丹来，谁来也不管用。"说完一团口水从嘴角流下去。

玄穹向前靠了一步："这孩子是鲇鱼精，不是人参娃娃。就算你生吞了他，科举也不加分。"宁在天猛然被戳中了痛处，破口大骂："放屁！老子又不是为了加分！老子自己能考中！"

"那你又怎么屡试不第呢？"又被玄穹一句戳到痛处，宁在天浑身颤动，情绪激动："我是乡试、会试、殿试连中三元，比徐仕林那个半人半妖的小子强多了！"

旁边的徐闲、赤娘子齐齐变了脸色，若不是顾忌人质，恨不得直接扑上去。玄穹大概知道，他为何沦落至此了。这家伙一定是在幻觉中金榜题名，从此沉醉在逍遥丹的美梦中，不愿醒来。

"你把娃娃放了，我让你重登一次金銮殿。"玄穹说。

宁在天先是透出狐疑，随后似乎听到什么声音，下意识歪头答道："啊，我是，我是。"然后抬起头来，眼神有些迷离："你把丹药拿出来，我就放人！"

玄穹把手伸进怀里，发现敖休瞪着俩大龙眼，目不转睛地盯着自己，龙涎都快要滴下来了，他没好气道："你给我收敛点！"敖休尴尬地晃了一下脑袋，说我就是看看，又没说吃。

玄穹的手拿出来，掌心托着一粒黄澄澄的丹药。宁在天一看到这个，气都喘不匀了，一手掐住鲇鱼娃娃，一手探出窗户去抓那丹药。玄穹手疾眼快，借着递药的机会，一把将鲇鱼娃娃抢过来。

宁在天根本已顾不得其他，丹药一到手，就迫不及待地往嘴里扔，比狗见到骨头还急切。他刚一咀嚼，立刻分辨出不太对劲。可惜这时已来不及了，敖休化为一条真龙，气势汹汹直扑而来，只见龙头轻轻一摆，便把他从屋子里甩到院子里去了。

外头朱侠、赤娘子、小紫几只妖怪一拥而上，把宁在天死死按在地上，动弹不得。他在地上一挣一挣地抽搐，正像是一条濒死的鲇鱼。与此同时，玄穹旋身落地，把鲇鱼娃娃送进波奔儿灞怀里。

老鱼顾不上向道长道谢，紧紧抱住孩子，先奔去让徐闲检查孩子身体了。

玄穹走到宁在天身旁，冷冷道："这一粒丹药，乃是凌虚子为敖休炼的凝神丹，你吃下去也不亏。养足了精神，等着审判。"宁在天趴在地上兀自嘶吼，如同一头野兽。敖休恨恨踢了他一脚："闯了这么大的祸，还要蹭本太子的丹药，真是便宜你了！吭！吭！"

围观的居民们见这件事解决得干净利落，纷纷发出欢呼。敖休大为得意，晃着两根须子，围着场子拱手转圈，居然还真有人扔钱。敖休不差钱，不过这么赚钱还是第一次，新鲜得很，乐颠颠地俯身去捡。

玄穹羡慕地看了一眼敖休，他的命格连这样的钱都不可以收，只好转眼去看宁在天。

这家伙只是个毫无志气的废物，为了服食逍遥丹，尚且会闹出这样的乱子。若是有十个、一百个像他这样的瘾君子，桃花源会变成什么样？若是那些大妖、大人物服食了，闹出来的乱子又有多大？

原来玄穹一直觉得，逍遥丹再恶，也不过是戕害己身，现在看来没有那么简单。这玩意儿若真的扩散开来，只怕是塌天之祸。道门对此物严厉禁绝，防微杜渐，是极有道理的。

这时老果也飞了回来，得意扬扬地跟玄穹表功："小老这一嗓子，唱得可是不错？"

原来蝙蝠精有一个神通，用无声声波在人背后去喊，可以入主灵台，对人施加一点潜移默化的影响。刚才老果就是飞到宁在天身后，去暗示他接受玄穹的条件，一举奏功。

玄穹斜眼看他："难怪之前你诈骗了那么多人，都是用的这个神通吧？"老果急忙分辩："对正常人，这影响微乎其微；只有对宁在天这种神志癫狂的，才有效果。即便如此，小老也没办法指挥他做什么，只能引导。比如我让宁在天立刻自杀，那是绝做不到的；我说你去拿娃娃换丹药，这是他本心愿意的，才能被我推动。"

"对诈骗来说，也够用了吧？"

"道长您可不能卸磨杀蝠啊！"老果嚷嚷道，"小老这神通，也不是每次都管用的。适才我在宁在天耳边絮叨了半天，直到他答应了一声，才能继续。与灵台有关的神通，讲究有问有答，非得受者答应一句，开放心神，方可入主。"

玄穹初时不以为意，可心中猛然冒出一个念头，一下子抓紧了老果，捏得后者吱吱直叫。

"你再说一遍！"

"我说这神通，也不是每次都管用的……"

"最后一句！"

"啊，呃呃……与灵台有关的神通，讲究有问有答，非得受者答应一句，开放心神，方可入主。"

老果说完感觉脖颈一松，呼吸重新恢复。他趴在地上咳嗽了几声，一抬头，却发现俗务道人不见了。

第十二章

玄穹盘坐于凝思崖的最高处,双手回抱阴阳,下沉丹田,面色凝重地俯瞰着下方的镜湖。浩渺的水面依旧平整,如同一只漠然的深瞳,也凝视着这个小道士。

刚才老果的一席话,无意中触动了玄穹的一丝灵机。

镜湖那神秘的呢喃声,也可以算是一种直入灵台的神通。从前玄穹每次听到之后,都忙不迭地逃离,哪敢回应?既然老果说这类神通的关键在于"有问有答",那么倘若玄穹主动回应,会发生什么事?

综合之前的调查,玄穹坚信,逍遥丹的炼制地点应该就在镜湖附近,只是藏得隐秘,就连云天真人都窥不破。他手里唯一可能的线索,就只有莫名的呢喃。

偏偏这声音,只有玄穹才听得见,别人都没反应。所以他这次没有惊动云天真人,也没叫婴宁或辛十四娘过来,只身来到凝思崖前,这里听到的呢喃声最为清晰,若是主动回应，效果最好——或者"乐观"点说，风险最高。

玄穹知道，但他别无选择。

本来玄穹已放下心结，打算静候升职。可宁在天这一桩小小的案子，又让他的心境裂开了一个小隙。就算道门抓了宁在天和银杏仙，就算杀了逍遥君，捣毁了帝流浆飨宴，可逍遥丹一定会继续在桃花源和其他地方暗暗扩散，不知还会生出多少祸事。

若自己明知有问题却置之不理，这些祸事迟早都要被老天爷算在自己头上，不知要扣多少功德。所以必须要斩断源头，将逍遥丹的炼制之地挖出来。

玄穹想到这里一阵苦笑，感觉紫云山事件又重演了一次。

"若此事能成，功德足够我飞升好几次了，富贵险中求啊！"

玄穹舔了舔嘴唇，默祈片刻，然后把双眼闭上。这一次他感觉整个人迅速沉下去，随后那熟悉的呢喃声再一次化身为透明触手，在灵台外层绕来绕去：丛素，真芝。丛素，真芝……

玄穹这一次拼命抑制住要逃开的冲动，抱元守一，驱动灵台中的意念，对呢喃声做出了回应。那一瞬间，灵台外侧的障壁倏然松动，那一股呢喃声挟着大量信息冲入脑中，无数人声起伏，无数画面闪变，令玄穹的意识彻底被淹没其中，如同身历其境：

一群秦汉装束的百姓扶老携幼，穿过桃林，深入到秘境之中。他们就在这里定居下来，兴建村落，开垦农田。可位于村子附近的湖泊里，向外弥散出一种气息。村民们闻到之后无不是面露狂喜，享受至极，所有人都沉迷于吸取气息，茶饭不思，病痛不顾，很快就化为遍地骸骨，村落也沦为废墟……

此后许多年间，不断有人进入这处秘境，他们无一例外都被湖中气息所浸染，在极度陶醉的情况下死去。直到有一天，一个渔夫无意中闯入，同样为湖气所惑。不过他身上似乎有别人赠送的法宝，一道灵光闪过，将他传送出去。那渔夫以为自己看到的，是一处避世的恬静村落，到处跟人吹嘘，直到送他法宝的那位道士找上门来，把一缕湖气从渔夫灵台里抽出来……

那位身负桃木剑的长髯道人，闯入桃花源中，飞临湖上。湖水形成了一个巨大的漩涡，盘旋咆哮，无数湖气如触手一般伸展而出，攻向道人。道人却丝毫不受迷惑，挥剑斩之，很快把触手斩除一空，又朝着湖底最深处飞去……

在幽深的湖底，赫然栖息着一头巨型蛤蜊。这蛤蜊的体形如山峦一般，壳体纹路古奥而玄妙，带着浓郁的洪荒气息，俨然是一头不知修行了多少年的上古蜃怪。它不能动弹，只凭双壳不断张合吞吐，散发出丝丝缕缕的蜃气，融入湖水之中，飘摇而上。那道人想要将其镇压，却根本无法撼动蜃怪分毫，只得先返回湖面……

那个长髯道人在湖上摆下一座大阵，分作两处阵眼，每个阵眼都用一棵参天大桃树镇压，树干上分别以朱砂写着"神荼""郁垒"。长髯道人施法完毕之后，湖水之上多了一层镜面封印，彻底封住蜃气弥散。桃花源境为之一澄，变成一处普通秘境。而那道人油尽灯枯，在平心观前溘然羽化……

随着那道人的身影消失在大阵之中，玄穹"啊"了一声，额前白毛一飘，三魂七魄这才重新归位，缓缓恢复了意识，脑海中的前因后果，不言而明。

原来在镜湖底下，竟藏着一头上古巨蜃。蜃气最能致幻，从古至今所有误入桃花源的人，都会被大蜃弥散出的气息迷惑而死。那道人显然就是刘子骥，他也是明真破妄的命格，不受蜃气影响，能够入湖探查。但是那巨蜃体形太大，刘子骥用尽手段，也无法镇压。好在这怪天性极静，只待在湖底不会移动，他遂退而求其次，动用镇水大阵，把湖水封成镜面，以避免蜃气外泄，危害人间。

而刘子骥羽化之后，只留下一块石碑在平心观，供后人膜拜追忆。而残魂则坐镇大阵之中，若有蜃气外泄，残魂便会第一时间感应到，并在附近搜寻同样具有"明真破妄"命格的人，警告他们，尽快处置。

至于玄穹听到的所谓"<u>丛</u>素真芝"，其实是刘子骥的残魂发出的警告："从速镇之。"残魂本无灵智，只能含混地喊出这四个字，警告蜃气外溢的危险。若非玄穹主动打开灵台，直接读取刘子骥的记忆，凭它自己根本说不清这镜湖的来龙去脉。

既然刘真人发出警告，也就是说，镜湖如今封印松动，有蜃气外泄。玄穹突然意识到，这桃花源里的危机，恐怕比自己想象的还要严重。他正想要把思路理得更清楚一些，屁股忽然感到一阵震动。他一低头，发现是整座凝思崖在摇动。

玄穹连忙从崖上下来，退到百步之外，这才发现凝思崖的形状浑似一根手指。而此时这根手指，正在剧烈的摇动中向下弯曲，仿佛要去点一下镜湖似的。

当崖指的指尖与镜湖表面接触的一瞬间，湖面陡然散出一圈涟漪，似乎不再受镜面封印的束缚。不过涟漪只扩散开方圆三丈，就不动了。从河岸上方望下去，就像一口水井，只不过一圈井壁是水，中间为空。

玄穹正不知所措，耳边再度响起呢喃声，催促他从这个水洞钻下去。玄穹先是一怔，随即有了明悟。这大概是刘子骥提前留好的通道，用来检查位于水下的封印阵眼。

事到如今，已不能退了。他一咬牙，暗掐了一个避水诀，"扑通"一声顺着水洞跳下去。

镜湖的水下十分清冷，黑漆漆的不能视物。玄穹索性闭上眼睛，任凭身体下沉。他能感觉到，周围的水中渗有浓重的蜃气，缭绕盘卷，试图浸染自家灵台，所幸被"明真破妄"的命格所隔绝。

这蜃气自带着一股海腥味道，直入玄穹鼻孔，呛得他有些头晕。巨蜃本是海物，蜃气带着海腥味并不奇怪。玄穹闻着闻着，一个念头突然跃入意识。

逍遥丹里，就带着一缕海腥味，和此时他嗅到的味道近乎一样!

这个发现,让玄穹登时不晕了。逍遥丹和蜃气的致幻作用都很强烈,莫非系出同源?在刘子骥镇压蜃怪之前,整个桃花源本质上就是一粒超大的逍遥丹,可以让进入者陷入幻境。反过来说,所谓逍遥丹,本质上不过是无数细碎的蜃气小粒而已。

他越想越觉得合理——为什么逍遥丹一股海腥味?因为里面的主料就是蜃气;为什么帝流浆飨宴一定要在桃花源里开?因为蜃气要靠近镜湖才能提炼出来。镜湖就是逍遥丹的起源地。

他刚有了这个结论,双足忽然踏在了坚实的地面上。玄穹睁开眼睛,发现自己置身于一处岩洞之中,洞口像被敷设了一层封印,把湖水隔绝在外面,里面没有一滴水,唯见石笋林立,岩壁阴晦,一条狭窄甬道通向远处的黑暗。

玄穹镇定心神,把桃木剑握在手里,顺着狭窄的甬道朝洞内走去。约莫走了两百步开外,手里的桃木剑居然颤动了一下,他再仔细一看,眼前的甬道豁然开阔,形成一片圆形空间。在空间的正中央,赫然是一棵巨大的桃树。

这桃树足有五围之粗,极为高大。可惜树上无花无叶,只有光秃秃的树枝交错屈蟠,如鹿角一样伸展到岩壁上方。玄穹走到近前去,才发现树身正面被削去一大片树皮,形如龟牌,上面用朱砂写着"郁垒"二字大篆。

玄穹在幻觉中曾见过这东西。刘子骥封印镜湖时,挪来了两棵千年桃树,设下"神荼""郁垒"为阵眼,将自己的残魂寄托于其中，维持封印运作——眼前的显然就是其中一棵。

桃树无烛自明，隐隐有一道流光从树冠中升腾而起，渗入周遭岩壁之内。不过眼下桃树已有些枯朽之相，不复当年的繁茂雄姿。树冠之上，还有一根粗大的断枝，看起来颇为扎眼。玄穹伸出手去，摸在"郁垒"二字之上，明显感觉到树冠的光芒雀跃了一下，心里顿时了悟。

这条通往"郁垒"阵眼的通道，是刘子骥精心设计过的，与外界用蜃气弥漫的水洞相隔。换句话说，只有身具"明真破妄"命格之人，才能进来查看阵眼情况。

这就奇怪了……玄穹记得，刘子骥在平心观石碑之上留下的字样，只警告说封印不可破，对湖底大蜃只字未提。所以几百年来，道门一直以为镜湖的玄异来源是三尸之欲，不知是蜃气所致——刘子骥为什么不把话说明白，却把真相藏在残魂的呢喃之中？

玄穹伸手把"郁垒"桃树上的那一根断枝拽下来，在断茬的截面嗅到一股海腥之气。可见这树枝是人为砍断的，为的是把阵眼所隔绝的蜃气引出来。玄穹目光一凛，蹲下身子，在桃树根部挖了一挖，果然挖出一个小鼎，里面盛满蜃气。

很显然，有人砍下了一截桃树枝，把湖水中的蜃气一点点引下来，聚集在这个小鼎里。

逍遥君把方易草庐设在凝思崖，显然知道"郁垒"阵眼就在附近，难道这套汲取湖水蜃气的装置，就是他设的？可一只飞蛾精要怎么进来？要知道，"明真破妄"这命格，唯有人类才具备。除非那个神秘的方易，也有类似的命格。

种种思绪和猜测，纷沓涌入玄穹的脑海。他双眼一眯，忽然想到，有"郁垒"，必也有"神荼"。在镜湖的某处，应该还有另外一处"神荼"阵眼，那里也许会有更多线索。

他正要推算神荼的阵眼位置，心中却陡然生出一个极度危险的预感。玄穹额前白毛一立，就地一滚，刚刚站立的地方被一只巨爪活活拍碎，"哗啦"一声，碎岩迸飞。

玄穹喘着粗气一抬头，见到一头体如牡牛、头若虎首、背生双翼的怪兽，正气势汹汹地盯向自己。

"穷奇？"

玄穹霎时冷汗遍体。这头上古凶兽，不是和玄清一起被镜湖吞噬了吗？怎么还好好地待在湖底阵眼里？

可眼下顾不得多想，穷奇发出狗嚎一般的嘶鸣，气势汹汹地扑过来。玄穹施展遁法，勉强避开几次攻击，可岩洞里毕竟太狭窄了，根本腾挪不开。

至于靠实力硬拼……玄穹能从这头上古凶兽爪下逃出生天，就算不错了。眼见那利爪再次抓来，玄穹把牙一咬，敛起省钱的心思，一声"敕"喝，把袖中符箓尽数抖出。

他生性小气，遇事能不用符箓就不用。这么多年来，攒了得有二十几张离火符，都贴身存着。眼下在生死存亡之际，玄穹不敢藏私，一袖甩出一连串淡黄色的符纸，哗啦啦一起飞向穷奇，霎时把它周身贴住。

玄穹手指一并，那些符咒同时爆燃，直接把穷奇笼罩在一片熊熊离火之中,它发出凄厉的吼叫。玄穹抓住这个空隙,飞身朝着水洞逃去。他没指望这一招能杀死穷奇,只寄望能阻它一时半会儿,给自己争取点时间。

穷奇被离火烤得十分难受,鼓起双翅,在岩洞里来回疯狂地飞跑跃动,一会儿撞碎石壁,一会儿扫到"郁垒"桃树,搅得飞沙走石,一片狼藉。过了好一阵,它突然仰起头来利爪一拍,直接抓碎了甬道的侧壁,顺着缺口跃入湖中。

一触到湖水,它身上的离火便迅速熄灭。它晃了晃脑袋,看到那个该死的小道士正在不远处的水洞中挣扎,手脚并用,拼命朝湖面上游。它沉沉一吼,又追了过去。玄穹眼见距离水面还有几丈远,回头一看穷奇的爪子已伸到后背了,叹息一声,仰头大叫一声:"道可道!"

随着声音响起,辛十四娘的眉笔从怀里猛然跳出,浮在半空发出五彩毫光。穷奇晃了晃兽头,正欲绕过去,眉笔却直直刺向它的眉心。笔尖接触到兽身的一瞬间,虚空发出一声狐鸣,软毛四绽,化为五条狐尾,如同一团触手,反向裹在穷奇的头颅之上,彼此纠缠。

穷奇狂性大发,张开大嘴"咔吧"一声,把一条狐尾齐根咬断,剩下四条反而缠得更紧了。

趁着这个机会,玄穹双足猛踏,整个人一下子跃出了镜湖湖面,朝着湖岸飞快地游过去。他初来桃花源的时候,可从来没想过有一天会在镜湖里畅游。玄穹手脚交替,一口气游出去一里多地,感觉肺部要炸裂开来,眼看快接近凝思崖,却突然心生警兆。

玄穹一回头，只见穷奇已咬断了剩下的四条狐尾，从水洞中气势汹汹地冒出来。它抖了抖身体，水珠四溅，然后翅膀一拍，转瞬便已逼近岸边。

玄穹暗暗叫苦，他手里只有坎水玉佩可以用了。可这玩意儿是用来清心的，砸逍遥君都砸不死，对付穷奇怕也无用。玄穹一咬牙，拿起玉佩正要摔碎，却忽然感应到远处有一阵法力涌动，一抬头，只见一位玄袍道人从镜湖对岸急速飞来，大袖飞舞，把下方水面带起长长的一串涟漪。

云天真人平日就在平心观打坐，与凝思崖恰好隔镜湖相望，一发现这里有事，立刻动身赶了过来。

玄穹松了一口气，赶紧把玉佩揣回去。

那穷奇极为机警，见到云天逼近，双耳一立，冲玄穹不甘心似的嗷了一声，转身就逃。

这家伙最擅长逃跑藏匿，当初几个真人和大妖联手都抓不住它。玄穹见状，急忙对刚刚飞过来的云天喊道："云天师叔，莫管我，快去抓它！"

不料云天一脸铁青，看也不看穷奇，对玄穹喝道："你知道自己惹了什么祸事吗？"这时玄穹才意识到，云天方才飞过来时，下方湖面泛起了一串涟漪——镜湖表面本有封印，按说不该有这种起伏才对。

玄穹脸色"唰"地变得煞白，他不懂封印之事，但大概也猜得出，一定是穷奇刚才一阵冲撞，把阵眼给撞坏了。他再侧耳细听，刘子骥的呢喃已近乎疯狂，可见蜃气泄漏越发严重。

他质问玄穹道:"你自己跑来镜湖做什么?"玄穹低下头:"我本想去探查一下丹药炼制之地……"云天怒道:"我不是跟你说了,此事交由护法真人来处理吗?你要查,为何不提前跟我说?"

玄穹自知理亏,可眼下不是要脸之时,急忙先提醒道:"云天师叔,我发现在凝思崖的下方,有一个'郁垒'阵眼,应该与封印有关!"云天眉头一皱:"你怎么发现的?"玄穹说:"我能听到刘子骥的呢喃,借他的残魂打开了一个水洞,得以深入湖底岩穴。"

云天低头一看,那个水洞还依稀可见,正要纵深跃下水洞,却被玄穹拽住:"师叔,这里一般人不能轻下,非得能明真破妄不可,还是我下去看看吧。"

"不可!"云天真人沉声道。

玄穹一怔,危机迫在眉睫,怎么护法真人还要阻挠?云天沉痛地摇摇头:"玄穹啊,你还没意识到吗?你这一次可是闯下泼天大祸了。若湖面封印维持不住,整个桃花源被蜃气笼罩,会是什么后果?"

玄穹面色凝重。若是那样,桃源镇的那些居民会落得和之前的秦汉之民一个下场。怪不得一贯沉稳的云天为之失态,连穷奇逃掉都顾不上理会了。他心里大为委屈,谁知道那头穷奇活到了今日,而且还藏在"郁垒"阵眼附近啊?

"弟子正因为知道错了,才要将功补过。"

云天摇头道:"你这祸事忒大,师叔也没办法了,必须上报道门,让他们派人来处理。"说完他大袖一摆,一团晶莹的水球凭空浮现，"啵"的一声，把玄穹吸了进去。

玄穹骤然被笼罩进水球里，身体悬浮，四肢挣动不受控制，他向真人喊："等道门来人，阵眼不知会变成什么样子。我现在下去，好歹能看个究竟！"云天真人无奈道："道门绝不会允许一个刚闯下大祸的人，只身进入如此关键的场所。"

"可危险不等人哪……"玄穹大急，忽然下方镜湖的水面又起波澜，这次不只是涟漪，而是有层层微浪起伏。

云天顾不得理他，升到半空，双手掐诀。只见他道袍飘动，头顶隐然现出三花，一股沛然莫御的法力自周身扩散开来，生生将湖面的褶皱压平。

可连玄穹都看得出来，这只是强压，只能管得了几日而已，治标不治本。

这一场施法，极耗心神，云天脸色都为之黯淡了几分。玄穹本还想辩解几句，一看他这样子，只得乖乖闭上嘴。云天真人口气痛惜："你这孩子，眼看就要被提拔，怎么又生生断送了大好局面？"

玄穹不服道："师叔，逍遥丹为害太深，我若不管不顾走了，岂不是又要背锅？"云天道："我知道你用心是好的，但事涉镜湖，你无论如何都不该私自行动。惹出这么大祸事，我想替你遮掩都难。"

玄穹索性在水球里盘坐下来，平静道："我在水下的阵眼位置，发现了一棵郁垒桃树，不过那桃树的枝条被人截断了一根，偷偷收蓄湖中蜃气，可见逍遥丹的源头，一定就在附近,说不定就在另外一侧的神荼桃树阵眼处。师叔一定要重视啊。"

这一段话信息量有点大,云天听得陷入沉思,忽又摇头道:"眼下镜湖封印濒临崩溃,整个桃花源有累卵之危。无论是穷奇还是逍遥丹,都要暂且搁置一边了,先解决封印之事。"

说完云天一挥大袖,水球自动跟随,很快两人返回了俗务衙门。敖休和老果正蹲在门口,他们本来打算跟俗务道人表功,一看玄穹被困在水球里,无不大惊。敖休大嘴一张:"吭!这是谁敢把玄穹道长抓住?瞎了他的狗……呃呃。"

他刚说到一半,就被老果张开翅膀堵在嘴前。原来老果看到云天真人正跟在水球后面,生怕敖休说出什么不妥当的话。

云天真人扫了他们一眼:"你们快去跟桃花源居民讲,迅速做撤离准备,将有大事发生。"那两位面面相觑,不知所措。云天真人不耐烦道:"你们快去便是,本真人已接管俗务之职。"

敖休试探着问道:"玄穹道长呢?这活不是他来干吗?"云天真人道:"他触犯道律,暂且收押。"敖休"吭"一下急了,挺直了龙躯嚷嚷道:"扯啥玩意儿?他可是本太子的人,能犯啥错?"

云天真人淡淡道:"这是我道门之事。"敖休却不肯干休,仗义地一拍胸脯:"道门也得讲道理吧?你买我个面子,或者买我爹和我三个伯伯的面子也行，先把玄穹道长放了。"云天真人压根懒得理他，玄穹在水球里摇摇头，冲他俩做了个手势。

敖休看不清楚球内情形，老果却"看"得分明，对他道："你别闹了。玄穹道长说了，让咱们赶紧去忙活，不要管他。"敖休吭吭几声："那他关在水球里咋办？要不我给他找个舞姬在外头跳舞解解闷？"老果道："哎呀，这水球又不是牢笼，里头舒服着呢，清清凉凉的，你快干正事吧！"

蝙蝠一拽小龙，赶紧溜出了衙门。云天真人把水球放到衙门后堂，让玄穹暂且好生修炼，然后焚了两道甲马飞符，符如雷电一般"唰"地飞了出去。

这是道门速度最快、紧急等级最高的符传。一符递出，没过一会儿，云光和云洞就先后驾云赶到了俗务衙门。他们一个是巡照真人，一个是明净观主，再加上云天，武陵县篆职最高的三位道长都齐了。

云天先收了水球，让玄穹恢复自由，把情况讲了一遍。云光是个火暴脾气，当即骂道："又擅自行动！你真以为自己比别人高明吗？紫云山的教训，真是一点没记住，自作聪明！"云洞则是一脸震惊："原先道门一直以为湖里散发的是三尸之欲，原来镜湖之下居然藏的是蜃气——这可是真的？"

玄穹面无表情道："当然不是真的。是弟子做俗务道人穷极无聊，随口胡诌的故事，主要是为了给自己添点堵。"云光呵斥道："都什么时候了，还嘴欠！那湖下确实如此吗？"玄穹道："师叔信不过我，那就请道门来个人下湖去查看好啦。"

在场的人里，只有玄穹才身具"明真破妄"的命格，这种命格万中无一，就算道门有这样的人才，也得千里万里调遣过来，不知要什么时候了。

云光不耐烦道："无论是三尸之欲还是蜃气，总之都不是好东西！你既然把它放了出来，就该认罚！"

"要扣功德吗？"

"你还关心这个！"云光大怒。

"弟子除了些许功德和二两三钱道禄，也没什么了。哦，对了，弟子如今被夺职了，这件法宝的正箓用法失效，必须得缴还道门了。"玄穹说完之后，从怀里掏出一个布包，向水球外面递出。云天真人摇头道："这坎水玉佩是我送你的，与道门赏罚无关，收着吧。"

玄穹本来也没松手，闻言迅速又放回怀里。云光"啧"了一声，对这种小心思十分不屑。云天真人不忍道："此事也不完全怪玄穹师侄，他只是想要查探逍遥丹而已，谁知时运不济，造化弄人，竟遇到了没死的穷奇。"

云光大声道："你在平心观那么久，怎么也没发现？难道天天都在睡觉？"云天苦笑："刘仙师的残魂，唯有身具明真破妄命格之人才能听见，我有什么办法？"

"刘子骥也是！干吗这么设计？多此一举！如果石碑上早明说湖下是蜃怪，道门何至于这么被动?!"云光抱怨道。这时云洞缓缓开口："仙师的安排，定然有其深意，不必细究。如今这局势，需要你我三人群策群力。"

云光一拍桌子："还群策群力个屁，先杀穷奇，再下湖把大蜃干掉，不就得了？"云洞抬抬眼皮："刘仙师都只能封而不杀，你我难道比他还高明？这件事啊，还是要稳妥处置。"云光讥讽道："稳妥，缩在乌龟壳里最稳妥不过，舒舒服服看着桃花源变成逍遥丹，好轻松哪。"

云洞不动声色："知其不可为而不为，是为也。若是清静无为，顺其自然，哪里还有这么多麻烦？"

这时云天沉声道："两位师兄弟，现在可不是打嘴架的时候。我斗胆做个主，如何？"云光道："这是你的地盘，自然你说，听不听在我。"云洞乐得有人出头，也连连称是。

"镜湖那边的封印，我去盯着，豁出一身道行，尽量多维持几天；云光师弟，你去追捕那头穷奇，就算抓不到，也别让它来滋扰桃源镇，横生波澜。至于云洞师兄你……"云天明显迟疑了一下，"道门那边，麻烦你来沟通。另外桃源镇的居民也要先疏散，玄穹暂时被关了禁闭，只能请师兄你代劳。"

云洞"嗯嗯"两声，比起其他两人的活，这个算是比较轻松的了。

"还有玄穹的判罚，最好师兄你先起草一份，再给道门看。"

云天这么说，其实是在替玄穹求情。如果明净观先出具了处罚意见，笔下留了情面，道门驳回的可能性很小。云洞心领神会道："这个交给老道我吧，你们两个尽管去忙。"

三位真人计议已定，各自匆匆离开。云洞在俗务衙门里多待了一会儿，对玄穹道："我要去把疏散的事情办了，先给你上个禁制。别紧张，除了没法出衙门，其他什么都不影响。"说完他右手一伸，虚空画了一道圈，正好把玄穹套在圈内。

艮土有山岳之相，这个圈子散发着淡淡的中土黄光，光中隐有崇山峻岭之势。比起云天的水球，它更适合囚人之用。

"放心好了，你之前刚刚立了功劳，这次闯祸又是事出有因，不会罚得太重。无为之为，无为之为啊。"云洞一边施法，一边絮絮叨叨地说着。

玄穹忍不住道："师叔教诲得是，我就该不做无为，两眼一闭，就是天下太平。"云洞道："若人人都清心寡欲，不去折腾，这世道可就太平多了。"玄穹讽刺道："玄清师兄就是不懂这些，才被折腾死。幸亏我悬崖勒马，及时被点醒。"

云洞一听这名字，胡须颤了颤："玄清那孩子，我也一直劝他清静点。可惜他是一根筋，连师父要反驳，非要把逍遥丹查明白不可。当年我若是用艮土圈早点把他圈住，不让他去跟穷奇拼命，他可能就不必殉道了……"

玄穹忽又不忍，正要说一句找补，云洞又道："你在郁垒阵眼之下，只看到了穷奇？可还看到了别的什么？"玄穹道："我尚未细看，穷奇就冒出来了，然后我只顾慌忙逃命，没注意。"

云洞"哦"了一声，神情有些失望。他把艮土圈禁制设完，然后转身走出衙门。玄穹知道他的心思，当年玄清就是在凝思崖附近，与穷奇同归于尽的。如果穷奇被困在郁垒阵眼里，那玄清可能也在那里，至不济还能剩下一些遗骸……

望着云洞离开的背影，玄穹第一次发现，这老道的内心可没那么清静。

他该说的都说了，该做的不该做的，也都做了，接下来的事有道门三位真人接手，不需要俗务道人发挥。玄穹索性躺在艮土圈里，闭上眼睛。他有些懊恼，但心里并不沮丧。

若不是他自作主张去了凝思崖，恐怕听不到刘子骥的呢喃，揭不破湖底的真相。虽说代价有点大……这也是命数使然。这么多年，玄穹早习惯了这种富贵乃浮云的失落，索性在艮土圈里躺倒，打算好好休息一下。可他躺下没一会儿，就听见一个熟悉的声音进入俗务衙门。

"婴宁？"

婴宁一脸焦虑，连玩笑都不开了："小道士，到底发生什么事了？我姑姑刚被那个讨厌的云光叫走，然后云洞又来了，说桃源镇居民要全体疏散。你干吗待在这个圈里？哎呀，疼疼疼。"

她刚一迈过那个圈子，就被山岳之势弹了回来，疼得龇牙咧嘴。

"你应该再用力点，让云洞那老头把盆栽当工伤赔偿赔给你。"玄穹幸灾乐祸。

"我好心来探望你，你倒先来取笑我！"婴宁气得一跺脚，转身就要走。玄穹道："你这招不管用。我出不了艮土圈，没法追出去哄你。"婴宁只好气呼呼地转回来，围着黄圈转来转去。

"刚才敖休和老果去找她，说你被真人们给抓起来了，吓了我一跳，赶紧过来问问情由。哼，看你这样子，肯定干了伤天害理的事了对吧？"

玄穹只把自己冲撞封印，误走了上古凶兽，导致蜃气外泄的事说了。婴宁听得连声惊叹："你闯的这个祸，可真是不小，连整个桃源镇都要疏散。"然后又大叫道："这么大的事，你干吗又不叫我一起去？"

"我是俗务道人，查案子是本分，你过去算啥？你是有明真破妄的命格啊，还是有通天法力能当场把穷奇收了？"

婴宁脸色霎时黯淡下来，摸着脖颈上的金锁不吭声。玄穹知道自己说得有点过了，回了下口气："天生穷命，我都习惯了。大不了换个地方去领那二两三钱的俸禄。这事咱们都掺和不了，你来了也没用。"

婴宁嘴巴一撇："我才不想来呢，是我姑姑特意让我来探望你。早知道你是犯了事被关在笼子里，我就多叫几只狐狸来看热闹。"

"你姑姑为什么让你来探望我？"

"你是不是把她送你的狐尾眉笔给用啦？"

"是啊，若不是那笔，我只怕在湖底下就被穷奇吃掉了。"

"那笔可是十四姑的本命妖力凝聚，所以你一动用，她肯定就能知道，连位置都能模模糊糊感应呢。"

玄穹抬抬眉头，这既是大妖的好意，似乎也能理解为一种监视行为——可辛十四娘监视他干吗？

"我姑姑说，她本以为你就是一条混道禄的咸鱼，如今才发现你也算是个有想法的家伙。有些事情，她觉得可以跟你讲了。"

玄穹心中的疑惑越来越盛。辛十四娘的话，委实古怪。且不说"混道禄的咸鱼"这种评价，她是怎么发现自己有什么想法的？又有什么事情要讲？

从头到尾，玄穹只见过她一次，后面的联系也只限于那一支狐尾眉笔啊……不对，玄穹突然意识到，自己动用狐尾眉笔的位置，是在凝思崖附近，而那里恰好是玄清与穷奇同归于尽之地。

真是无论如何都绕不开玄清这家伙啊。

玄穹收回思绪，对婴宁道："辛十四娘大圣有什么话，你说给我听吧。不过先声明啊，我如今被困在艮土圈之内，哪儿也去不得，听过就算了。"婴宁拿出一块乳白色的圆石："十四姑被真人们征调出去，追捕穷奇了。这是我们青丘特产的留音石，里面存着十四姑的声音，你自己听好了。"

艮土圈不许人进出，于是婴宁把留音石拿到边缘，敲了一下。很快石头里发出一阵鸣叫，开始嘶鸣混杂，一会儿就变得清晰起来。

"喂喂，小道士，你在听吧？"石头里的声音和辛十四娘的一模一样，"你居然惹出了穷奇，也算是个有胆识的，值得本妖说一桩秘密给你听。不过这秘密有点危险,你听完之后,搞不好会和玄清小道士一样身死道消。如果你后悔了,转身离开,没人会责怪你,最多是被我笑话一通。"

声音停顿了一阵,似在等待。玄穹面无表情道:"我还能去哪儿?"

石头继续道:"你还在继续听啊,果然有点意思。本妖之前跟你讲的关于玄清的事情,都是真的,只不过那个故事并不完整。其实自从十三兄出事之后,我和玄清一直保持着密切合作,他在明,我在暗,联手调查逍遥丹。这件事很危险,但玄清那家伙非要一查到底不可,说那东西有干天和,俗务道人责无旁贷。

"终于有一天,玄清找到本妖,说他查到了逍遥君的线索,可以锁定逍遥丹的炼制地点,地点就在凝思崖,等他确认了就回来告诉我。本妖本以为这次可以正本清源,没想到,紧接着便发生了穷奇事件,他殉道而死……道门发布的通告说,穷奇袭击桃源镇,玄清毅然迎敌,把它引到镜湖上空同归于尽。但我很清楚,玄清当时并不在桃源镇,他正在镜湖附近调查。换句话说,所谓'玄清舍身挡穷奇'这件事,前一半根本没发生过,穷奇与玄清交手,最初就是在凝思崖。

"他殉道之后,本妖暗中查访了一下,许多宣称看到玄清道长力战穷奇的桃源镇居民,其实都有中了幻觉的痕迹。可惜呀,本妖纵然有所怀疑,却不敢说出来。我青丘狐族擅长幻术,这种事情别人不来怀疑我们就不错了,许多事情是没办法做的，只能等一个既有意愿又有能力的人类，可谁又会有这样的勇气呢？"

说到这里，辛十四娘话锋一转：

"本妖第一次见到你时，觉得你是个斤斤计较、一脸晦气的小道士，来桃花源做俗务道人，不过是为了混日子、攒功德罢了，没必要跟你多说。谁知道，你后来倒是给了本妖一个惊喜，剿灭了逍遥君，算是给十三兄和玄清报了个小仇。当你在凝思崖动用了狐尾眉笔时，我就知道，你一定是打算深挖下去了。"

玄穹额前的白毛一飘，忍不住要出言解释，可一想到这只是留音石而已，只好闭上嘴。

"玄清那家伙天性机警，他把所有的调查资料都记在一本秘册之内，藏在俗务衙门里的某处，然后编了一条暗语告诉本妖，嘱咐说如果哪日他殉道了，让我寻一个靠谱之人，把簿子交托出去。可这家伙只告诉我暗语，却没有真解，我也不知道具体在哪儿——玄清说了，让我考察俗务道人的继任者，如果真值得托付，他一定能领悟真解。所以你听好啦，我只把暗语说一遍。"

留音石里，辛十四娘清了清喉咙，启齿说道："出淤泥而不染，濯清涟而不妖。"

玄穹一怔，这不是周敦颐的《爱莲说》吗？这里明明是桃花源，里头可没有莲花池啊。为什么玄清笃定，自己一定猜得出来呢？

这时辛十四娘道："本妖托婴宁给你带了一样东西，也算是稍稍弥补我的遗憾。记住，只有你能把那个小道士的调查推进下去，不要让他白白殉道，苦心东流……"

说到最后几句，辛十四娘的声音渐渐敛起轻佻，变得肃穆起来，甚至带了一点点恳求。留音石"啪"的一声，碎了一地，露出里面一小块耀眼夺目的棱石，石质呈现紫纹，竟是一块紫磨石棱精。

这是石中精粹，别看只有拳头大小，舒展开却堪比城垣之坚，有守御护避之妙，也是天下少见的宝贝。玄穹面色很是复杂："她是嫌我被雷劈得不够多吗？"

婴宁俯身从地上捡起那块紫磨石棱精，语气难得凝重："小道士，十四姑看人一向很准。她觉得你肯定可以做到。"玄穹双手一摊："姑且当你姑姑说的是真的，那说明桃花源里藏着一股极危险的势力，她都不敢轻易涉入，我有什么办法？"

"你自己不是也坚持要查吗？"

"此一时彼一时，我现在是个待罪之人，被艮土圈隔绝在这里。别说托付玄清遗志，她要送我的宝贝，我都拿不到。"

婴宁有些不甘心地伸过手去，一碰到艮土圈，"啊呀"一声，猝然又缩回来。玄穹双手抱臂，索性往艮土圈上一靠："你看，不是我不帮忙，实在是道祖不保佑。你们另请高明吧。"

婴宁拿起棱石："那我把这宝贝扔给你啊。"

玄穹耸耸肩："你们狐狸不见青丘，是不死心哪，小心别弹回去伤了爪子。"婴宁有点害怕,特意后退了几步,这才手臂轻舒,把那棱石扔过去。宝贝在半空画出一道弧线,触到艮土圈的边缘。只见艮土圈几下闪烁明灭,岳影倏然消失,那一块棱石毫无阻滞地砸到了玄穹脸上。

这一下子,无论婴宁还是玄穹都愣住了。谁想到,这艮土圈竟如此脆弱,居然一触即溃。玄穹还没顾上揉鼻子便猛一激灵,抬头一看头顶,雷云迅速聚拢,一道电光兴高采烈地砸了下来……

第十三章

"没有，这里也没有。"婴宁大声嚷道。

"那你去西边的柜橱里再翻翻。"玄穹有气无力地躺在榻上，一缕雷击过后的青烟，袅袅从发间浮起。

谁能预料，那坚不可摧的艮土圈，在紫磨石棱精面前居然比一张纸还薄弱。玄穹猝不及防，接了这件宝贝，遇财呈劫的命格当即发作，连动用脖子上的那一枚古钱都来不及，一个天雷就劈砸下来……

于是搜寻玄清秘册的任务，只能暂时交给婴宁。婴宁自知理亏，只好像丫鬟一样被玄穹吆喝着使唤。她在俗务衙门里前前后后翻了好几遍，却一无所获。

"你这里也太乱了，衣袍靴子到处乱扔，跟我姑姑家差不多了。哎，桃木剑你怎么倒着放？多伤剑尖啊。"婴宁找得心浮气躁，一脸不耐烦，"这个玄清，到底把秘册藏哪里了？"

"出淤泥而不染，濯清涟而不妖——意思是纵然出身污秽，心志依旧清高不改，哎，这听着怎么像是说我呢？"

"难道他把秘册藏在厕所里了？先说好啊，打死我也不去捞，要去你去！"婴宁警惕地抖了下耳朵，一脸嫌弃。

"哎，你……你快给我拿条浸水的布巾子来，让我再清醒清醒……"

婴宁"哼"了一声，到底还是转去后堂了。玄穹双手枕在脑后，看着天花板陷入沉思。

俗务衙门里里外外他都熟悉，实在不像有藏秘册的地方。玄清说这句暗语只有继任者能领悟，那么一定有些信息，只有继任俗务道人的人才能掌握。可这些信息是什么呢……他手指有节奏地敲击着。这时婴宁从后面喊道："布巾子倒是有几条，全是没洗的，泡在盆里几天都快臭了，你这人过日子真邋遢，怎么不学学人家玄清，把家里整理得清清爽爽？"

一听这话，玄穹脑海中"轰隆"一下，仿佛被玄雷劈中一样——对啊，玄清有洁癖和强迫症，衙门里面文书、衣着、器物分门别类，归置得清清楚楚。

"出淤泥而不染，濯清涟而不妖，出淤泥而不染，濯清涟而不妖……"玄穹反复念叨了几下，忽然从榻上跳起来，谁知双腿一软，摔倒在地，疼得哎哟直叫。

婴宁赶紧把他搀起来："你是被雷劈傻了吗？"玄穹龇牙咧嘴道："快，扶我出门。"

"去哪里？"

"你问的工夫都到了,就在门口!"

玄穹被婴宁扶着,一瘸一拐到了门口。婴宁正在纳闷,他径直走到告示牌前,伸出手去,把上面乱七八糟的贴纸哗啦哗啦都扯下来,很快露出底下的木板。玄穹敲了敲木板,似乎是空的,示意婴宁用尾巴去砸。婴宁一脸莫名其妙,但到底还是一甩尾巴,狠狠撞了上去。

别看她平日爱用尾巴扫玄穹,但都没用上真力,如今用力一扫,告示牌轰然坍塌。玄穹跳着过去,在那一堆断烂残木之间,很快翻出一本装帧朴实的小簿子。

"还真找到了?"婴宁惊讶地瞪大双眼,这也太简单了吧?

"这要靠脑子,而不是蛮力。"玄穹用手指点了下脑袋。婴宁的大尾巴恶狠狠地砸了过来:"哼,还不是靠我的蛮力才打破木牌?快说啦,你怎么知道在这里?"

"玄清说只有继任者才能领悟,显然是暗示秘密一定藏在与衙门相关的地方;再看那句暗语'出淤泥而不染,濯清涟而不妖',秘册藏的地方,应该是一个玄清觉得属于'淤泥'的地方。"

一个有洁癖加强迫症的道士,最不能忍受的是什么?是脏乱。整个俗务衙门最脏乱的地方是哪里?只有门口的告示牌。

桃源镇的居民们,天天在上面乱贴东西,清不过来,玄清对此一定极为痛苦。秘册藏在这里,真可谓是"出淤泥而不染"。谁能想到,如此重要的秘册,竟然就明晃晃立在衙门门口？

破解了玄清的暗语，玄穹躺回榻上，拿起秘册一页一页翻过去。婴宁想起还没找到干净布巾，转了一圈，在旁边椅子上搭的衣袍里，拎起一根布腰带，歪了歪头，然后去泡水了。

秘册不长，里面记载了玄清关于逍遥丹的调查资料。他也认为，逍遥丹很可能是在桃花源炼制的。可惜关于逍遥君的身份，大部分信息都指向那只飞蛾精，如今已没什么用了。

眼下三位真人正在紧锣密鼓地疏散桃源镇居民，玄穹最想要知道的消息，是神荼阵眼的位置。只有确定它在哪里，才能挖出逍遥丹的炼制地点——而这一点，玄清帮不上什么忙。

玄穹也能理解，玄清没有明真破妄的体质，凭他一个人不可能发现镜湖真相，可不免有些失望。他一页一页翻过去，忽然发现末尾附了一份账本，里面抄录的，居然是凌虚子丹房半年的进出。

这可有点古怪了，玄清为何无缘无故去查凌虚子的账？玄穹细细读过一回，发现没什么出奇的，上面显示丹房每个月平均利润是三百四十两，相当丰厚，让这个穷道士眼热不已。但……玄清查这些做什么？

婴宁殷勤地把浸了清凉井水的腰带叠了一叠，搁在他额头上。玄穹觉得脑袋稍微清楚点了，翻覆看那账本，忽然注意到背面有一行淡淡的墨迹，应该是玄清额外添加的："三元龙涎丹每粒二十两。"

"好贵啊！"玄穹的心脏猛地被扯了一下，疼得他龇牙咧嘴。人家吃一粒，顶他小一年的道禄。

他记得凌虚子说过，毛啸天生多病，要每天服食三元龙涎丹，这东西凌虚子炼不了，只能从西海龙宫那里买。这么算的话，毛家每个月光是买三元龙涎丹，就要花费六百两，而丹房收入只有三百多两，亏空十分严重。毛啸的年纪差不多十五六岁，凌虚子这些年亏空的银子，可是个极大的数目。

可玄穹和凌虚子接触了几次，发现毛家并不窘迫。毛啸日常在心猿书院里，挥手就能买雪莲蛛丝帘，天生富家子弟作风。毛家的开支与收入，明显存在着一个巨大的缺口。再联系到他炼丹师的身份，不能不有某种联想。

玄清显然也注意到了这点，所以才特意写在秘册里。可惜后面爆发了穷奇事件，他再没机会深入调查。

想到这里，玄穹把秘册收起，把腰带扯下来，从榻上晃晃悠悠站起来。婴宁讶道："你……你还没恢复，这是要去干吗？"玄穹沉下脸色："没时间了，我们走。"

"啊？去哪里？"

"去找敖休一趟。"

婴宁双眼倏然一亮："真人们让你在衙门待罪，你擅自离开，没问题吗？"玄穹道："反正我已是待罪之身，功德肯定要被扣光的，不如搏上一搏。"婴宁拍手笑道："小道士口是心非，明明是要去救人，却还把银钱挂在嘴边。"

"我可没那么高风亮节啊……"玄穹苦笑,"当初在紫云山中,天蚕茧里藏着胡蜂精,我不戳,大家都要死;我戳了,大家都活,我也能活,最多挨几句骂。我为了保命,两害相权只能选后者。如今又遇到这样的局面,形势逼人,我只能再去戳一次茧子。"

"那这一次,你必须带上我!要戳一起戳。"婴宁提前一步移到门口,神色坚定。

玄穹正要拒绝,婴宁握住金锁,难得露出恳求:"我在桃花源里一直找不到机缘,也抓不着心魔,再这么下去,可就一辈子都得戴着这个锁头,再也摘不下去了啦。"玄穹见她神色怏怏,拍拍狐狸脑袋道:"不至于,不至于。我不是说过嘛,心魔一去,金锁自解。"

婴宁低下头去,却突然"咦"了一声,俯身从地上捡起一样东西。

玄穹心中突生警兆,只见婴宁手里是刚才那一条浸了水的腰带,反面弯弯绕绕,还残留着粉红色的符咒,只是模糊不清。她刚才只顾照看玄穹,没留意这些,如今眼神狐疑:"这不是我们青丘的符咒吗?为什么会在你的腰带上?"

玄穹忙道:"我们道门也有符咒啊,凭什么说是你们青丘独有的?"婴宁把腰带放在鼻子底下嗅了嗅:"这是我姑姑用的胭脂的味道。"玄穹还没想好怎么圆,婴宁心思已先转了好几十圈,瞳孔骤然一缩:"监锁人?姑姑让你当我的监锁人?这是开锁的符咒!"

玄穹暗叫不好,他本以为这东西写在腰带反面,婴宁怎么也发现不了,可人算不如天算,自己怎么就糊涂到让她去找布巾擦脸呢……婴宁浑身的火红软毛"唰"地全竖起来了,气得直哆嗦:"你骗我!一直都在骗我!亏我之前跟你说了那么多金锁的事,你却装作局外人一样!"

"我没骗你,是辛十四娘不许我说……"玄穹试图辩解。

可这一下,让婴宁更生气了:"哼,原来你们都是一样的!只当我是个闯祸精!从来不肯信我!"婴宁的声音越来越大,泪水夺眶而出。玄穹正要开口,婴宁竖着毛,口中连珠似的喊道:"你们总怕我驾驭不了力量,不肯解开封印;可不给我解开,我怎么证明我行不行?长老是这样,姑姑是这样,现在连你都是这样!"

玄穹咳了一声,伸手说其实吧……婴宁后退几步,一阵冷笑:"我就知道!你这个臭道士,从来只当我是个恃宠生娇、只会添乱的大小姐。什么心魔?你们才是我的心魔!"她跺了跺脚,一瞬间变回原形,"嗖"一下子跑掉了。

玄穹呆了呆,懊恼地挠了挠头,嘟囔道:"你倒是听我说完呀……"可眼下没时间去哄小狐狸了,他只好叹一口气,披上道袍和黄冠,一瘸一拐离开俗务衙门。

此时整个桃源镇都陷入一片混乱。三位真人发布的疏散命令十分突然,语气又很严厉,让居民们有些措手不及,到处都是人和妖怪跑来跑去,活像个被烟熏的蜂窝。

一路上,不停地有妖怪喊住玄穹,问他怎么回事。玄穹无心解释,只说大家要遵从道门命令。他很快来到敖休的府上,只见一群扈从正在闹嚷嚷地从里往外搬东西。龙府里的珍奇太多,里里外外已经堆了几十箱。

敖休正在指挥扈从,忽然看到玄穹来了,先是一喜,左右看了两眼,压低声音道:"道长,我可什么都没看见,你跑你的……"然后偷偷塞过一把珍珠。玄穹板起脸来:"你是让我死,不用这么破费。"敖休赶紧赔笑道:"吭!我忘了道长清廉,才不会被财物迷惑,等我送两个姬妾过来伺候。"

玄穹看看府邸门口堆积如山的行李,眉头一皱:"道门只让疏散,你搬家做什么?"敖休道:"不瞒道长说,这一次我立了功劳,道门把消息送回龙宫,我爹大喜,准许我回去啦——我爹这是第一次正眼看我,夸我表现出色,简直都不像亲生的了,这都是托了道长的福。"

敖休一对大龙眼巴巴眨巴,玄穹道:"只要你以后别碰逍遥丹,别的我也不奢求。"敖休一拍胸脯:"我已经立下重誓,以后每天只饮十坛酒,只找五位姬妾陪侍,绝不荒唐度日!"

玄穹把敖休拽到一旁:"我如今来,是问你一件事。西海龙宫,是不是出产一种三元龙涎丹?"敖休道:"对,那是我家里特产,道长想要,我给你弄几坛子?寄到哪里?"玄穹道:"我不是要这个!你们卖给凌虚子是多少银子?"

这可把敖休问住了,他抓了抓龙须,把一个管家喊过来问了句,回答说:"每粒二十两。"

玄穹暗暗点头,看来玄清调查得很准确。他一把抓住敖休胳膊:"你现在帮我一个忙,设法把凌虚子约出来,但不许提我。"敖休一脸莫名,但既然道长有命,也只得遵从。

凌虚子是西海龙宫给敖休找的监护人,他出面约见,一点不难。很快敖休回来,说凌虚子恰好不在家,只有他儿子毛啸在。玄穹看看天色,觉得不能再拖延了,说我去见毛啸也行。敖休跟毛啸关系不错,很快就将这只小狼约到了一处僻静地方,距离心猿书院不远。

毛啸刚刚站定,就看到那个额前飘着一缕白毛的小道士阔步从拐角走出来,脸色不由得一变。

"毛啸,我有几句话要跟你说。"玄穹踏前一步。毛啸下意识地龇起牙呜呜了一声,脖颈上的毛都竖起来了。旁边的敖休喝道:"吭!道长问你话呢,好好回答!"

龙威天生可以震慑群兽,毛啸又靠西海龙宫的丹药吊命,他只得敛起凶性。玄穹没时间绕圈子,直截了当道:"你父亲凌虚子,可能涉嫌炼制逍遥丹,道门现在需要知道他在哪里。"

毛啸一愣,随即大怒:"胡说八道!我爹是正经道门授权的丹师,你就算是道士,也不能信口污蔑!"玄穹一把抓住他的颈毛:"你每日吃的三元龙涎丹,一个月要六百两开支,你爹炼丹一个月的收入只有三百多两,哪里来的那么多银钱填补亏空?"

毛啸梗起脖子:"我家有祖产不成吗?"旁边的敖休听到玄穹的指控,也有些骇然:"道长,道长,不是我包庇啊,凌虚子这人虽然絮叨,可人品还是不错的。他如果偷着去炼逍遥丹,那也得先孝敬本太子这边才……"

玄穹和毛啸同时瞪了他一眼,敖休讪讪闭嘴。玄穹继续道:"你自己家的事情,你自己最清楚。凌虚子日日给你服食三元龙涎丹,还供你吃喝玩乐,难道你从没怀疑过,家里的银钱是从哪里来的?"毛啸怔了怔,一时间不知怎么回答。

玄穹叹了口气,这位大少爷真没关心过自己爹是怎么赚钱养家的,觉得银子都是从地里长出来的。他态度愈加强硬:"毛啸,我明确告诉你,你爹为了保你的命,可是付出了太多心血,甘愿为西海龙宫打杂,甘愿日日炼丹炼到头秃,甚至……"他停顿了一下,厉声道,"不惜铤而走险,去沾染逍遥丹这等危险的物事。"

"你又没有证据……"毛啸一怔。

"所以我才来问你啊。"

毛啸气得笑起来:"如果真如道长所说,我爹为了我做了那么多事,我为什么要出卖他?"

不料玄穹声音比他还大:"这不是出卖他,而是救他。你知道逍遥丹害了多少人?前不久,波奔儿灞家的娃娃,差点被一个食丹徒吃掉,还有之前青丘的沐狸、银杏仙……就连敖休也差点沦丧——如果这些丹药是你爹炼的,这是多大罪过?"

毛啸再如何凶暴,也只是只小狼而已,被玄穹这么当头棒喝,半天方嗫嚅道:"说来说去,你还是没证据。"

"你也听到疏散的消息了吧?我告诉你,这次疏散,可能整个桃花源秘境都保不住,其中原因,与逍遥丹关系匪浅。若你爹牵涉其中,罪过可不只是炼丹那么简单!泼天的祸事！如今还是俗务道人来询问，等到护法真人来过问，你可就没有任何机会了！你这个当儿子的，难道忍心看着自己的老爹越陷越深，最后被道门送上磔妖台打个万劫不复？"

毛啸不知道眼前这位道士其实是待罪之身，被这么一喝，身形顿时缩了下去。

玄穹语气趁机缓了缓："你只要说出你爹如今在哪里就行。若他是无辜的，我当众道歉赔罪；若他确有问题，你也算及时举发，将来道门判罚可以酌情考虑——所以你配合道人工作，是最合算的选择。"

毛啸脑子一时间乱成一团麻，不由得痛苦地蹲了下去："我爹如果真牵涉逍遥丹，那也是为了给我买药啊……我去举报，你们把他抓了，我岂不是就要死了？"

玄穹看了一眼敖休："我可以做主，让西海龙宫以成本价继续供给你，敖休？"敖休恨恨道："本太子每次都从银杏仙那儿辛辛苦苦拿货，你爹就在边上看着，可真行啊！吭！——你听道长的话，丹药本太子给你供！"

毛啸还是摇头："为了自己的性命出卖父亲，总是不对的。"

"毛啸，玄清生前给你专门建过一份档案，把你胎里病的事特别做了标记，叮嘱继任者要额外关心一下。他说你性格虽然偏激敏感，却是个明事理、知分寸的孩子，若要调解纠纷，务要问明缘由，不可随意定性。"

"玄清"这个名字，似乎带有一种法力。毛啸怔怔听着，两只狼眼竟开始流出泪来。玄穹道："他正是因为逍遥丹而殉道，你……是要辜负他吗？"

这一句话，终于打破了毛啸的心防。小狼仰起脖子长啸良久，方才哑着嗓子道："我爹每隔三日，总会去镜湖附近的草还坡，说是去采集那里特有的地煞草。我说过几次想去看看，他都不许，说那里阴冷，怕我受了风寒……我……我只知道这些了。"

玄穹点点头，拔腿就要走。毛啸一口叼住他的袖子，乞求道："道长，道长，若我爹，若我爹他……你可要救救他……"说完胸口起伏，喘息不定，竟像要发病似的。

玄穹叹了口气，冲敖休使了个眼色。敖休毫不客气地酝酿一口龙涎，直接喷到小狼脸上。毛啸双目一阵迷离，四肢伏地蜷起身子，似乎好了一点。他吩咐敖休看好这只小狼，然后转身离去。

草还坡是桃花源北面一处阴森的所在，地陷卑湿，坟冢遍地。早年道门开发秘境时，把历代失陷在里面的尸骨，都收殓于此。等到妖怪们迁居至此，居民去世后也大多下葬在这里。久而久之，这里的气息愈加阴沉，地煞汇聚，也滋养出了一些偏阴的草药。

玄穹走在坡下，前方老果双翅伸展，不时张开嗓子张望四周，一脸晦气。这老头本来收拾完家当，准备先跑了，不料玄穹上门二话不说抓了他的壮丁。草还坡范围太大，有了老果的无声声波，可以探查很多隐蔽之处。

"您说这桃花源住得好好的，怎么突然就要疏散呢……"老果一边四处打声波，一边絮絮叨叨。玄穹无心给他解释，只是敷衍道："云天、云光、云洞三位真人一起做的决定，我也不知道。"

"那就应该听真人的，赶紧离开呀，还在这种鬼地方转悠干吗？"

"你一只蝙蝠精，还怕坟地闹鬼？"玄穹嗤笑道。

"小老是活的，活的谁不怕死的？"老果哼唧哼唧，忽然头一歪，"好浓的海腥味啊。"

玄穹一听，精神一振，闻到海腥味，说明距离目标不远了。他问老果哪里传来的，老果瞪着眼睛："不是哪里，是到处……到处都是海腥味。"

玄穹再一分辨，脸色大变。这说明云天在镜湖上施展的临时封印，快要阻不住蜃气外溢了，形势更加紧迫。他对老果一挥手道："算了，你就探查到这里吧，赶紧回桃源镇，还能赶上疏散。剩下的，我自己来。"

老果愣怔片刻，忽然开口："道长，你这次怕是私下行动吧？"玄穹眉头一皱："你胡说什么？"老果道："小老只是瞎，可还没聋。桃源镇的疏散，是云洞真人在负责——哪有真人在后方管民政，却让一个道人到这么危险的地方侦察的道理？"

玄穹还没想好说辞，老果忽然咧开嘴，露出个难看的微笑："当年玄清道长，也曾私下里借调过我一次，去棘溪那边查访。他和你风格不同，可小老心里清楚得很，其实你们都是一类人，都是用了心思在做事。所以道长这么做，一定有你的道理，不必跟小老解释。我还撑得住，咱们再往深处找找。"

玄穹沉默了一下，额前白毛飘忽："也好，你若觉得受不住了，不要逞强。"然后把坎水玉佩挂到老果身上。

他们慢慢深入到草还坡的深处，这里温度陡降，阴气弥漫，而且海腥味越发浓郁。老果明显飞得有些吃力了，眼神也渐渐有些迷离。坎水玉佩只能清心，却没有破妄之妙。玄穹正要劝他快快退去，老果却突然张开嘴，朝着某个方向拼命吐出一团声波："那边……那边有异常……"玄穹目光一凛，让老果赶紧撤离，然后收回玉佩，提着桃木剑走过去。

这一带的坟冢明显变多，而且多是平地起一个硕大的坟包，无碑无围，大概是早期桃花源误入者的群葬之地。阴森的雾气缓缓在坟包之间流动，遮蔽了坟包轮廓，看上去好似不祥的群兽匍匐在阴煞之中。每一处坟头，都被腐黑色的剑形草叶覆盖——这应该就是凌虚子要采的地煞草。

但老果说的"异常"，绝非这种。玄穹继续深入，绕过不知多少处坟包之后，赫然发现里面矗立着一座高大的丹炉。这丹炉有三丈多高，四灵通风，上有饕餮纹路，通体赤红碎金，品级比帝流浆飨宴上用的那一尊，要高出很多。

丹炉之下，有熊熊大火烧着。可因为草还坡这里特殊的环境，火焰被四周的阴寒约束在丹炉下方，无法外溢，而烟火也被雾气所中和。要隐蔽炼丹，这可真是个天造地设的好地方。

而此刻站在丹炉之前正在施法的，正是那一只谢顶的老狼。

"凌虚子！"玄穹跳到空地上，大声喊道。

凌虚子缓缓转头，一看居然是俗务道人现身，狼眼陡缩，顿时什么都明白了。不过这老狼并没惊慌失措，两只爪子依旧有节奏地掐诀作法。玄穹开始以为他要反抗，再仔细一看，发现他是在徐徐把灌注在丹炉内的法力撤回来。

待得所有法力被收回之后，丹炉之下的火焰悄然熄灭。凌虚子这才从容开口道："丹药炼制，讲究阴阳相济，不可突然撤力，否则有爆炸之虞——这是我们丹师的脸面问题。"

玄穹道："你都偷偷炼逍遥丹了，还说什么脸面？贫道既然追查到了这里，就不必多说什么了吧？"

凌虚子平静道："不错，事已至此，辩解也没意义，不如省掉无谓的口舌。我束手就擒，但请道长容我把东西收拾一下，不可留下一堆半成品，教世人误会我丹术不佳。"

玄穹点头："丹药是证物，你别碰，其他的收拾干净，省得我整理了。"像凌虚子这样的丹师，多年沉浸丹道，根本没有斗战之能。玄穹也不怕他做什么手脚。

凌虚子大袖一摆，把丹炉以及相应器具一一收起，一丝不苟，丝毫不慌乱，就像是一位给学子展示炼丹流程的老师。玄穹在旁边看着，心中涌起一股奇怪的感觉——这家伙太平静了，简直像是一直等着道门来抓似的。

待得器具收完，凌虚子转过身来，任凭玄穹用捆妖索捆住自己，这才淡淡问道："不知道长是如何追查到我的？"

"是毛啸说的。"

凌虚子先是一怔，这个答案完全出乎意料，可随即脸上浮现出一丝欣慰："也好，也好。至少可以保住他自己。"玄穹见他误会，替毛啸多解释了一句："你儿子是担心你越陷越深，最后万劫不复。他不是出卖你，而是希望我来救你。"

"甚好，甚好。我自己勘不破这个迷障，倒要让毛啸那小子来棒喝，真是造化使然。只是这孩子接下来的路，可怎么走才好……"凌虚子苦笑一阵，忽又露出忧色。玄穹知道他担心什么："我已经跟敖休打过招呼。三元龙涎丹，他会以成本价，继续供给毛啸，你不必有后顾之忧了。"

凌虚子闻言，顿时有些失态，喃喃道："敖休居然肯帮忙？"玄穹道："那家伙和从前不太一样了，何况还有我盯着呢。"

一听这话，凌虚子整个身体骤然松弛下来，鬓毛根根趴伏，仿佛肩上卸去了一座山峰。

"自从那日你问我炼丹之法，我就有些心惊肉跳，知道迟早会有这么一天。自从开始干这个营生，我就知道不是正道，可为了犬子的性命，实在没有别的法子，只能硬熬着。这哪是我熬炼逍遥丹啊，分明是逍遥丹熬炼我，我没有一刻可以弛然而卧，永远心惊肉跳，连狼毛都掉得精光……如今至少……至少犬子无恙，我也得了解脱，多谢道长成全，多谢。"

凌虚子双目通红，也不知是熬夜烟熏的还是被蜃气影响的，说着说着，垂下头去哽咽起来。这只谢顶老狼，这么多年来，终于获得一刻的心神放松。

玄穹心中暗暗感叹，本因执念，一成心魔。凌虚子一心为了儿子性命，当初失足是缘于此，如今认罪也是缘于此。不知为何，他心中忽地想起那只小狐狸来……如果她还在身旁，大概也会有一番议论吧。

他定了定神，对凌虚子道："你若真感激我，就老老实实说出真相。蜃气深藏在湖底，你一只狼妖，没有明真破妄的体质，没法下去采集，是不是还有个合作者？"

凌虚子一时很是惊讶："道长果然查得仔细，不过我与他并非合作关系，而是被他胁迫，参与其中……"玄穹道："那个人，有明真破妄的体质，所以可以去镜湖里面收集蜃气，对不对？"

凌虚子老老实实道："镜湖之下，有两处阵眼，分别被神荼和郁垒两棵桃树镇压。郁垒阵眼的位置，最宜采蜃气。但蜃气极易消散，无法远运，所以要把搜集起来的蜃气，运至神荼阵眼，先凝炼成丹坯，再运出镜湖，送到草还坡这里，我再做进一步炼制，最后交给逍遥君，在棘溪开炉焖烧，直接发卖出去。"

"这个采气之人，才是真正掌控一切的逍遥君吧？"

"不错。但他从不以真面目示人，总戴着一副蚩尤面具。当年我来草还坡采地煞草，他出现在我面前，许下重利，那时毛啸这孩子病情反复，我急于赚钱，便只好答应合作……"

"所以神荼阵眼到底在哪里？"这是玄穹最急于知道的。不尽快将阵眼修复，镜湖封印就要崩塌，桃花源秘境就要完蛋。

"就在镜湖三……"

他话没说完,玄穹心头警兆大起,下意识往后一跃,只见一个巨大的阴影扇动双翼,陡然出现在草还坡上空,张开大嘴,活活把凌虚子一口吞了下去。

玄穹惊骇莫名,穷奇怎么就这么巧出现在草还坡?不,不对,不是巧合,它突然冒出来,就是为了吞噬凌虚子灭口!

也就是说,真正的逍遥君一直在暗中窥伺。

玄穹冷汗"唰"地就下来了。他在郁垒阵眼里法符与法宝尽出,也只是勉强挡了这上古凶兽十几息,最后还要靠云天真人才把它吓走。如今在这么偏僻的草还坡,只怕凶多吉少。

穷奇吃掉凌虚子后,毫无延迟,立刻掉头冲他扑过来。玄穹双手一搓,攥出一团本命离火,兜脸就要砸过去。穷奇依稀记得这个小东西别的不行,唯独放火有点犀利,身形顿时一滞。玄穹趁这机会撒腿就跑,穷奇低吼一声,再度扑过去。玄穹再次转身举起离火,穷奇只得又一次调整姿态,谁知那小东西还是虚晃一枪,继续向外逃窜。

穷奇瞪着猩红色的双眸,沉沉吼了一声,双翅一振,身体几乎和声音同时抵达玄穹身前,粗壮的前爪直接挠了下去。玄穹一见来不及吓唬它了,不得不把那一团火奋力扔出,直接噗一下砸在它鼻头。熊熊的离火放出耀眼光芒,烧得穷奇痛苦地"嗷"了一声。它拼命晃动脑袋,把这一团火甩在地上,然后狂怒地咆哮了一声,将空气都震动出了波纹。

"坏了，我成黔之驴了！"

玄穹冷汗狂冒，这下连最后的威慑手段都没了。他脚下一软，心里涌起绝望：算了，算了，尽力了，往好处想，至少下辈子可以摆脱"遇财呈劫"这种命格了……他闭上双眼，等待凶兽冲上来吞下自己。

可就在这时，玄穹听到一声娇叱，头顶吹过一阵劲风，几乎要把黄冠吹掉。他连忙抬头，却看到一个火红色的影子飞过去，撞在了穷奇的额头之上，中断了它咬向玄穹的动作。可穷奇挟来的风势实在太强，玄穹一下子还是被高高吹起，然后重重落下——幸亏道袍钩在一棵桃树上，把他堪堪吊住，否则铁定摔死。

婴宁？她不是负气跑回洞府了吗，怎么又跟到这里来了？玄穹头晕目眩，被强烈的杀气压迫得连话都说不出来，只有余力抬起眼皮，看向半空。

只见婴宁此刻化出原形，一只小狐狸双目赤红，龇着尖牙，那一条火红色的狐尾在半空极速摆动，如烈焰跳动。

穷奇被挡了一下，心中不爽，抬起巨爪就挠了过去。谁知狐狸动作极为灵活，左右跳跃，霎时化为一片残影，围着穷奇滴溜溜地转悠。玄穹在下面大为着急，她与穷奇体量差距太大了，只要一下失误，就会受重伤。

可他忽然发现，婴宁的狐狸尾巴一直在摆动，速度越来越快，看起来竟像是……竟像是两条。

不对，不是残影，就是两条！

玄穹想起来，他初访明净观时，云光抓住没有路引的婴宁，她也是这种反应——应该是狐妖的某种蓄力动作。很快两条又发生了变化，从中间又分出了第三条！而婴宁的身躯，也随风涨大了几分。

婴宁化出三尾之后，冲穷奇挑衅似的"嗷"了一声。穷奇不甘示弱地反吼了一嗓子，一抖鬃毛，就要飞过去。玄穹知道这畜生有种能力，可以瞬时提速，急忙要开口示警。谁知婴宁的三条狐尾抖了几抖，三股青色虚光兜头罩在穷奇硕大的头颅之上，它的两只兽眼一下子陷入茫然，动作也随之停止。

"哼哼，它现在陷入我的幻术之中啦！"

婴宁浮在半空，她的声音不再是清亮童音，而是更加成熟的醇厚嗓音。玄穹仰头想要说话，却被妖气压迫得发不出声音。婴宁狐吻一翘："我知道你要说什么，我已经受够了你们。这也不行，那也不行，从现在开始，我想要怎样就怎样！"

可惜她话音刚落，那边穷奇的双眸已恢复了凶性，大口一张，吐出一团带着腥味的黄烟，黄烟滚滚而上，硬是把三尾虚光反推了回去。婴宁大怒，顾不上嘲讽玄穹，拼命催动三尾发出更多青光，跟黄烟展开了一场拉锯战。

两边互不相让，妖气勃发，让夹在中间的玄穹几乎快要窒息。他口不能言，只得拼命挥动四肢，又像是害怕，又像是在对婴宁比出什么手势。

"笨蛋小道士，你不要劝我走了！快解开金锁！这是我们唯一胜利的机……"她一边抵住黄烟，一边侧觑一眼，登时遍体生寒——那小道士被道袍倒钩在树枝上，四肢舞动，腰间却空空如也。

"腰带呢？"婴宁嘶吼起来。

那腰带上拓着解开金锁的符咒，玄穹怎么不带在身上？难道上次自己因为它骂玄穹，玄穹就气得把它扔了？他怎么这么小气？

一连串疑惑与恼怒，分散了婴宁的注意力。穷奇趁机双翅狠狠一扇，两团腥风平地涌起，又凝为一只巨爪狠狠拍下来，直接把婴宁的青光拍散了。

婴宁猝然吐出一口鲜血，身子从半空朝地上歪歪坠去，口中不忘悲鸣："笨蛋笨蛋笨蛋笨蛋！"穷奇一振翅膀，闪身而至，冲着她的咽喉咬来。

婴宁知道自己必然无幸，索性不去抵御，勉强分出一条狐尾把桃树扫倒："小道士，快逃吧！"

玄穹一骨碌落在地上，顾不得浑身剧痛，咬破中指把血洒在桃木剑上，怒掐一个法诀："敕！"然后并指一刺。只见桃木剑通体冒出烈焰，循着指尖指示飞射而出，化为一支离火大箭，噗一声狠狠扎进穷奇的右眼。

只听穷奇"嗷"的一声发出惨叫，双翅拼命鼓动，急速退到了半空中。那桃木剑以身为燃材，涌出更多离火去烤灼它的眼球，让它不得不伸出爪子来回抓弄。

玄穹软绵绵地瘫坐在地上，面色惨白。这是他压箱底的绝招，一身法力和体力被抽得涓滴不剩，如今连站立都无法维持了。直到这时，婴宁才轰然落地，硕大的狐躯恰好匍匐在玄穹面前。

玄穹勉强爬到狐狸脑袋旁，大声喊婴宁的名字。婴宁勉强舔了舔嘴边的血迹："反正你也解不开金锁了，还不快走！"玄穹气得一把抓住她脖子上的金锁，大吼一声："我早给你解了啊！"

婴宁脖颈不由得抬高了一分："什么？"玄穹无奈道："我当初离开青丘洞府时，你不是跳到我头顶，咬那一缕白毛吗？那时我就已暗念符咒，给你把金锁解开了。你看看，这东西现在根本是虚合的！"

婴宁低头一咬金锁，果然锁舌早已弹松，只是她多年挂得习惯了，从来没往那方面去想。

"你……你怎么刚才不说?!"

"你们俩上来就打，没给我开口的机会啊！"玄穹按住黄冠，哑着嗓子吼道。婴宁一双狐眼定定地望向他："为什么？"

玄穹头一歪："我最讨厌决定别人的命运。你若勘破心魔，不解也能成就；若勘不破，我解开又有何用？只要你自家开悟，又何必搞什么金锁呢？"

远处的妖气突然一炽，穷奇把桃木剑的残渣从眼球里逼出来，仰天怒吼一声，四处寻找始作俑者。

婴宁勉强爬起来，朝那边挺直了脖颈，又低头道："所以，我现在根本没有金锁束缚？"

"早没了！"

"你这个别扭道士，解了也不跟我说一声，害我郁闷了那么久。"

"这种事说出来就不灵了。但我暗示过好几次了啊，心魔一去，金锁自开，心魔一去，金锁自开——什么叫自开啊朋友！"

婴宁的双眼中渐渐升起两团光亮。

"原来是这样……原来我的心魔，就是封印本身。怯于解封，怯于驾驭自己的力量，担心会被大家责难，原来这是我自己设下的束缚。"

穷奇气势汹汹地从天顶压过来，打算一举把眼前这两只苍蝇活活咬碎，可它冲到一半，猝然听到一声细小的"啪嗒"声，似是什么金器断裂。它兽性的直觉，顿时捕捉到一股巨大的危机感从下方传来，血口一张，喷出一口带着浓浓腐腥味的口水。

那口水挟风带雷，飞向那个瘫坐在地上的小小人类，可很快被一条冒着青光的狐尾重重抽飞。玄穹趴在地上，看到许多细微的沙砾缓缓凭空浮起，仿佛被某种潜然膨胀的力量所影响。

玄穹勉强抬起头，看到婴宁的身躯越来越庞大，那三条赤红狐尾高速摆动着，三条先分作六条，随后又分作九条。九条狐尾摇曳相错，恍如孔雀开屏一般，引出九重青光交相辉映，而妖气也随之节节攀升。

穷奇被敌意刺激得低吼一声，抖抖鬃毛，胸腔咔啦咔啦向两侧展开，露出白森森如刀锋般的肋骨长刺，里面无数紫黑色的触手蠕动。它感应到了这个对手的恐怖,需要倾力一搏。

对面的青光越发锋锐,穷奇实在无法忍耐,猛然发出一阵摧山坼地般的巨吼。可这吼声落入九重青光之中,却如泰山之投北海,只泛起一阵波澜,反而让青光大盛。

过不多时,一只有着九条赤红长尾的优雅狐妖缓缓走出光幕。这狐妖身量与穷奇几乎相当,九尾接天连地,妖气深若渊海,脖颈微俯,两只狭长的狐眼定定地睥睨着穷奇。

玄弯目瞪口呆,一句阴阳怪气的话都说不出来。

"朱侠母子、毛氏父子、老果和敖休、徐闲一家,还有十四姑和十三叔,对了,还有小道士你在紫云山的愚行……桃花源中种种生相,有情则有觉,有觉则有缺,多谢大家助我勘破心魔,破境归真。现在轮到我来践行执念啦。"

婴宁的声音宏阔高远,带有重重回音,唯有最后一句流露出些许少女的俏皮。说完之后,九尾中的一尾朝玄弯轻轻一甩。

他感觉到一股强悍而温柔的力量裹挟住自己,朝着草还坡外围飞速退去。眼前的景象在急遽远去,玄弯只来得及看到那一头上古凶兽和一只九尾大妖跃至半空,狠狠撞在一起。

玄弯没有挣扎,他知道自己留在现场也帮不上什么忙,不如尽早去搬救兵。

那一股力量把他送到数里之外,裹着他轻轻落地。玄弯沾染了青光之后,稍微恢复了一点力气,脚下一霎不敢停,朝着桃源镇一路狂奔而去。云天也罢，云光也罢，哪怕云洞也成，这是道门在桃花源战力最高的三人，只要其中一人去救援，也能帮上大忙。

不一时，玄穹已冲到镇子边缘，先感受到三股磅礴的正宗法力，心中一喜，三位真人似乎都在？这可真是运气太好了。可下一瞬间，他两条短眉却皱了起来，因为又感受到了辛十四娘的妖力，而且似乎隐隐带有敌意。

玄穹一路跑到俗务衙门，一抬头，看到三位真人浮空而立，辛十四娘和其他几位大妖则在对面，表情都不太好，气氛剑拔弩张，以致周围的小妖和普通人无法承受，无不远远躲开。

云洞最先发现玄穹，徐徐降到地面。玄穹问你们不赶紧疏散，怎么还打起来了？云洞连连叹气，说云光师弟坚持认为，所有居民要全数撤离桃花源，一个不留；而辛十四娘等大妖觉得，居民们在这个秘境生活许久，贸然全撤，损失太大，可以先退到外围桃林，观望一下形势。

这两位一个脾气火暴，一个天生自傲，居然吵起来了。

玄穹眼前一黑，都什么时候了，还在打这种嘴架。他急切地抓住云洞的袖子："师叔你快带我上去，我有急事禀报！"

云洞点头，一摆袖子，带着玄穹朝半空而去。飞到半途，玄穹忽然小声问了一句："婴宁带去的那一块紫磨石棱精，其实是师叔给的吧？"云洞"嗯"了一声："那是玄清的遗物，我感念辛十四娘大圣与他的渊源，送她做个纪念。"

玄穹见他脸上没什么表情，也不再多问什么。

飞到半空之后，玄穹顾不得施礼，抢先嚷道："穷奇现身草还坡！"

一听这名字，三位真人和一群大妖齐齐朝他看来。玄穹以最快的语速，把草还坡的事情讲述了一遍，在场之人一时都被这巨大的信息量震得发蒙。

云天先开口道："凌虚子是在那里炼逍遥丹？"云光同时喝道："你不是在衙门待罪吗，为什么偷偷跑出去？"玄穹左看看，右看看，不知先回答哪一个，这时辛十四娘伸手把他揪过来："你把她的金锁解开了？我怎么感觉到那边有一股狐族的力量升起？"

玄穹点头："婴宁现出九尾法相了。"辛十四娘眼中闪过一丝厉色："你是为了抵挡穷奇，强行把她的金锁开了？"玄穹坦然道："不，其实我当初一离开青丘洞府，就给她解开了。"

"什么？"辛十四娘的毛一下子竖起来。

"因为婴宁需要的不是磨炼，而是信任。"

辛十四娘盯着玄穹，狐尾上下晃动，眼神复杂至极。这时云天真人拱手道："眼下可不是坐而论道之时。不杀穷奇，便无法安心处理桃花源的危机。如今既然婴宁小姐破境成就，正是剿灭此獠的最好机会。云洞师兄、云光师弟、十四大圣，咱们事不宜迟，应从速赶去支援！"

辛十四娘担忧婴宁，二话不说，当即现出七尾本相，跃上天空去支援侄女了。诸真人也正要动身，却看到玄穹挣扎着跟上来，云光一道雷光打在他面前，喝道："你闯下大祸，还四处乱跑？给我滚回衙门里待着去！"说完还瞪了云洞一眼："你那个艮土圈跟纸糊的似的！怎么就把犯人放出来了？"

云洞还要解释，玄穹却抢先道："穷奇是标，镜湖是本。弟子现在要去下探镜湖一趟，去找那真正炼制逍遥丹的神荼阵眼所在，才能解决这场危机。"

"哼，你是待罪之身，这么乱跑成何体统？"

"逍遥丹为害甚烈，如今好不容易追查到源头，若置之不理，日后又成大患。"这一次玄穹的态度异常强硬，"弟子是桃源的俗务道人，责无旁贷！"

"好大口气，道门除了你就没别人能干了是吗？"

"没错！我不是针对师叔你，在场的所有人与妖，都不如我。弟子身具明真破妄的命格，是如今整个桃花源唯一可以深入湖下的人。"

"你这也太嚣张了！"云光见这个小家伙纠缠不休，气得要动用天雷。这时云天赶紧拦住他："师弟，玄穹说得也没错。镜湖兹事体大，就让他去查一查吧。"

"他刚惹出泼天大祸，你还包庇这小子？"

云天淡淡道："大祸已经惹出，再惹还能比现在更糟吗？说不定他深入镜湖，把阵眼修复了，桃花源居民就不必疏散了呢，也算他戴罪立功。事急从权哪。"云光鼻孔"嗤"了一声，冲云洞道："你是明净观主，你拿主意！"云洞嗯嗯几声，又忧心道："我没意见，只是玄穹如今这状况……"

几个人看过去，玄穹如今狼狈异常，道袍被扯破了一半，桃木剑烧了，黄冠也不知掉到哪里去了。更惨的是，他体力还好，浑身法力却一点不剩，已丧失了一战之力。

可在场的人只有他有明真破妄的命格，根本没人能替代。

云天还没开口，云洞叹道："湖下情况不明，你又没时间恢复。这样吧，我授予你正箓用法，可以调动衙门法宝，不再有雷劈之虞。"玄穹精神一振，云洞开了这个口子，等于俗务衙门里的法宝，他可以敞开了调用。

玄穹冲进衙门后面，翻箱倒柜了好一会儿，拿了几样东西出来，顺便抬头一看，雷云正满怀希望地凝聚起来。云洞也顾不上查看，一一给他批了正箓用法，那雷云才悻悻散去，半空中还传来几声似是骂骂咧咧的轰鸣。

玄穹从来没打过这么富裕的仗，整个人状态缓步回升。这时云天上前问道："你说要下湖去找神荼阵眼，知道在哪里吗？"

"刚才凌虚子讲到一半，就被穷奇灭口了，只留下半句'就在镜湖三'，弟子还没琢磨明白。"

云天皱起眉头思索了一圈，镜湖周围没有带"三"字的地名。玄穹忙道："不过弟子能听到刘子骥的呢喃，可以试着听声辨位。"

云天想了想，抬起手臂，有水花洒在半空，勾勒出整个镜湖的地图，其上有五六朵小漩涡正在转动："我之前镇伏之时，发现这几个位置的法力流动最为古怪，或许与阵眼有关，给你参考一下。"

玄穹"嗯"了一声，说我记下了。云天拍拍他的肩膀："好，我们这边解决完穷奇，立刻就去驰援。你在镜湖下面，千万不要逞一时血气之勇，重蹈玄清覆辙啊。"

玄穹一撩额前白毛："我学不来玄清的舍生取义，只要对得起二两三钱的道禄就够了。"

第十四章

哗，哗，哗……

此时平心观前方的镜湖，已不复镜面之实，湖面上涟漪阵阵，浪花起伏，可见封印已岌岌可危。瘆人的浪花声，像一头看不见的恐怖存在缓步爬行。附近的蜃气浓度，已达到几乎肉眼可见的地步。若普通人或小妖怪站在湖面，恐怕早已迷乱而死。

好在玄穹置身其中，丝毫不受影响。他给双腿贴了一副甲马，一口气跑到平心观，气都顾不上喘，直接站到了刘子骥立的那一块高大的青黑石碑前方。

刘子骥的残魂仍旧反复念叨着"蜃气外溢，从速镇之"，但语速已快到近乎疯狂，可见蜃气的泄漏速度何等惊人。玄穹不敢耽搁，先吞了几粒凌虚子留下来的凝神丹，然后手持罗盘，围着石碑来回走动。

凌虚子在被穷奇吞噬之前，只来得及说出"就在镜湖三……",实在难以索解。直到玄穹看到云天真人展现出来的镜湖全景图,才猛然意识到:这个三,不是地名,而是坐标。

刘子骥在镜湖边缘,一共安排了三处遗迹:神荼、郁垒两个桃树阵眼,还有这块矗立于湖畔的石碑。道家阵法,讲究均衡。这三处位置的安排,必有规律可循。

如今石碑与郁垒桃树的位置,已然确知。玄穹根据呢喃声的大小不断调整位置,很快便推断出了第三个点位:原来神荼阵眼的位置,与郁垒阵眼、刘子骥石碑构成了镜湖圆周的三个等分点,彼此之间距离相同,成犄角之势,暗合"一生二,二生三,三生万物"之法门。

玄穹不敢耽搁,恭敬地朝石碑一稽首,轻足一点,朝着神荼阵眼的推定地点飞跑而去。甲马不停灌注法力,迅捷如风,不一时他来到了一处满缀着绿萝青苔的高崖之下。

这座高崖与凝思崖、平心观的距离一样,玄穹一走近崖边,呢喃声就变得格外清晰。玄穹精神一振,看来自己的推测大体不错。

他之前有过进湖的经验,这一次如法炮制,放开心神,任由呢喃声进入灵台。果然很快那高崖隆隆前倾,如同一根指头点入湖水。水面漩涡忽转,露出一个空洞来。玄穹入洞之前,先转头看了一眼,隐约感应到远处数股妖气碰撞激烈,说明婴宁暂时无恙,心中略松,便纵身跳下洞去。

他整个人顺着水洞朝湖底飞速下落,眼前的湖水逐渐从纯蓝变成黑色,蜃气近乎饱和,弥漫着一种不祥的气息。玄穹忽然好奇：当初玄清坠落湖中，看到的应该就是这样一幅恐怖景象。他不具备明真破妄的命格，那么在生命的最后时刻，看到的是什么呢？

过不多时，玄穹果然又落入一个与水隔绝的岩洞里，其结构与郁垒阵眼差不多。他小心翼翼沿着一条甬道走到底，甬道尽头矗立着一棵和郁垒差不多的参天桃树，树上桃花灼灼，树皮之上刻着"神荼"两个大篆。而在桃树之下，赫然放着一尊赤铜云纹的大丹炉。

这炉子造型朴实，没有凌虚子用的那么奢华，不过炉座位置的设计却十分巧妙。上方入料口承接着一尊小鼎，造型与郁垒桃树下深埋的鼎一样。鼎口汩汩流淌着一道凝练蜃气，注入炉中。而丹炉下方则与"神荼"桃树的根部相接。

玄穹走到丹炉跟前，一股浓浓的海腥味，从炉口徐徐飘出来，炉子里头，几百粒逍遥丹的丹坯已初步成形。逍遥君的炼丹之法，至此终于一览无余：郁垒取蜃气，神荼炼丹坯，草还做精炼，棘溪重焖烧。

玄穹忍不住冷笑起来。怪不得镜湖封印被穷奇一撞，就近乎崩溃，原来它早被这种炼制之法侵蚀得千疮百孔。这丹炉活像一条趴在人身上吸血的水蛭，把整个镜湖封印的蜃气抽取出去，转成丹坯的法力。

刘仙师当年为了封印蜃气而倾注于此的法力，却被后人取来炼制逍遥丹，真是讽刺十足。玄穹正要出手捣毁，一个森森的声音从他的身后浮起：

"玄穹，且住。"

玄穹额前白毛一跳，急忙回身，发现身后不知何时多了一个身材颀长的白袍男子，他就这么负手而立，脸上戴着一张狰狞的蚩尤面具。

"逍遥君。"玄穹咬着牙，吐出三个字。

男子略点了点头，语带赞赏："你竟能追查至此，算是颇有能耐的了。只是区区一个俗务道人，又能做什么呢？"

玄穹道："这个区区俗务道人，把你的党羽或擒或杀，发卖者也抓了，炉子也推倒了，如今连炼丹坯的窝点也被发现了——你能不能更自信一点？"

面对挑衅，逍遥君毫无动容："这些不过是消耗品，随时可以恢复。如今镜湖封印濒临崩溃，桃花源即将为蜃气笼罩，道门之人和那些妖怪都要卷铺盖逃走了，谁还会在乎逍遥丹这点小事？"

"我在乎。"玄穹微眯眼睛，"你也在乎，逍遥君，或者我该称呼你为——云天师叔。"

是言一出，整个洞窟里的时间似乎被冻结了一瞬。逍遥君缓缓摘下蚩尤面具，露出云天真人那一张温润如玉的面孔，他的语气还是那么和蔼：

"你是何时猜出我身份的？"

玄穹知道在真人面前根本没机会反抗，索性也不逃走，双手抱胸："弟子之前深入郁垒阵眼，误走了穷奇，师叔您不是火速来援吗？就是在那时我发现不对的。"

"哦？哪里不对？"

"当时您是这么质问弟子的：若湖面封印维持不住，整个桃花源被蜃气笼罩，会是什么后果？"

云天真人奇道："这话有什么问题？"

"道门一直认为，镜湖致人产生幻觉是因为三尸之气。弟子直到听见刘仙师的残魂呢喃，才知道镜湖之下是一头喷吐蜃气的大蜃。我刚逃到湖面，还没顾上说出真相，您张嘴就来了一句蜃气如何如何，请问师叔是怎么知道的？"

云天真人恍然，一捋长髯："这确实是我疏漏了。"

"唯有身具明真破妄命格之人，方能听见刘仙师的呢喃。从那时起，我就怀疑，其实师叔你与弟子是同一种命格。"

"仅凭这个就下了结论吗？"

"当然不是。所以弟子斗胆，后来又试探了一次。"玄穹狡黠一笑。

云天真人不由得也笑起来："你这小家伙，鬼心思还真多，何时又来试探我了？"玄穹道："我闯下泼天大祸，被您押回俗务衙门之后，不是被三位真人围着骂嘛，那时我心灰意冷，把坎水玉佩拿出来上缴，您说这是私人相赠，不算在赏罚之列，让我收着。"

"我关怀后辈，有何不妥？"

玄穹道："我拿出那块玉佩时，外面其实还包着一层布，那是从穿山甲精手里收缴的迷藏布。我当时的原话，只说把这件物件缴还给道门，可没说里面是什么物件。"

云天双眉一皱，不由得捋起长髯来。

玄穹继续道："迷藏布可以幻化外形，迷惑人眼。唯独具有明真破妄命格之人，可以看破其透明本相。所以在云光和云洞师叔眼中，我拿出的不过是一个普通布包；唯有您碰都没碰，一眼就看出包里是坎水玉佩——这不正是明真破妄的体质吗？"

云天真人深吸一口气，这试探太隐晦太细致，实在让人防不胜防。

"回想第一次与师叔您相见的情景，那只倒霉的穿山甲精，大概是刚与您交接完逍遥丹吧？被我不小心撞见之后，师叔当机立断，出手将其杀死，把嫌疑撇得干净，真是好快的反应。"

玄穹说着说着，云天真人的脸色渐渐沉下来。

"当我发现师叔也是明真破妄的命格时，很多疑惑便迎刃而解了。谁能自由进入镜湖阵眼，汲取蜃气、锤炼丹坯？谁能在镜湖附近一直活动，不被护法真人发现？又是谁故意偏转了水龙，让逍遥君和那群倒霉的发卖妖怪，被云光电死？"

云天叹道："亏我刚才还特意留了五六个假提示在地图上，没想到你完全没被误导，径直找到这里。"

"弟子既然对师叔起了疑心，对这些提示，又怎么会真的放心呢？只是我也没想到，师叔来得这么快。"

云天捋着须髯："正是因为你随身带着那一块坎水玉佩，我才能感应到你的位置啊。"玄穹脸色变了变，云天真人这坎水玉佩，从一开始就是为了监视他的行踪才赠送给他的。亏自己刚才还有心炫耀，结果人家从一开始就埋下了伏笔。

看来之前的许多次偶然，根本不是偶然。

云天真人轻轻拍了一下手掌，语气中满是激赏："玄穹你虽然命格寒碜、法力低微，但我不得不承认，确实低估你了。"

"您说后半句就行了。"

"可惜，可惜，这么聪明的一个人，却为何不能看清形势呢？"云天真人摇了摇头，流露出惋惜之情，"我之前已为你留出了偌大的功勋，铺就了晋身之阶。你为何不顺水推舟，偏偏还要留下来多事？"

玄穹把额前的白毛撩起来，一脸无所谓："道经有云，命者性也，运者情也。性情决定命运，弟子若真懂得识时务，当初就不会被发配到桃花源来了。"

云天真人对此深为理解："确实，禀性难移，真是狗改不了吃屎。"这还是玄穹第一次听到这位师叔口出秽言。"屎"字出口的同时，云天真人周身的水花汇成一条水龙，直直冲向玄穹。

玄穹早就在暗暗提防着，一见龙来，扬手唤出本命离火。可惜他之前透支得太过，如今也只交出一团小小的火苗，被水龙一口吞灭了。

"你面对坎水宗师，居然打出离火，你的五行相克是和尚教的？"

水龙昂起头颅，俯视着眼前的小蚂蚁。玄穹叫道："等一下，师叔，难道您动手前，不该先开口招揽一下我吗？"

"你这种命格，我招来有什么用呢？"云天真人呵呵一笑，"我知道你是在拖延时间，放心好了，草还坡那边，我留下了一个水形分身。我那云洞师兄和云光师弟,不会起疑心。"

"还有辛十四娘呢,她们狐族精通幻术,可没那么容易被瞒住!"玄穹的口气明显有些虚。

"茫茫镜湖,就算他们觉察到不对,也不知道神荼阵眼的真正位置;就算知道,也下不来。玄穹,你一进阵眼就是死路一条,还是不要挣扎了。"

话音刚落,云天真人便大袖一摆,水龙咆哮着上前。就在它即将触及玄穹时,小道士一个狼狈的后滚翻,整个人绕到了神荼桃树后面,从怀里取出一样东西。

"紫磨石棱精?"云天双眼中闪过一丝异色,"这不是玄清的……你怎么有这东西?"

"刚才承蒙云洞仙师好意,授予我正箓用法的特权。弟子只要用它行使俗务道人的职责,便不会引动雷劫。"玄穹说完,把紫磨石棱精高高举起,有微光流淌而出。

云天不由得失笑:"土克水?你的解答思路是对的,但忽略了体量强弱,区区一块紫磨石棱精,能阻得住坎水吗?"他大袖一抖,水龙咆哮着冲上桃树。玄穹匆忙闪避,顺手将紫磨石棱精丢去了神荼桃树的树根处。

那一条水龙试图穿过桃树,直取玄穹。却不料桃树剧烈地扭动起来,枝丫迅速伸展生长,如同无数只手臂把水龙抱住,让它动弹不得。同时枯萎的枝干疯狂地汲取水分,眼看水龙的体形在迅速缩小,而桃枝之上居然开始冒出绿叶来。

土可困水,又可以辅水旺木。如果云天继续催动水龙来攻，就会演变成土养水滋之局，让桃树更加旺盛。云天也意识到了这一点，急忙把水龙召回。

"土困水而木旺无妨；金伐木而火荧何忌。云天师叔，你是不是也嗑了逍遥丹，把最基本的常识都忘啦？"

玄穹躲在枝繁叶茂的桃树之后，语带讥讽。毕竟这是刘子骥亲手移栽的桃树，足可以支撑整个镜湖封印近千年。只要玄穹不主动出来，云天真人就奈何不了他。

云天真人冷哼一声："不过是吸了一点点水，才有了欣欣向荣的假象。数刻之后，这桃树就会重新枯萎下去。你只多活那么一时三刻，又是何必？"

"桃之夭夭，桃之夭夭。不试着逃一下，实在对不起这么应景的名字。"

见玄穹依旧那么嘴贱，云天真人索性面对桃树趺坐下来，背后升起一片浪花，缭绕于神荼桃树周围。如此一来，玄穹再无半点逃走之隙。这两人隔着桃树，四目相对。云天真人开口道："既然还要等一段时间，你我不妨开诚布公，做鬼也能做个明白鬼。"

"师叔既然想做个明白鬼，但问无妨。"玄穹绝不肯输口。

"你既然早怀疑我的身份，为何刚才不当着其他真人的面说破？"

玄穹苦笑："一个功勋卓著的护法真人，一个闯下泼天大祸的弟子，我的话会有人信吗？所以我想搏一搏，看在神荼阵眼这里，能不能找到线索……"

"你千算万算,就没算到只身一人跑下镜湖,我必会现身杀你灭口?"

"所以我一直催促你们一起去救婴宁,以为能拖住师叔。"

云天口气转缓:"玄穹,其实我很欣赏你。哪怕你给我制造了很多麻烦,我也只是想帮你弄点功德,让你早早调离而已,谁知道你竟执着到了这个地步——你天天说只有二两三钱的道禄,为何又如此拼命呢?"

玄穹挺直了身躯,厉声道:"这个问题,我倒想先问问云天师叔您。您贵为道门护法真人,为何还要搞这些戕害苍生的鬼蜮营生?"

云天真人闻言,仰天哈哈长笑:"你是遇财呈劫的命格,这辈子注定无法攀登道途,对真正的修行一无所知。我告诉你吧,修行无非四个字:法、侣、财、地。这四样东西,归根结底,都是一个财字。无财则难得上法参悟,难得良伴扶持,难得宝地修炼,什么都要财。"

玄穹都快哭出来了:"这个我知道,我知道……"

云天真人面露感慨:"我自幼天赋异禀,根骨资质俱是上佳,本以为拜入大派山门,只要日夜苦练,便可出人头地,成就上法。谁知道,身边率先飞升破境的,多是那些世家子弟。那些人天生就有师长扶持,族中供着灵丹妙药,家里有现成的洞天福地,他们哪个也没我资质通天,凭什么占尽机缘?"

"确实如此。紫云山之事,若非我那大师兄是大族出身,我也不至于背上一口黑锅。"玄穹深有感触。

"我苦心修行几十年，硬是凭着一口气，修为超迈同道。可惜无族无势，最后我还是被扔到桃花源来做护法，免得抢别人风头。"

说到这里，云天看了玄穹一眼："失之东隅，收之桑榆。我初到镜湖时，就和你一样听见了刘子骥的呢喃。我花了数月时间，踏访周边，终于进入神荼与郁垒阵眼，得以发现湖中真相。我本打算上报道门，可就在提交文书的前一瞬间，我在想，蜃气既然能致幻，是否可以用来炼丹？若世人都爱吃这丹，可以赚得多少修行用的资粮？"

玄穹磨了磨牙齿，说不上是鄙夷还是羡慕。云天真人有明真破妄的能力，却没有遇财呈劫的报应，换了他，这种事想都不敢想。

"所以我从古籍里寻来一个丹方，在阵眼中放置小鼎来汲取蜃气，又找来桃花源里容易控制的妖怪们，帮我精炼与发卖。这逍遥丹销量实在太好，终于帮我补齐了财这一项，从此我的修行一日千里，不再为资粮所困。"

玄穹见他第一面时，就惊叹云天真人一身奢华之物，原来背地里竟是靠逍遥丹支撑。云天一弹袍角："你看那头穷奇好不好？可要豢养这么一头上古凶兽，耗费足以供养一个中等门派。自从有了逍遥丹生利，我才能拿它来做护法。"

"所以，玄清果然是被师叔您害死的。"玄穹双眼一眯。

云天眼神一下子变得复杂："玄清是个好道种，无论心志、资质都强你十倍，唯独眼界和你一样，看不清形势。"

"您可以不用说前半句……"

"他来做俗务道人之后，死咬着逍遥丹不放。我眼看他就要触及真相，只好设下一局，把他骗到郁垒阵眼附近。"

"然后他就被穷奇吃了？"

"不，我没让穷奇碰玄清，只是逼他坠湖而已。他不像你我有命格护身，入湖之后，活活被蜃气浸染而死，不过他死前，应该会生出各种梦寐以求的幻象，死得也算开心，算是我对他最后的一点爱护吧。"云天假惺惺地惋惜起来。

玄穹之前就猜到了，可如今听到云天亲口说出来，仍是心惊肉跳。俗务道人被护法真人所害，这事若传出去，可是惊世骇俗的大丑闻。而当时知道真相的玄清，该是多么绝望、多么愤怒啊。

这时云天双袖一抖，站起身来。时辰到了，刚才被坎水滋润过的桃树，重新枯萎下去，玄穹即将失去最后的庇护。

"玄穹，我一早就提醒你了，拖延时间是没有意义的。镜湖之下，只有你我能容身，没人能来救你。"

玄穹有些惊慌地叫道："你若动手，我拼了命也要让这阵眼崩塌掉，彻底毁掉你的逍遥丹炉！"

云天爆发出一阵惊天动地的大笑，笑了许久，方才再度看向玄穹："我收回之前的话，你可真的是太蠢了。你若毁掉神荼阵眼，整个镜湖的蜃气失去封印，就会弥漫到桃花源全境，无论是护法真人们还是那些妖怪居民，都会被浸染而死。"

"但你的逍遥丹也将彻底完蛋！"玄穹喝道。

云天的眼里满是怜悯："你有没有想过，我根本不在乎这些。不，应该这么说，毁掉神荼阵眼，才是我最想要做的事情。"

玄穹一瞬间僵住了，额前的白毛惊恐地晃了几晃，听懂了他的意思。

"现在炼制逍遥丹还是太麻烦了，我得花大量时间遮掩，以免引起怀疑。如果整个桃花源都变成蜃气弥漫的死地，没有任何居民，只有我能自由出入，岂不是更加自由？"

云天伸开双臂，目光湛湛，似乎被这个美好的前景所吸引。

"这件事我早就想做了，但容易引起道门怀疑，幸亏你给了我一个绝好的理由。你之前一逃走，我便暗中毁掉了郁垒桃树。现在只要再毁掉神荼阵眼，封印便会彻底崩溃，桃花源将彻底沦为死地。而这一切在道门眼中，都是一个俗务道人闯下的泼天祸事——玄穹师侄，你背黑锅的命格，真是改变不了啊。"

直到这时，云天真人的儒雅面孔才破裂开来，露出一种狰狞、兴奋，而且无比贪婪的表情，仿佛重新戴上了蚩尤面具。

玄穹一屁股坐在桃树下，不甘心地喃喃道："我现在明白，为何刘仙师封印镜湖之后，没有在石碑上讲出真相了。"

"哦？"云天抬了抬眉毛，攻势稍缓。

"前辈是担心世人若知道湖下有一头大蜃，必起贪心，利用它来做非分之事，所以才将阵眼深藏在湖下岩洞，只有明真破妄之人才能进入。只可惜啊，他到底也算错了，能看穿幻觉的人，并不代表不会被幻觉所迷惑啊。"

"笑话，我会被幻觉迷惑？"

"云天师叔，你虽然不吃逍遥丹，但你中的毒，只怕比任何人都深。你的良心，你的功德，你的道心，都被自己的野心给遮蔽掉了！自己深陷幻境而不自知。"

"这就是你的遗言吗？"

云天真人决定不再跟这个小道士啰唆，大袖一摆，一股本命坎水汹涌而出。这水近乎透明，乃是云天几十年精纯法力凝结而成，枯萎下来的神荼桃树，再也无法借力生长。只见浪头咆哮，要把桃树连同玄穹一起淹没。

就在这千钧一发之际，玄穹身上忽然升起一圈黄澄澄的光芒，光圈中隐约可见山岳连绵之势，赫然是云洞的神通。那股坎水扑在艮土圈之上，如惊涛拍岸，霎时岩壁摇动，桃木震颤。

待得震动停止之后，艮土犹在，里面的神荼桃树和玄穹，依旧安然无恙。坎水无可奈何地在四周盘旋流动，却被堤坝挡在外头。

"想不到，云洞这个窝囊废，还藏着一手。"云天双眼一眯。

"云洞师叔可从来没忘记过他弟子惨死之事。紫磨石棱精挡不住你，他的本命艮土，总能和你的坎水拼一拼了吧？"

"怪不得，他明明用艮土圈把你锁了，你怎么还能逃出来？原来老东西早有异心。"云天捋了捋胡髯,并不惊讶,他看向玄穹,笑起来,"你的后手可真多,但还是那句话,你机关算尽,却总是漏算一招。"

"反正你打不破这艮土圈子,只会说说便宜话。"

"我师兄的道行,我太了解了。这艮土圈我打不破,但它也动不了。只消半个时辰,便会自行消散,外头的坎水会解决一切。到头来,你不过是画地为牢,作茧自缚罢了。"

"虚张声势!"玄穹硬道。

"是不是虚张,你自己一会儿就知道了。"云天抬头看看上空,"好了,我耽误得有点久了,差不多要走了。你就在这里安静地享受最后的时光吧。"

本命坎水仿佛听懂了主人的话,如同一条蟒蛇,围着艮土圈盘了一圈又一圈。只待时辰一到,它就会张开大嘴,将玄穹与神荼桃树一并吞噬。紧接着,镜湖封印便会彻底崩溃,让蜃气如溃堤的洪水一般,淹没整个桃花源。

云天脑中演化着这一番美妙情景,顺手一扬,把丹炉里最后的几百粒逍遥丹坯收在一个葫芦里,冲玄穹晃了晃:"若你临死之前太害怕,我可以送你一粒,让你死在美梦之中。"

"逍遥丹有干天和,我若动心去吃,怕是一张嘴就先让天雷劈煳了!"

云天仰天长笑:"倒忘了师侄你有这个命格,可惜,可惜。"说完把葫芦系在腰间,负手朝着岩洞外面走去。远处玄穹还在绝望地呐喊:"喂,云天师叔,云天师叔,你等一下……"

那家伙实力低微，小心思却层出不穷。对这种人，最好置之不理，任由他与桃花源殉道。

云天计议已定，缓步走到水洞底部。头顶的湖水已变得十分狂暴，似乎知道束缚即将消失。云天唇边露出一丝微笑，运转法力，缓缓向着上方升去。

在草还坡的方向，他已经感应不到穷奇的存在了。这不奇怪，再强悍的上古凶兽，也挡不住几位真人和大妖的围攻。不过它已经完成了诱敌任务，以后再养一头便是，无非是多卖几炉逍遥丹。

俗务道人玄穹，秉仁爱之心，承先烈之志，危身奉公，慨然殉道，惜乎力有不逮，未能挽狂澜于既倒，与镜湖封印同归于道，惜哉。

云天一边在脑海里梳理了一遍悼词，一边上升。很快视野从昏暗幽深的深湖，切换到了明亮的湖面，他整个人徐徐浮出水面，一抹微笑还没来得及消失，就僵在了嘴角。

在水洞的正上方，正悬浮着两个道士和两只妖怪：云洞和云光，辛十四娘和一只浑身沾满鲜血的九尾大狐。那狐狸颈毛绽起，嘴里还叼着穷奇残缺不全的脑袋，气焰熏天。

他们四个似乎早就等在这里，一直俯瞰着水洞。

一见到云天现身，辛十四娘先笑道："云天真人亲自去湖下查探，好辛苦哇。"云天还未回答，云光已冷声道："你这家伙，瞒得我们好苦！"

在场的不是高修就是大妖，一见云天从湖底从容浮出来，就知道他也有"明真破妄"的命格。这到底意味着什么，不言而喻。

云天暗暗叫苦，他本打算先神不知鬼不觉地离开镜湖，然后再寻个理由回归队伍，没想到这些人居然早早守在镜湖上空，将他抓了个正着——不对，他们怎么会知道神荼阵眼的准确方位？

云洞似乎看穿了云天的疑惑，淡淡道："辛十四娘大圣的狐毛笔，云天师弟你的坎水玉佩，一旦使用，便可知其方位。师兄我虽说愚钝，也有同样的神通。"

云天顿时反应过来了。紫磨石棱精本就是云洞的东西，所以玄穹在下面一动用，云洞就感应到了。怪不得这些家伙可以提前一步过来，来了一个守株待兔。

原来从玄穹踏入阵眼的那一刻起，那个小浑蛋的布局就开始了。他把云天诱下湖底，就是为了让他在众目睽睽之下浮出来，暴露出自己的命格。

云天刚刚还在嘲笑玄穹棋差一着，殊不知自己才是没把机关算尽的丑角。

"你们……是何时勾结的？"云天咬牙问道。

云洞道："也并不算太久。玄穹赶到桃源镇之后，在半路就跟我说出了心中疑惑。然后我又跟云光师弟和辛十四娘大圣暗中传音，这才有了这个布局，师弟辛苦了。"

"你怎么能如此轻易相信小小一个俗务道人的话？"云天大叫。

云洞的语气微微有些哀伤："玄清那孩子，也是俗务道人。我相信玄穹，就像相信玄清一样。"他一边说着，一边走上前来："玄穹说的那些疑惑，其实我很早便有了，只是苦于没有证据，暂且隐忍不发罢了。可惜隐忍太久，几乎成了习惯，若非小辈努力，我也没有勇气站出来，为玄清报仇。"

云洞每走一步，身上的气息就强上一分。他原本迷迷糊糊的神情，发生了微微的蜕变，如同一块泥土不断剥落，露出了里面的石心。

"那一块紫磨石棱精，其实是我当年送给玄清的宝物。拜玄穹所赐，能够让他见证今日之事，我那弟子也可以瞑目了。"

云洞最后一个字刚说出来，一道雄浑法力就喷薄而出，在云天头顶形成一尊巍峨山岳，兜头砸了下来。云天连忙放出一条水龙，反顶上去，两道法力就这么相互角抵起来。

云洞毕竟道心曾经破过，那尊山岳与水龙较量了片刻，渐渐显出颓势。就在这时，一道至烈的雷光"咔嚓"一声砸下来，正正炸在水龙脖颈处，把那水龙一分为二，山岳立刻往下一沉。

"云天你这个浑蛋！在棘溪之时，是不是你刻意引导，才让老子把那些妖怪全给失手电死了？"云光一想到被这个居心叵测的家伙所利用，愤怒到无以复加，脸膛简直要被体内的雷霆憋出青紫。

云洞喝道："别废话了，一起上！"

两身玄袍，瞬间被澎湃的法力高高鼓起，周围一圈的湖水都为之一颤。只见云洞十指划动，搬运来一座座山峰；而云光则掌心聚雷，缭绕着丝丝电光，每一条缕都明亮到发紫。镜湖之上，顿时雷光闪闪，黄气耀耀。云天别无选择，只得大喝一声，把功行运转到极致，分出数条水龙迎了上去。

三位同门师兄弟都是护法真人，法力高强，甫一交手便惊天动地，震动了半个镜湖的水面。

斗过十个回合，云天渐渐觉得有些吃力。云洞和云光任意一人，都不是他的对手，偏偏两人联起手来，艮下震上，形成"小过"之象。云天的水龙无法摧破山岳，反而会被雷霆循性而至，打起来十分不顺手。

他心思一沉，一口气接连扔出紫竹渔筒、碧玉簪、混元巾，一招护主诀。这些法宝在半空次第炸裂开来，迫使云光和云洞不得不暂时后退。云天一见有了破绽，连忙祭出一张遁符，身形一下子瞬移到五丈开外。

他正要再施展遁法，远远逃开，身子忽然被几团蓬松的狐狸尾巴缠住。辛十四娘一张俏丽面孔，似笑非笑："十三兄托我向真人你问个好。"

云天不言不语，只顾闷头施法，而辛十四娘的声音无处不在："可惜真人明真破妄，不吃人家的幻术，不然真的很好奇，真人心中的终极梦想到底是什么。"

说到这里，辛十四娘脸色一变："其实不用幻术，人家也能猜得出来。道貌岸然，利欲熏心，可真是真真切切呢！"说完狐尾一抛，将一个纸包扔过来。

云天本以为这又是什么法宝，挥袖一挡，那纸包化为齑粉，伴随着浓烈的药味弥散开来。云天分了一下神，不知她这举动有何意义。可就这么一愣神的工夫，另外一张带着浓浓妖气的血盆大口，从侧面冲着云天咬来。

这股妖气极为可怖，还带几丝穷奇鲜血的腥味。云天不敢硬接，只得朝另外一个方向避去，却又被赶上来的云洞用一片玉崖挡住去路。

真人与大妖们个个含忿带怒，全不留手。虽然云天修为高深，很快也是左支右绌，频频露出败象。他见状不妙，仰天长啸一声，让水龙凌空炸裂，而自己则趁机跳回水洞，再次回到了神荼阵眼之内。

这里虽无退路，但至少蜃气弥漫，他们是不敢进来的。只要熬到镜湖上空的蜃气浓度再高一些，追兵就只能被迫退走了。

此时艮土圈还没消散，坎水依旧在外头盘绕，玄穹趺坐在神荼桃树之下，悠悠然地修炼着。他忽然睁开眼睛，对面前一脸狼狈的云天真人道："师叔，是回来休息的吗？"

此时云天没了法宝装点，道袍散乱，头发也披散下来。他看着这个毁掉了自己一切的小道士，开口问道："你不是只想攒点小功德，不沾大因果吗？为什么要一味与我为难？"

玄穹平淡道："我与师叔其实没有冤仇，只不过你所要破坏的，恰好就是俗务道人所要守护的东西。"云天嗤笑一声："少来，这些大话我比你会说。泼天的富贵，破境的道途，你难道不动心？"

"师叔，你如今才开口招揽我，未免太没诚意了。"玄穹叹了口气，"可惜我命格所限，没有福分享受这些。再说了，我要守护的，不是那些大话，而是我每个月二两三钱的道禄啊。"

云天一时噎住，不知说什么才好。

玄穹突然敛起了全部轻浮，正色道："本来我以为自己天生苦命，但看了师叔你现在的下场，我忽然庆幸自己正因遇财呈劫，才不至于误入歧途。"

云天哼了一声，咬牙切齿道："艮土圈马上就消散了，云光、云洞那些人没办法下来。我一样可以杀死你，再捣毁神荼阵眼，让整个桃花源陷入蜃气之中。我还是最后的赢家！"

玄穹抬抬眼皮，对这个威胁无动于衷。云天疑心这个比青丘狐还狡黠的家伙，还有什么后手。可仔细盘算下来，无论如何他也没机会翻盘。

如云天所预料的那样，艮土圈的光芒开始黯淡下去。过不多时，便彻底消散开来，化为一地碎砾。

至此玄穹再无任何保护。

云天狞笑一声，双手在胸前飞快掐诀。只见那条坎水之龙飞了回来，与他体内浮出的水滴融为一体，笼罩其周身，形成一个高速旋转的漩涡。

这个漩涡，凝聚了云天全身的法力，一击便有排山倒海之威。他虽算不出玄穹还有什么后招，但丝毫没有轻敌，决定用这毕生的绝技,把这家伙与桃树彻底毁掉。

只要这里一摧毁,蜃气就会彻底爆发,把上面几个道士和妖怪也卷进去。外面的道门,同样不知道镜湖上空的事情,他依旧可以做护法真人,并且会得到一个可以为所欲为的废弃桃花源。

这是多么美妙的前景啊!

云天双眼中浮现出迷醉神情,双手飞速打着法诀,把这个漩涡推向桃树。就在这时,他眼前的美景中出现了一个小黑点。这讨厌的黑点逐渐扩大,干扰了整幅构图。云天不得不暂且退出幻想,定睛去看。

又是玄穹。

他离开了桃树,从怀里拿出了一件法宝:一个玉镯,是在棘溪缴获的那一个移形换位镯。看来云洞给他批了正箓用法后,他从衙门库房里调了不少好东西出来啊。

怪不得这小子这么淡定,原来还有一件跑路的法宝保底。云天嘴角讥讽一翘,可事到如今,逃出去又如何呢?他不去管这只小苍蝇,只凝神把最后的法诀掐完。

云天把所有法力都凝聚在正前方。那漩涡已旋到了极致,隆隆作响。可他愕然发现,玄穹没有逃走,反而把玉镯对准了自己。

"走!"玄穹一声断喝,整个人霎时被玉镯传送到了云天面前,几乎与他鼻尖相对。云天冷笑,护法真人身躯坚逾岩铁,近身攻击又有何用?

不料玄穹伸出手来,从云天腰间把那一个装满逍遥丹坯的葫芦抓在手里。

"师叔啊，记得我说过的吧？逍遥丹有干天和，若动心去吃，一张嘴就先让天雷劈煳了！！！"

云天先是愣怔一下，旋即双眸中第一次透出恐惧。只见这个小小的俗务道人，把葫芦嘴倒转过来，对准自己，张开一张大嘴，作势要吞。

遇财呈劫的命格，小财小劫，大财大劫，无量财便有无量雷劫。

这逍遥丹价值几万两白银，两人头顶一瞬间便有重重雷云凝聚，毛发直竖，刺刺作响。

云天暗叫不妙。他身边可是还有漩涡呢，若是天雷劈下来，被坎水这么一叠，威力简直无法想象。这小浑蛋竟要学玄清，也来个同归于尽？

这时玄穹额前白毛一飘，咧开嘴笑起来："玄清师兄舍生取义。我不如他，索性只学一半。取义让我来就好，师叔您去舍生。"

云天瞪圆了眼睛，分明看到玄穹脖子上那一枚古钱跳动一下，从中间裂开，百年愿力涌出，迅速裹住玄穹。

"这一枚古钱受了百年香火供奉，厚蓄愿力，可以助你避过一次雷劫——记住，雷劫大小不拘，只能避过一次。"

"我给你这枚古钱，是希望你能用于正途，无违道心。"

昔日的对话，言犹在耳，玄穹低声答道："云天师叔，谨遵教诲。"云天还未答话，密密麻麻的天雷便轰然劈下，无数紫蛇在坎水之中穿行，一时间天地震颤……

尾声

玄穹站在俗务衙门前头，拿着扫帚一点一点清理着垃圾。

身后的告示牌上干干净净，只贴着一张安民告示，上面说在道门群真的努力之下，桃花源危机解除，居民可以归家无忧。至于是什么危机，布告上语焉不详。

婴宁三跳两跳，从衙门后面直接跃到告示牌上："小道士，你打扫干净没有？"玄穹头也不抬："跟你说了多少次，不要骑在告示牌上。"

婴宁抬起爪子，露出一个威胁的表情："你放尊重点，小心我现出九尾本相，把这个小衙门掀了！"玄穹斜眼道："反正这衙门马上就不归我管了，你爱得罪谁就得罪谁。"

婴宁落到他面前，耸了耸鼻子，有些不舍地道："喂，你真的要走啊？"玄穹"嗯"了一声，手里的扫帚不停："出了这么大的事，道门也觉得没面子，巴不得把知情人都远远调走。"婴宁道："那你……升了没？"玄穹停住扫帚，露出喜色："好歹升了一级，多亏云光师叔在道门狠狠拍了一通桌子，道禄从二两三钱涨到三两啦，追平了玄清师兄。"

"哟，涨得可真不少，怪不得你对桃花源一点都不留恋。"

玄穹一撇嘴："你们这些富家子弟，哪知我们穷汉的苦？"婴宁哼了一声，一抬下巴："十四姑让我好好谢谢你，说感谢你为十三叔和玄清报了仇。我只是转述啊，可不代表我的想法。你这个大骗子，把本姑娘骗得好苦，我可没那么容易原谅你。"

玄穹似笑非笑地看了这小狐狸一眼："说起来，你都能现出九尾本相了，这趟下山历练算结束了吧？应该也不会在桃源镇继续待着啦？"

婴宁闻言，神情微微有些失落："青丘催我回去，可我还是想在这里待着。"她说到这里，蹭到玄穹面前，一脸严肃："我本来只当你是个小道士，没想到你胆子真大，居然敢把九尾狐的金锁直接开了。你是第一个这么信任我的人，谢谢啦。"

"如果你过意不去，就帮我把地扫了。"

"那可不行，两码事！"婴宁尖叫一声。

两人正聊着，见到老果、敖休、朱侠、徐闲一起过来。他们都听说玄穹要调任，各自带了点礼品来道贺。敖休带的礼物最贵重，是五颗上品珍珠，玄穹一看脸色就变了："你是盼着我早点被雷劈死，好没人管你吧？"敖休抓抓须子，连忙解释说这是西海龙王给的赏赐，还吹嘘自己自从大破逍遥丹团伙之后，如今是西海龙宫风头最劲的龙子，连龙女都来巴结云云。

玄穹毫不客气地打断他的炫耀，提醒道："逍遥丹的炉鼎虽然没了，但世间存量还是不少，你可不许再去碰那东西。"敖休一昂下巴："吭！原来我是没人在乎，才颓废到底。如今前途广大，说不定哪日还能坐上龙王之位。逍遥丹的幻觉再高明，能比真正掌权之后更令人兴奋吗？"

玄穹总觉得他的话哪里不对，但也实在懒得反驳。旁边的朱侠和徐闲比较老实，各自带了丝帘与灵药。玄穹眼带不舍，一概推却。只有老果两手空空，搓着爪子一脸谄媚道："不知道长去哪里高就？小老虽说年老眼瞎，但胜在赤胆忠心，若能跟着道长去，说不定能帮上一点忙……"

"你少犯事是真的！"

玄穹跟他们聊了几句，忽然看到远处的街角还有个人影，正是毛啸。他起身走过去，对这只小狼深深一躬："我之前大言不惭，却未能保住令尊性命，抱歉。"

毛啸气色还好，只是有些憔悴。他哑着嗓子道："具体情形，婴宁小姐与我说了。要怪，就怪云天那狗贼先逼我爹做亏心事，又背信弃义，杀他灭口。我先前都不知道，我爹这些年来为了我，承受了多少痛苦，做了多少不情愿的事。若非道长，只怕他还不得解脱……"

小狼到底是少年人，说着说着，再也强撑不住坚强，又仰头号哭起来。玄穹只得温言宽慰，把敖休、朱侠那几个与他年纪相仿的叫过来，一起陪着别让他出事。

忽然他感觉到一阵法力波动，眉头一皱，抬头看到一位老真人从天而降。众妖见了，连忙下拜，口称"明净观主"。

云洞还是那一副永远睡不醒的模样，他稳稳落到地上之后，对玄穹道："玄穹，道门有敕命颁下，上前听宣。"玄穹看看四周："就在衙门门口？这也太凑合了吧？"

云洞眼皮耷拉着，催促道："传达给俗务道人，犯不上那么郑重，随便念念就好。"玄穹无奈，只得把道袍一撩，盘坐于地。云洞拿出一张宝诏："兹有俗务道人玄穹，机警有锋，勇于任事，明真破妄，勤勉见志，敕留驻桃花源，安抚群妖，兼任护法事。"

玄穹听到后面，大吃一惊："不……不是说要调走吗？怎么还留任了？"云洞收起宝诏，笑呵呵道："道门商量了很久，一致认为，为了避免逍遥丹再度现世，总得有人盯着镜湖。你天生有明真破妄的命格，又是亲历之人，留在桃花源看守封印，最合适不过，索性连护法真人的职责一肩挑了。"

"我看他们只是不想消息走漏吧？"玄穹撇撇嘴。

云洞点头："有你留在这里，我在明净观帮衬，就够了。"

玄穹冷笑："道门就这么放心？不怕我成为第二个云天真人？"云洞拍拍他的肩膀："你就算卖逍遥丹，也注定发不了财，所以道门放心得很。"

玄穹揉了揉太阳穴，忽然想起一件事："那等于说，我现在是护法真人了？"

"不，你的法力太浅薄。道门的意思是，你先以俗务道人的身份兼着，以后修为上来再说。云光师弟表示会时常过来巡视，督促你修行，你争取早日破境。"

"这……就不……不必了吧？"玄穹缩了缩脖子，又想起一个关键问题，"那道禄也得涨吗？"

"你不是才涨到三两吗？"

"我现在是身兼俗务、护法二职啊，难道不该领双份道禄吗？"

"道门有规定，不能一次涨两级，下次再说吧。"

"那我不等于白干一份工？那再批给我几枚百年愿力的古钱也行。"

"玄穹啊，亢龙有悔，谨记！谨记！"

玄穹失望地吐出一口气，倒是旁边的婴宁听说他要留任，大为欣喜，狐狸尾巴摆来摆去："你若是留下来，我也多在桃源镇待一阵，反正十四姑可不会赶我走。"

旁边那几只妖怪听到，也喜不自胜，纷纷庆幸玄穹没收饯别之礼，不然真是亏大了。

云洞把宝诏交给玄穹，玄穹签收画押，走完全部流程，正要往衙门里存，云洞却眯起眼睛，看向婴宁蹲着的那一块告示牌。

"玄清的秘册，就是在这里发现的吧？"

在得到玄穹确认后，云洞走到木牌跟前，眼皮微微抬起，伸出手去轻抚木牌表面。婴宁知趣地跳下来，站到玄穹身后。

"出淤泥而不染，濯清涟而不妖。出淤泥而不染，濯清涟而不妖……"云洞轻声吟了几句，语气微弱，带了一丝哀伤，又有三分欣慰。

"云洞师叔，你若没有紧急公务要处理，回去之前，不妨跟我去个地方。"玄穹道。

"什么叫紧急公务？"云洞回头道。

这一老一小，从桃源镇来到了平心观。云天之乱结束之后，道门特意动用了一次罗天大醮，把刘子骥的封印大阵做了修补。如今从这里远眺镜湖，湖面平整如镜，一如从前。

两人落在平心观前的小丘之上，云洞忽然注意到，在巍峨的刘子骥墓碑旁边，多了一块小石碑，碑后立有一棵巨大的桃树。云洞怔了怔，疾步走过去。他老眼昏花，走到近前才看到，碑面上书"玄清之墓"四字，下面还有一个落款：桃源镇诸民敬立。

"玄清师兄生前在桃花源用心，惠及良多，人人感念。这块碑是辛十四娘提议，猿祭酒书写，所有桃源镇的居民一起捐钱立的，就连老果都掏了点。"

"有心了，有心了……"云洞低声道。他伸出手去摩挲碑面的刻字，忽然道："都说镜湖蜃气，可以让人临死前看到至乐至想的幻境。不知玄清他跌落镜湖殉道之前，脑海中的幻境是什么。"

"我想，大概就是此刻的桃花源吧。"玄穹道。

云洞脸上的褶皱越发凹凸，如水面涟漪，再也抑制不住。

玄穹怕老人太过伤心，连忙又道："玄清师兄的羽蜕无处可寻。不过他殉道于郁垒阵眼附近，魂魄很可能被阵眼里的桃树吸走。在启动罗天大醮之时，我请他们另外寻一棵老桃树，把原来那一棵置换出来，种在墓后。相信师兄在这里吸收愿力，承受香火，假以时日，也能成就一方守土神祇，不枉费他一番心血了。"

云洞"嗯"了一声，在树前趺坐，口中念念有词。玄穹知道这位老真人大概是要为他的爱徒加上一重庇护，可以加速凝结神魂，也不多言，默默后退了几步，转身去看镜湖。

在他耳边，刘子骥的呢喃再次响起。这一次，残魂的语气不再焦虑，缓和而从容，满是欣慰。不过玄穹听在耳中，发觉呢喃声还有一处和从前略有不同，似乎除了刘子骥，还多了一重年轻的声音。

那声音清越明朗，如眼前的镜湖一般澄澈，只有本心明真破妄之人，才能听得清楚。

（全文完）

后记

若单纯以动笔时间和停笔时间来衡量的话，这本书是我写得最长的一本，没有之一。

最早萌生这个想法是在 2013 年。彼时我还是个白天在公司上班、下班后埋头写稿，顺便给新生儿子换尿布的业余作者。是年夏天很热，在某一个闷热的夏夜，我出去遛弯儿，在小区门口遇到了片儿警老刘。

老刘那会儿四十多岁，脸比肚子宽，警服穿得一丝不苟，走在路上跟冲了澡似的。我在小卖店点了两瓶冰镇北冰洋，跟他闲聊了几句。我问他周末干吗去，他说孩子要考试了，去白云观烧个香。我一乐，说你们当警察的还信这个？老刘说嗐，就是个念想。我开玩笑说干脆在小区里起个道观，省得你跑那么远。老刘乐了，说那敢情好，管片儿要是有个道士协助，好多工作就好展开了。他给我讲了个事：附近有个小饭馆，消防通道总是堆放杂物，怎么教育都屡教不改。后来有个道长路过，说你这风水不对，挡了财运，老板连夜就给清干净了。

我听了这段子，哈哈大笑。老刘趁机偷偷把汽水的账结掉，转身走了。

我回到家里，仔细想了想，如果写一个道士管理居民区的故事，好像也挺有意思的？我打开电脑，噼里啪啦地把想法赶紧记下来。在随后的日子里，我没事儿就把它拿出来盘一下，但始终没有找到落点。道士与现代居民小区的结合，好玩是好玩，但总觉得哪里不甚协调，于是也没继续展开来写。

直到次年的春天。我淘到几本九十年代的《人民文学》，里面登了汪曾祺先生改写的《聊斋志异》，一下子把我的思路打开了。《聊斋》里的妖怪们本来就带着一股浓厚的烟火气，所以才透着亲切与可爱，汪老的改写让它们的人间味儿更足。那么，如果写一个道士受命去管理一个住满了妖怪的社区，不就合情合理、顺理成章了嘛。

我兴致勃勃打开文档，写了一段设定，把地点定在了桃花源，但很快又卡住了。这个道士又该是个什么形象？我先想到老刘，他的职业精神可以借鉴，肉体就算了，想来想去想不到。我手里还有别的书稿，就暂时搁置。

又过了一年，我搬新家。收拾书房时，我喜欢一本本顺手翻看。拆到古龙全集时，我第一时间拿起了《七杀手》。

《七杀手》里的主角柳长街，是我最喜欢的古龙人物。无论是这个名字，还是这个角色的风格，以及他的梦想，我都非常喜欢。柳长街是个小镇捕头，武功很高却寂寂无名，他胸无大志，只希望自己变成一条很长的街，两旁种着杨柳，还开着各式各样的店铺，每天都有各式各样的人走过，看他们生活，比做人更有趣。

我猜柳长街如果转世到桃花源，一定也很喜欢这里，便顺便记了下来。

在接下来的十几年时光里，这个过程重复了很多次。只要无意中撞到、读到、看到什么好玩的细节，我就把它记下来，随手续写一段。我不曾把这篇东西拿出来示人，因为不想把它当成一个正式的创作，毋宁说是一个思维训练，或者说是一个放置类的休闲游戏。

就这么偷偷摸摸、断断续续地写到2024年，我愕然发现，它居然长大成人了，从一个不起眼的小胚胎变成了一个尚称完整的故事。就像我儿子一样，一个错眼，他就从一个粉嫩的可爱宝宝变成一个杠天杠地的中二少年。

比起我其他的历史题材作品，这本书没那么沉重，就是个小品级的东西。不过因为它的创作时间实在太长了，以至有意无意中，也保留了我这十多年来心境变化的痕迹。里面有些桥段，仍属于那个沉迷动漫、热衷游戏的年轻小伙子，飞扬而轻浮；有些桥段，却是中年人才会留意的现实，稳重而疲惫。我没有刻意修掉，让它保持着这种斑驳的风貌，就当是留住了我的人生年轮。希望读者朋友们也能在这部小文中，看到自己的年轮。